诗词里的中国

诗词里的
金戈铁马

刘炜评 王彦龙 王 颖 —— 著

陕西师范大学出版总社
西安

图书代号　WX24N1087

图书在版编目(CIP)数据

诗词里的金戈铁马 / 刘炜评，王彦龙，王颖著.
西安：陕西师范大学出版总社有限公司，2024.8.
ISBN 978-7-5695-4553-1

Ⅰ．I207.22

中国国家版本馆CIP数据核字第20241UK712号

诗词里的金戈铁马
SHICI LI DE JINGETIEMA

刘炜评　王彦龙　王　颖　著

出版统筹	刘东风
选题策划	郭永新　焦　凌
责任编辑	焦　凌
责任校对	高　歌
封面设计	微言视觉丨沈　慢
封面绘图	克　旭
出版发行	陕西师范大学出版总社
	（西安市长安南路199号　邮编 710062）
网　　址	http://www.snupg.com
印　　刷	中煤地西安地图制印有限公司
开　　本	710 mm×1020 mm　1/16
印　　张	22.25
插　　页	2
字　　数	273千
版　　次	2024年8月第1版
印　　次	2024年8月第1次印刷
书　　号	ISBN 978-7-5695-4553-1
定　　价	88.00元

读者购书、书店添货或发现印装质量问题，请与本公司营销部联系、调换。
电话：（029）85307864　85303629　　传真：（029）85303879

自序

最早有关战争的印象，是幼年听长辈讲述民国初年白朗起义军与北洋政府军在豫西、秦东激战的故事。长大成人以后，对于战争的印象，一方面来自史书方志、文学著作和影视作品，还有从各种媒体上获知的战事：阿富汗内战、海湾战争、科索沃战争等。战争，似乎离我们很远；战争，又确实离我们很近。

爱好和平，固然是人类的天性之一，但争斗不止、战端难息，又似乎是人类的宿命。生存空间之争、物质资源之争、意识形态之争等，一直伴随着人类的发展史，以至于曾有人这样悲戚地定义"和平"：两次战争中间的间隙。的确，无论过去、现在还是将来，战争都不可避免，只是规模格局、技术手段、对决方式等不断发生着变化。

战争是诗歌的重要题材，古今中外皆然。在中国，从战国风云到楚汉相争，从三国征伐到安史之乱，从宋金对峙到明清易代，从抗击匈奴到驱逐倭寇，历代战争在诗歌中封存、再现。我们可以从"王命南仲，往城于方。出车彭彭，旂旐央央"（《诗经·小雅·出车》）中看到周宣王军队讨伐猃狁时的威武雄姿，从"黄沙百战穿金甲，不破楼兰终不还"（王昌龄《从军行七首·青海长云暗雪山》）中看到唐朝将士讨伐敌人的豪情壮志，从"天津流水波赤血，白骨相撑如乱麻"（李白《扶风豪士歌》）中看到安史之乱造成的生灵涂炭，从"吕将军在守襄阳，十载襄阳铁脊梁"（汪元量《醉歌》）中看到南宋军民抵御元军的艰苦顽强。

文学源于生活，我们总能在"或骨横朔野，魂逐飞蓬；或负戈外戍，杀气雄边；塞客衣单，孀闺泪尽"（钟嵘《诗品序》）的场景背后，找到战争的来龙去脉。

"国家不幸诗家幸，赋到沧桑句便工。"（赵翼《题遗山诗》）中国的战争题材诗作，自古及今不可胜数。虽时过境迁，但披览很多诗篇，我们依然感到惊心动魄，为之长吁短叹。读"昔我往矣，杨柳依依；今我来思，雨雪霏霏"（《诗经·小雅·采薇》），我们忧伤着周代军人的忧伤；读"身既死兮神以灵，子魂魄兮为鬼雄"（屈原《国殇》），我们感佩着楚国将士的浴血奋战精神；读"王师北定中原日，家祭无忘告乃翁"（陆游《示儿》），我们为诗人的拳拳赤子心潸然泪下；读"四万万人同一哭，去年今日割台湾"（丘逢甲《春愁》），我们为民族的时代屈辱无比痛心。

几千年来，中华民族历经无数次大小战争，历代史料的相关记载，既有丰富翔实的实录，又不免有许多遗漏。因此，历代战争诗既是对现存史料的佐证，具有"证史"之用，又是对现存史料的艺术补缺，具有"补史"之功。以此观之，战争诗的史料价值不可低估。但战争诗更重要的价值，还是在文学方面。从诗歌的视角解读战争，不仅可以对校和补充历史，更可以体察细微人情。历史主要叙述客观的事实，而诗歌却能保存人类鲜活的感情，让今天的我们不仅能看到当时战争的激烈与残酷，更能体会战时人们的无奈、痛苦与悲伤。

战争是政治斗争的高级形式，是以暴力的方式实现利益分配的手段。新的社会秩序的建立是以对生命的严重戕害、对生活环境的多重破坏以及对已有文明的部分毁灭为代价的。新与旧、破与立的博弈之间流淌着热情与悲怆、热念与愤怨，这也造就了战争诗歌的情感张力：既有开疆拓土的事功热情，又有解甲归田的殷切期待；既有无所畏惧的英雄豪气，又有身死沙场的本能恐惧；既有戍边卫国的角色领悟，又有翘首望乡的亲情牵绊……抒情主人公的人生在大国与小家、荣誉与生命之间取舍徘徊。也难怪乎杜甫在呼吁"喜君士卒甚整肃，为我回辔擒西戎"（《冬狩行》），"勿为新婚念，努力事戎行"（《新婚别》）的同时，也沉痛感叹"纵有健妇把锄犁，禾生陇亩无东西"，"君不见，青海头，古来白骨无人收"（《兵车行》），忧国与悯民的矛盾，献身与殁世的拉锯，纵横交织于沉郁顿挫的字里行间。

中华民族具有浓厚的民本思想与忧患意识。植根于农耕经济与仁德义理的观念，决定了人们对战争的谨慎态度。孔子主张"所慎：斋、战、疾"（《论语·述而》）。老子曰："夫兵者，不祥之器，物或恶之，故有道者不处。"（《道德经》第三十一章）就连兵家也认为用兵时若能"不战而屈人之兵，善之善者也"（《孙子兵法·谋攻篇》）。勿战、慎战是中国古人对战争的主导思想，"以战止战"只是被迫采用的手段。先秦以后，人们对战争的理性认识提升，类似《诗经》中歌颂肃肃武功的诗篇日趋减少，诗人对战争的态度，多转向旗帜鲜明的反对和愤慨沉痛的反思。他们控诉战争给平民带来的巨大灾难："铠甲生虮虱，万姓以死亡。白骨露于野，千里无鸡鸣。"（曹操《蒿里行》）他们怜惜战争给征人和思妇带来的无尽忧伤："不知何处吹芦管，一夜征人尽望乡。"（李益《夜上受降城闻笛》）"流苏空系合欢床，夫婿长征妾断肠。"（董以宁《闺怨》）他们理性地看到了战争的冷酷与无情："凭君莫话封侯事，一将功成万骨枯。"（曹松《己亥岁二首》其一）他们愤慨边将的腐败和朝廷的赏罚不公："战士军前半死生，美人帐下犹歌舞。"（高适《燕歌行》）"身经大小百余战，麾下偏裨万户侯。"（王维《陇头吟》）面对征伐的残酷，战争的创伤，诗人多从嗟生忧民的角度诘问战争的意义、生命的价值以至人类的前程，怨刺的笔触与人文的关怀，总体上贯穿着中国战争题材诗歌的始终。

战争是血腥的、残酷的，战争诗却是鲜活的、灵动的。诗纪战争，诗评战争，诗哭战争，诗怨战争，诗诅战争。振奋的精神、复杂的情感、泣血的灵魂、沉重的反思等，都呈现在各种体式的战争诗中，穿越古今，动人心魄。

本书主要以中国古代诗歌中所反映的战争及相关社会世相为评述对象，主要从宏观角度，通过梳理不同身份阶层对于战争的不同态度、战争诗中所呈现的形形色色的人物形象、与战争相关的地理风物和典型意象等览观古代诗歌所反映的中国社会。此外，本书又分别以历史上几次具有典型意义的战乱为中心，解读诗歌中的战争叙事意蕴。

近二十年来，社会上掀起了学习中国传统文化的热潮，即"国学热"，其积极意义显而易见。我们希望本书的出版，能够为弘扬中国优秀传统文化、提高公民文化素质贡献一分力量。习近平总书记说："历史无法重来，未来可以开创。"让我们走进诗歌，品读经典，铭记历史经验教训，珍爱和平，开创未来！

本书由刘炜评、王彦龙、王颖主撰,其他参与编撰的成员,均为在高校或文化单位工作的中青年学者。由于我们学养有限,本书难免存在许多不足甚至错误,敬祈专家和读者批评指正。

目录

情怀篇 1

闲居非吾志，甘心赴国忧 2
　　战争诗中的士人襟抱

边庭流血成海水 24
　　战争诗中的灾难控诉

一夜征人尽望乡 39
　　战争诗中的乡愁

子魂魄兮为鬼雄 53
　　战争诗中的哀悼

人物篇 69

了却君王天下事 70
　　战争诗中的将帅

髑髅皆是长城卒 89
　　战争诗中的士卒

存者无消息，死者为尘泥..........104
　　战争诗中的底层百姓

哀哀夜哭向秋云..................118
　　战争诗中的女性

胡雁哀鸣夜夜飞..................135
　　战争诗中的胡人

风物篇..........155

旌旗映日彩云飞..................156
　　战争诗中的军阵沙场

燕歌未断塞鸿飞..................175
　　战争诗中的边塞风光

铁马秋风大散关..................190
　　战争诗中的名关要地

操吴戈兮披犀甲..................211
　　战争诗中的古代兵器与军制

事件篇..........233

不可沽名学霸王..................234
　　楚汉之争

渔阳鼙鼓动地来..................255
　　安史之乱

中流以北即天涯..................270
　　宋金对峙

连舟航海斩妖魉..............................290
  抗倭战争

无限河山泪，谁言天地宽................309
  明清易代

万众一心谁敢侮............................330
  近代中外战争

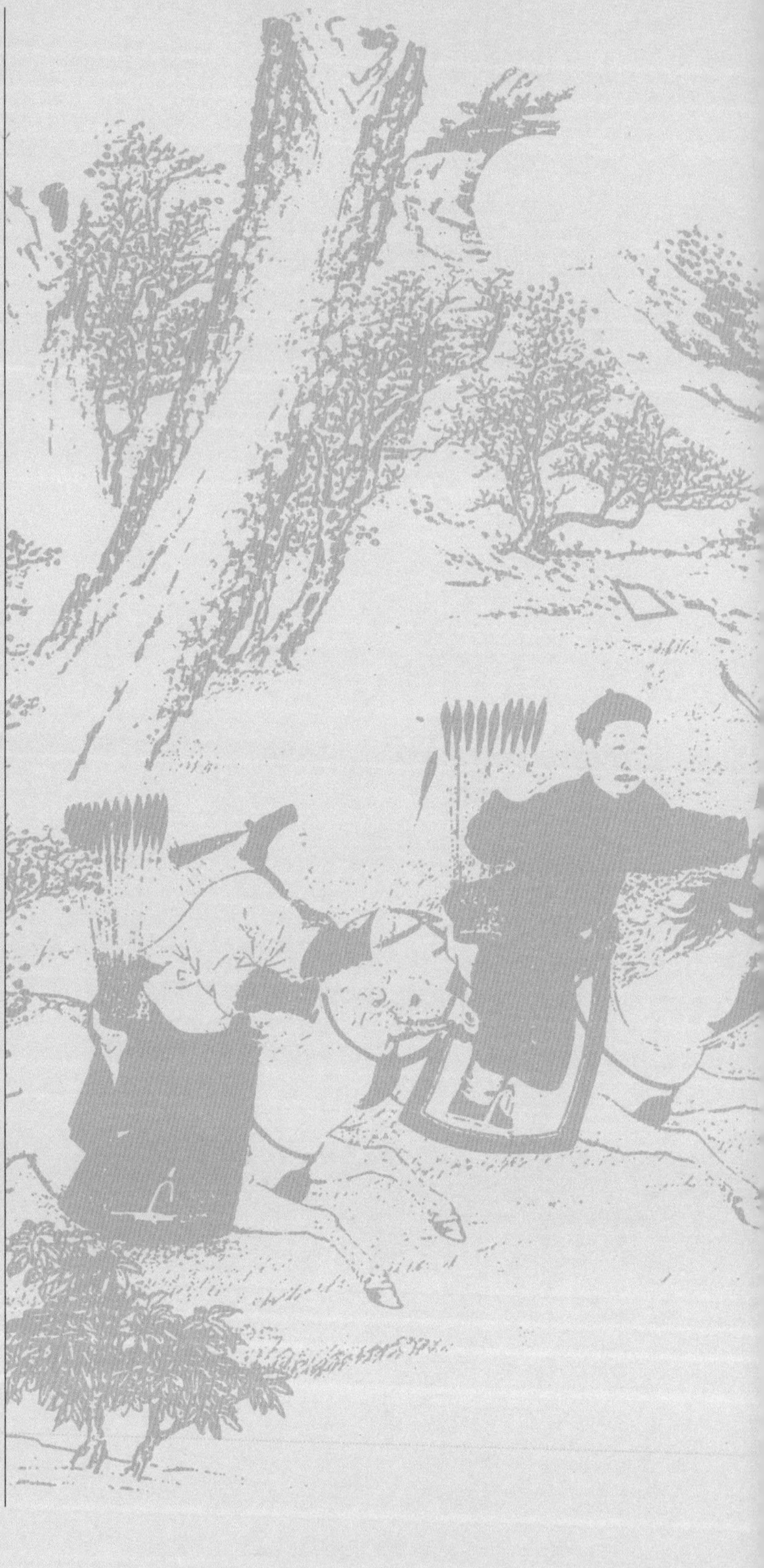

情怀篇

从陈思王盛赞游侠儿"捐躯赴国难，视死忽如归"，到李太白热望"但用东山谢安石，为君谈笑静胡沙"；从陆放翁悲叹"一身报国有万死，何须马革裹尸还"，到徐锡麟自誓"只解沙场为国死，何须马革裹尸还"；从白乐天讲述新丰老翁"此臂折来六十年，一肢虽废一身全"，到袁子才驻足马嵬坡感慨"石壕村里夫妻别，泪比长生殿上多"……历代诗人们诅咒战乱，抒写乡愁，景仰英烈，报国济世之壮志，悲天悯人之深情，涌动于胸中，流溢于笔下。

闲居非吾志,甘心赴国忧

战争诗中的士人襟抱

中国古代战争题材诗库中,诗人直抒胸臆之作,时时可见;体察战乱时代军民的种种境遇,为他们说话或代他们说话之作,也时时可见。

阅读前者,我们更多呼吸到的是英雄主义、进取精神的气息;阅读后者,我们更多感受到的,则是理解之心和悲悯之情。

一

陈思王曹植写过一首题为《白马篇》的五言诗,塑造了一位意气风发的少年游侠形象:

白马饰金羁,连翩西北驰。

情怀篇

借问谁家子，幽并游侠儿。
少小去乡邑，扬声沙漠垂。
宿昔秉良弓，楛矢何参差。
控弦破左的，右发摧月支。
仰手接飞猱，俯身散马蹄。
狡捷过猴猿，勇剽若豹螭。
边城多警急，虏骑数迁移。
羽檄从北来，厉马登高堤。
长驱蹈匈奴，左顾凌鲜卑。
弃身锋刃端，性命安可怀？
父母且不顾，何言子与妻！
名编壮士籍，不得中顾私。
捐躯赴国难，视死忽如归！

这首诗又名《游侠篇》，采用汉乐府歌辞《杂曲歌辞·齐瑟行》的形式，后人多取篇首二字为题。具体作时不确定，但成篇时诗人风华正茂，应当是确定无疑的。

《白马篇》堪称曹植版的《青春之歌》。全诗前四句交代少年的身份，中间十六句叙写少年身手不凡、英勇无比的策马杀敌行为，最后八句昭示少年矢志报国、视死如归的火热情怀。在对英雄少年形象的塑造中，既融入了作者对所处时代的感受，又寄托了作者的人生理想。

曹植既是王孙，也是士人。何谓士人？许慎《说文解字》释："士，事也。数始于一，终于十。从一从十。孔子曰：'推十合一为士。'凡士之属皆从士。"翻译成白话文就是："士，本义是能理事的人。天地之数，从一开始，到十结束。士的字形采用'一'和'十'来会意。孔子说：'能推十合一亦即从众多事物、现象中推演归纳出道理者，便是士。'所有与士相关的字，都采用'士'作偏旁。"这是字源学角度的阐释。汉代刘向《说苑》的界说，则道出士作为"四民"之一区别于农、工、商之民的社会角色属性："辨然（否），通古今之道，谓之士。"简明地说，士就是中国古代不直接从事物质生产劳动而以知识、修养和能力在社会上立身行事的知识分子。再简言之，士也就是老百姓眼里的"读书人"。

尽管《白马篇》是一首虚构性质的叙事诗，但其中也透出了不少历史和现实的信息。兹举两处：

一处是"借问谁家子，幽并游侠儿"。作者没有把少年的籍贯或郡望放到长安、洛阳或其他地方，而强调他出身于幽并一带。"幽并"并不是一个地方名，而是指中国古九州中的两个州。据《周礼》《汉书·地理志》等文献记载，幽州范围大致包括今北京市、河北北部及辽宁南部一带及朝鲜西北部。周武王推翻殷商，封召公于幽州故地，号燕。秦灭燕，在燕地置渔阳、上谷、右北平、辽西、辽东等郡。东汉时，辖郡、国十一，县九十，治所在蓟县。并州古属冀州，虞舜以冀州南北太远，分置并州。其地约今山西太原、大同和河北保定一带。东汉时，并州治所在晋阳。建安十八年（213）复并入冀州。三国魏黄初元年（220）又再置州治，领太原、上党、建兴、西河、雁门、乐平、新兴七郡,仍治晋阳。

幽并一带,自古英雄辈出:赵武灵王、赵奢、廉颇、蔺相如、乐毅、毛遂、高渐离、荆轲……正如后来韩愈所说的,那是一块盛产"慷慨悲歌之士"的地方。看看历史地图,就不难明白何以如此。幽并一带是农耕文明与游牧文明的过渡区域,胡人南犯,两州首当其冲;汉族政权抗敌或"拓边",也多自此北上。可以说,因为战争频仍,幽并之地的历史浸满了鲜血,同时也呼啸着英雄主义的烈风。诗中的游侠儿,就是在这样的环境下成长起来的有为少年。

另一处是"长驱蹈匈奴,左顾凌鲜卑"。两句为互文,谓英雄少年勇不可当,长途驱驰于疆场,赶走了匈奴和鲜卑。此处的"匈奴"与"鲜卑",实为对北方胡人的泛称。

在华夏民族的历史记忆中,匈奴从来都是"侵略者""破坏者"的代名词。匈奴祖居阿尔泰山脉以东、大兴安岭以西的蒙古草原区域,逐水草而生息。《史记·匈奴列传》载:"匈奴,其先夏后氏之苗裔,曰淳维。唐虞以上有山戎、猃允、薰粥,居于北边,随草畜牧而转移。"王国维认为殷商时期的鬼方、混夷、獯鬻,西周时期的猃狁,春秋时期的戎、狄,战国时期的胡等,皆为后世所谓的匈奴。(《鬼方昆夷猃狁考》)秦汉时期,匈奴统一了北方诸多游牧民族,从此自称"胡"或"天之骄子",单于曾遣使致书汉朝君主:"南有大汉,北有强胡。胡者,天之骄子也,不为小礼以自烦。"

虽有西汉将军卫青和霍去病、东汉窦宪和窦固等能征善战的武将屡次击败、赶走匈奴,但都未能从根本上解决边患。在曹植生活的汉末魏初,中原内战连年，外患依然不时添乱，"边城多警急，虏骑数迁移"的情势，使曹操等政治家和军事家们不敢掉以轻心。南朝刘义庆《世说新语·容止》载："魏武将见匈奴使，自以形陋，不足雄远国，使崔季珪代，帝自捉刀立床头。既毕，令间谍问曰：'魏王何如？'匈奴使答曰：'魏王雅望非常，然床头捉刀人，此乃英雄也。'魏武闻之，追杀此使。"这或许只是一个好事者所作的"段子"，但从"自以形陋，不足雄远国"的心理刻画中，也可窥出匈奴在曹丞相心目中的地位。

鲜卑族是与乌桓同时兴起的东胡部落另支，兴起于大兴安岭山脉。关于鲜卑的记载，最早可以追溯到西周。鲜卑作为一个军事部落集团，形成于东汉。公元91年，北匈奴遭到东汉政府和南匈奴的联手致命打击而西迁，鲜卑趁势占据了漠北，自此日益强盛。公元2世纪中叶，檀石槐统一鲜卑诸部，建立了强大的军事部落联盟。檀石槐死后联盟瓦解，鲜卑的一支拓跋部又不断强大，继之称雄塞北。

由此可以深切体会到曹植作此诗时，心头既凝结着很现实的忧患意识，又涌动着强烈的英雄靖边的期望。所以，呈现在读者面前的幽并少年，英姿飒爽，勇往直前，时刻准备着为国捐躯。

曹植（192—232），字子建，曹操第三子。早年"生乎乱，长乎军"，多次随父征战四方，"南极赤岸，东临沧海，西望玉门，北出玄塞，伏见所以行军用兵之势，可谓神妙矣"（《求自试表》）。这使他对天下军事形势有比较广泛的了解。曹植"年十岁余，诵读诗、论及辞赋数十万言，善属文"，曹操几次欲立为世子。可惜的是曹植"任性而行，不自雕励，饮酒不节",逐渐为乃父所恶。建安二十五年(220),曹操病逝,曹丕继魏王位,不久称帝,曹植的处境从此日益恶化。在文帝曹丕、明帝曹叡执政的十二年中,他始终是个倒霉的亲王,曾被多次迁封,最后封于陈郡。"植常自愤怨,抱利器而无所施,上疏求自试。植每欲求别见独谈,论及时政,幸冀试用,终不能得。既还,怅然绝望,常汲汲无欢。遂发疾薨,时年四十一。"(《三国志·魏书·陈思王植传》)

曹植有着强烈的事业理想。天下三分以后,他"愿得展功勤,输力于明君。怀此王佐才,慷慨独不群"(《薤露行》),渴望大有作为,西灭"违命之蜀",东灭"不臣之吴"(《求自试表》),但由于既不受父兄待见,又承受着"苍蝇间白黑,谗巧令亲疏"(《赠白马王彪》)的打击,只能哀叹"愿欲一轻济,惜哉无方舟。闲居非吾志,甘心赴国忧"(《杂诗六首》其五)了。在写给杨修的信里,他满腹牢骚地说:"吾虽薄德,位为藩侯,犹庶几戮力上国,流惠下民,建永世之业,流金石之功,岂徒以翰墨为勋绩,辞赋为君子哉!若吾志未果,吾道不行,则将采史官之实录,辨时俗之得失,定仁义之衷,成一家之言。……"(《与杨德祖书》)可见做文学家是他退而求其次的选择,他最想做的事,还是在政治舞台上施展大手笔。

《白马篇》的成诗,不仅源于时代背景,还可能与曹植佩服的一个人有关,这个人就是他的二哥曹彰。唐人王维《老将行》开首四句赞扬的"黄须儿",便是此公:"少年十五二十时,步行夺得胡马骑。射杀山中白额虎,肯数邺下黄须儿。"

大约因为遗传,曹操的二十五个儿子,大多智商很高,命运则迥异。如

诗词里的金戈铁马

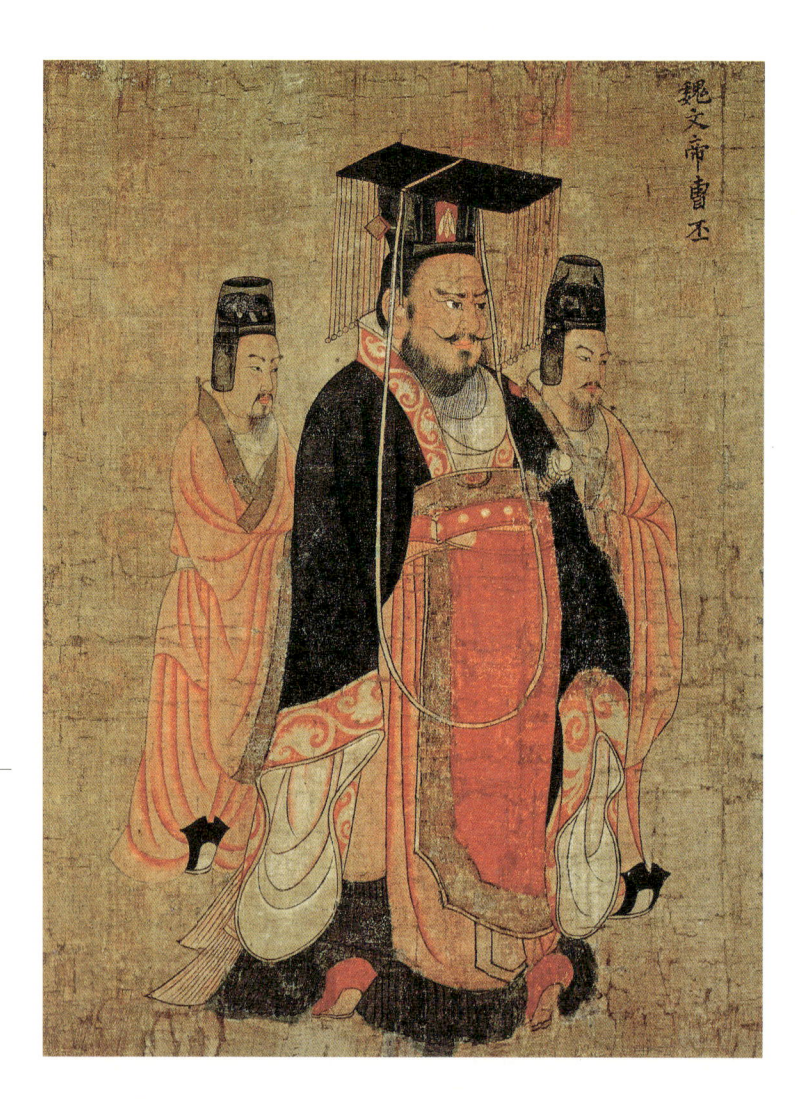

8

〔唐〕阎立本 《历代帝王图》曹丕像

长子曹昂（？—197），聪明且性情谦和，为曹操所喜爱。建安二年（197）随曹操出征张绣时，曹昂与大将典韦一同战死于宛城。又如曹冲（196—208），聪明程度可能在曹植之上，仁爱则更过之，可惜十三岁便病逝了。后来做了皇帝的曹丕也"年八岁，能属文，有逸才，遂博贯古今经传诸子百家之书；善骑射，好击剑"（《三国志·文帝纪》），绝非等闲之辈。曹操诸子中论文才之风流，曹植居于魁首，论武艺之壮猛，则推曹彰第一。

曹彰（？—223），字子文，曹丕之弟，曹植之兄，封任城王。《三国志·魏书·任城威王彰传》载："任城威王彰，字子文。少善射御，膂力过人，手格猛兽，不避险阻。数从征伐，志意慷慨。太祖尝抑之曰：'汝不念读书慕圣道，而好乘汗马击剑，此一夫之用，何足贵也！'课彰读《诗》《书》，彰谓左右曰：'丈夫一为卫、霍，将十万骑驰沙漠，驱戎狄，立功建号耳，何能作博士邪？'太祖尝问诸子所好，使各言其志。彰曰：'好为将。'太祖曰：'为将奈何？'对曰：'被坚执锐，临难不顾，为士卒先；赏必行，罚必信。'太祖大笑。"曹彰因胡须黄色，被曹操称为"黄须儿"。

曹彰膂力过人而不善文章。他心目中的快意红火人生，是像卫青、霍去病那样率领十万人马驰骋沙漠，驱逐戎狄，立功立业。建安二十一年（216），曹彰被封为鄢陵侯。两年后的四月，代北乌桓部落造反，曹操任命曹彰担任北中郎将，行使骁骑将军的职责。曹彰指挥若定，赏罚分明，率军全线出击后大获全胜，斩首俘虏敌人数千。鲜卑族的首领轲比能看到曹彰的指挥能力和所部的所向披靡，便请求臣服，北方由此平定。曹操闻讯赞赏道："黄须儿竟大奇也！"曹丕即位后的次年，曹彰晋爵为公，"三年，立为任城王。四年，朝京都，疾薨于邸，谥曰威"（《三国志·魏书·任城威王彰传》），享年三十五岁。

曹彰和曹植兄弟，并有大才和大志。为他们作传的陈寿跋评："任城武艺壮猛，有将领之气。陈思文才富艳，足以自通后叶。"（《三国志·任城陈萧王传》）遗憾的是，二人都"虚负凌云万丈才，一生襟抱未曾开"（崔珏《哭李商隐二首》其二）。如果曹彰不是三十五岁暴病而亡，一定会在抗胡、灭蜀、伐吴的事业中更显身手；如果曹植不是郁郁度过后半生，后人关于其平生的盖棺之论，也一定不止于"辞采华茂"。但不可否认，他们的精神世界里，都跃动着安邦定国的火热激情；他们的人生，都有过华彩乐章。这样的火热激情和华彩乐章，不仅属于曹氏兄弟，也属于历代许许多多的士人。"天行健，君子以自强不息"（《易经·乾卦》），"扶义倜傥，不令己失时，立功名于天下"（《史记·太史公自序》）的理想，不仅内融于他们的人格气脉，外化为他们的行走姿态，往往还流溢于他们的笔下，尤其多见于他们战争题材的诗作。

李白的绝句组诗《永王东巡歌》，既从正面状写了"王师"的威武气势，又抒发了诗人强烈的救时报国之志。兹录其中三首：

其一

永王正月东出师，天子遥分龙虎旗。
楼船一举风波静，江汉翻为雁鹜池。

其二

三川北虏乱如麻，四海南奔似永嘉。
但用东山谢安石，为君谈笑静胡沙。

其十一

试借君王玉马鞭，指挥戎虏坐琼筵。
南风一扫胡尘静，西入长安到日边。

这组诗作于唐肃宗至德二年（757）正月。宋本题下注云："永王军中。"即作于李白效力永王李璘幕府时，时年五十七岁。

天宝十四载（755），安史之乱爆发，李白那时正避居庐山。诗人虽已在野"漫游"多年，但仍然时时关注天下大局，怀揣着用世的热忱。恰在此时，永王李璘被封为四道节度都使，总管江南军事。至德元年（756）十二月，李璘以平乱名义从江陵引水军东下，军容威盛，亦尚未显露出割据一方的野心。途径庐山时，李璘听取部下建议，给了李白一个下山报国的机会。大诗人遂入李璘军幕效力，结果却是李璘被李亨打得一败涂地，李白受到株连，落了个流放夜郎的下场，只是万幸"中途遇赦"而已。

可以想见，当李白写下诗句"但用东山谢安石，为君谈笑静胡沙"时，他的内心是多么慷慨激昂、信心满满。

谢安（320—385），字安石，号东山，绍兴人，东晋政治家、军事家。世称谢太傅、谢安石、谢相、谢公。南朝齐代文学家王俭称谢安为"江左风流宰相",近代学者郑观应云:"古之所谓将才者,曰儒将、曰大将、曰才将、曰战将。乐毅、羊祜、诸葛亮、谢安、韦睿、岳飞等,儒将也。"现代史家张舜徽赞谢安为"中国历史上有雅量有胆识的大政治家"。谢安最"风流"的人生活剧,是总导演了淝水之战,创造了中国战争史上以少胜多的典型战例。

前秦皇帝苻坚在消灭北方多个政权、统一北方、攻占了蜀地之后,其政权与东晋形成南北对峙局面。太元八年(383),苻坚率领百万大军南下,誓欲吞灭东晋,统一天下。谢安临危受命,以征讨大都督身份负责军事,其从容不迫,调度有方,选派谢石、谢玄、谢琰和桓伊等率兵八万前去抵御。十二月,双方决战淝水,以晋军的全面胜利告终,前秦兵大败后,"自相蹈籍投水死者不可胜计,肥水为之不流。余众弃甲宵遁,闻风声鹤唳,皆以为王师已至,草行露宿,重以饥冻,死者十七八"(《晋书·列传第四十九》)。

当晋军在淝水之战中大败前秦的捷报送到时,"(谢)安方对客围棋,看书既竟,便摄放床上,了无喜色,棋如故。客问之,徐答云:'小儿辈遂已破贼。'既罢,还内,过户限,心喜甚,不觉履齿之折,其矫情镇物如此"(《晋书·列传第四十九》)。

李白素怀"申管晏之谈,谋帝王之术,奋其智能,愿为辅弼,使寰区大定,海县清一"(《代寿山答孟少府移文书》)的远大政治抱负,尽管迭遭打击,此志始终未泯。所以,他在诗中用"东山再起"比喻自己此番入永王李璘幕府的幸运,以为只要获得机会,他就会成为谢安第二,在从容谈笑之间平定安史叛军。

也许李白终其一生，在政治上都不够"成熟"，也许李白的自信里含有某些虚幻成分，但他既向往自由自在，又心存应时报国的炽烈悃诚，感动着时人和后人。

事实上古往今来，允文允武，应时报国，建功立业，一直是中国士人的人生主题之一，从而也就成为战争诗的主题之一。"感时思报国，拔剑起蒿莱。"（陈子昂《感遇诗三十八首》其三十五）"愿得此身长报国，何须生入玉门关。"（戴叔伦《塞上曲二首》其二）"报君黄金台上意，提携玉龙为君死。"（李贺《雁门太守行》）"归来报明主，恢复旧神州。"（岳飞《送紫岩张先生北伐》）"一身报国有万死，双鬓向人无再青。"（陆游《夜泊水村》）"镜里朱颜都变尽，只有丹心难灭。"（文天祥《酹江月》）"一寸丹心为报国，两行清泪为思亲。"（于谦《立春日感怀》）"只解沙场为国死，何须马革裹尸还。"（徐锡麟《出塞》）……千载之后读之，我们依然感到热浪扑面并为之热血沸腾。

二

西方有句著名谚语："没有人比士兵更痛恨战争。"中国也有著名诗句："一将功成万骨枯。"事实上，不仅征战的士兵痛恨战争，他们的亲人们，尤其是守在家中等待丈夫归来的妇女们，对战争更为痛恨。因为他们的命运，既可能是殒命沙场，也可能是立功还乡，而属于她们的处境与心境，唯有孤单和凄凉。恋人的相思本来就是一种顽疾，而思念远在疆场的夫婿的意绪，更是无药可治。这遭际，这情感，牵动着诗人们同情悲悯的心弦，他们用诗笔替思妇传达心曲，控诉战争的残酷，呼唤和平的到来。

> 长安一片月，万户捣衣声。
> 秋风吹不尽，总是玉关情。
> 何日平胡虏，良人罢远征。

这是李白的《子夜吴歌·秋歌》，用质朴的语言状写思妇的感受：长安城上明月皎洁，夜已深沉，千家万户的捣衣之声依然此起彼伏；秋风吹起，片片黄叶在半空飞旋。如此哀景，怎能不勾起思妇们对玉门关外征人的绵绵牵念？这牵念仿佛追随寒夜霜风，奔向玉门关外。她们的心儿悬着，只能喃喃念叨："良人出关保家卫国，经年生死未卜，也不知何日才能扫平胡虏，让我的他从此不再远征！"

虽然诗句中没有提到半点血腥的厮杀，但平实的文字里依然透露着浓郁的悲情。因为战争，夫妻才难以团聚，在萧瑟的寒秋时节，妻子只能祈盼边关早日平定，国家早日安宁！

李白生逢著名的"开元盛世"。当是时也，大唐王朝呈现出全面繁荣的社会局面。诗人杜甫就曾在《忆昔》中描述过当时的盛况："忆昔开元全盛世，小邑犹藏万家室。稻米流脂粟米白，公私仓廪俱丰实。"开元时期，有颇多反映战争的诗歌作品，如今人熟悉的王昌龄的《从军行七首》、王翰的《凉州词二首》等。这些诗作虽也揭示战争的严酷，但总的来说，大多昂扬着乐观向上的精神风貌。诗人们不仅真心诚意歌颂唐王朝的对外战争，而且往往期望像班超那样投笔从戎，建功立业。

但从一个特定的年代开始，这样的诗歌越来越少。战争仍然经常发生，而诗人们的边塞诗中，厌倦、怨怼之声，较开元时期强烈得多。发生如此转变的原因是什么呢？

这要从一个人说起，他就是李林甫（字歌奴）。《旧唐书》说他是唐高祖李渊从父弟长平王李书良的曾孙，其父李思海曾官至扬府参军。李林甫精通音律，很受其舅楚国公姜皎的喜爱，在开元初年做过太子中允。李林甫曾经通过关系请托当时的宰相源乾曜为自己谋取司门郎中一职，但由于他并非科甲出身，有才干却并无才学，源乾曜便以"郎官须有素行才望高者"为由，拒绝了李林甫的请求。李林甫的求官请求虽被拒绝，但由于他办事谨慎，讲究效率，在处理政事上又谨守格式，因循法典，所以仍能一步步升迁，官至国子司业、御史中丞。此后他对内依附玄宗的宠妃武惠妃和内侍高力士，对外交好右丞韩休，官拜黄门侍郎，又通过结交宦官、嫔妃，窥伺上意，顺风承旨，日益受到玄宗的恩宠，到开元二十三年（735），拜为礼部尚书、同中书门下三品并加银青光禄大夫。李林甫面柔而有狡计，阴险刻薄，对于才名高和受玄宗重视的官员，必定设法排斥。其待人表面上甜言蜜语相结，背后却阴谋暗害，人称"口蜜腹剑"。同朝为相的张九龄、裴耀卿、李适之等皆先后被他排挤罢相。由于他固宠专权但又并无纳贿及干犯皇权之事，且较为成功地处理了关中粮食老大难问题，因此晚年倦政的玄宗"悉以政事委林甫"。李林甫在相位十九年，玄宗晚年政治腐败，李有很大责任。而其后掌权的杨国忠更是依靠杨贵妃的背景骄横跋扈，为所欲为。

在唐代，边关设立了很多藩镇。藩镇最高长官节度使，一般由中央派驻的文官担任，权力很大，可以掌控藩镇内一切军政钱粮和人事任免的事务，立下军功还可以入朝拜相。玄宗时期的著名宰相如张嘉贞、王晙、张说、萧嵩、杜暹等人都是通过在边境立军功而拜相的。李林甫才疏学浅，又特别害怕有战功的将领入朝为相分散自己的权力，便建议玄宗起用胡人为将，安禄山、哥舒翰等胡人出身的将领便开始粉墨登场，为安史之乱埋下了祸根。

整个天宝时期（742—756），社会矛盾日益尖锐，边境征战较开元时期更为频繁。政治风气由清明滑向窳败，文人们依靠投身军旅、凭借军功求得仕进的机会增多。相比而言，繁多的兵役、杂役，使社会中的草根阶层不堪重负。在这样的背景下，士人描写战争的诗中少了对雄壮与豪迈士气的张扬，更多承载了底层人民的哀怨和呼号。

天宝中期，唐王朝对西南少数民族不断用兵。天宝八载（749），哥舒翰奉命进攻吐蕃，在石堡城展开大战，死伤数万人。天宝十载（751），剑南节度使鲜于仲通率兵进攻南诏。据《资治通鉴》卷二百一十六载，天宝十载"夏，四月，壬午，剑南节度使鲜于仲通讨南诏蛮，大败于泸南。时仲通将兵八万，……军大败，士卒死者六万人。仲通仅以身免。杨国忠掩其败状，仍叙其战功……制大募两京及河南北兵以击南诏。人闻云南多瘴疠，未战，士卒死者什八九，莫肯应募。杨国忠遣御史分道捕人，连枷送诣军所。……于是行者愁怨，父母妻子送之，所在哭声振野"。在此背景下，不少诗人用写实笔法再现朝廷穷兵黩武的政策下平民百姓生存的另一种真实，并替他们诉说痛苦哀怨。试看李白的《古风·羽檄如流星》：

情怀篇

羽檄如流星，虎符合专城。
喧呼救边急，群鸟皆夜鸣。
白日曜紫微，三公运权衡。
天地皆得一，澹然四海清。
借问此何为？答言楚征兵。
渡泸及五月，将赴云南征。
怯卒非战士，炎方难远行。
长号别严亲，日月惨光晶。
泣尽继以血，心摧两无声。
困兽当猛虎，穷鱼饵奔鲸。
千去不一回，投躯岂全生？
如何舞干戚，一使有苗平！

　　开头四句展现了紧急的军事行动场面：军书飞驰，征调急切，"救边"之声四处喧呼，连栖鸟也不得安巢。短短四句诗，渲染出万分紧迫的气氛。然后诗笔突然逆转，勾勒出一幅承平景象，与前面的战争气氛形成强烈对照。"白日""紫微""三公""权衡"，象征着皇帝和朝廷大臣。白日辉耀，君明也；三公执枢，臣能也；四海清澄，天下安定矣。这样的"好世道"，怎么会突然发生战争呢？诗人的意思似隐实显——这岂不是无事生非、轻启战端吗？其指责与讥讽之意，尽在不言之中。其后的问答，犹如记者采访壮丁，把兴兵讨伐南诏的事补叙明白："借问此何为？答言楚征兵。"而南方之地多瘴疠，触之则毙，与役者又都是未经战阵的百姓。朝廷必驱而往之，不啻让他们白白送死。所以生离亦即死别，士卒怎能不泣血心摧？文末借舜帝修德不动刀兵，用怀柔政策使有苗氏归顺的典故，再一次反讽现实，将矛头指向唐王朝的国策。

无独有偶，诗圣杜甫在《兵车行》中亦对此事做了深刻描绘，还强烈控诉了连年战争对人民的戕害。一句"牵衣顿足拦道哭，哭声直上干云霄"便将官府催征、骨肉分离的人间惨状描绘得历历在目。真不敢想象，这样的场景，竟然就出现在大唐的国都长安城郊外。安定之下掩盖着危机，繁华之中潜藏着民愤。

天宝十四载（755），范阳节度使安禄山趁唐朝政治腐败、内部兵力空虚之机，联合罗、奚、契丹、室韦、突厥等民族组成的十五万士兵发动叛乱，次年年初攻破潼关。唐玄宗仓皇逃往蜀中，太子李亨即位，是为唐肃宗。唐肃宗任用大将郭子仪、李光弼率军平叛，又借助回纥兵的帮助，先后收复了长安、洛阳。后来，安禄山的部将史思明又起兵反唐。直到763年，叛乱才被完全平定。

国家不幸诗家幸。安史之乱中，一大批反映战争的诗歌问世，其中以杜甫的诗作最为丰富和深刻。杜甫从民本主义角度出发，以细腻的现实主义笔法真切地记录了当时的战乱情形，替广大底层人民抒发心声，具有极高的史料和文学价值，他的诗被称为"诗史"。

公元758年，郭子仪、李光弼等九位节度使率兵二十万围攻安禄山之子安庆绪所占的邺都，本已胜利在望，但在第二年春天，由于史思明派来援军，加上唐军内部矛盾重重，形势发生逆转，在敌人两面夹击之下，唐军全线崩溃。郭子仪等退守河阳，并四处抽丁，补充兵力。杜甫此时刚好由洛阳回华州任所，途经新安、石壕、潼关等地，根据目睹的现实，他写了一组诗，即著名的"三吏""三别"。

> 客行新安道，喧呼闻点兵。
> 借问新安吏，县小更无丁？
> 府帖昨夜下，次选中男行。
> 中男绝短小，何以守王城？
> 肥男有母送，瘦男独伶俜。
> 白水暮东流，青山犹哭声。
> 莫自使眼枯，收汝泪纵横。
> 眼枯即见骨，天地终无情！
> 我军取相州，日夕望其平。
> 岂意贼难料，归军星散营。
> 就粮近故垒，练卒依旧京。
> 掘壕不到水，牧马役亦轻。
> 况乃王师顺，抚养甚分明。
> 送行勿泣血，仆射如父兄。

这是"三吏"组诗中的《新安吏》。小小的新安县，就是战争时期民不聊生的一个缩影。因为战争，连未成年的"中男"都被迫服役从军。尽管这首诗从顾全大局的角度对朝廷、对唐将不无回护，如"况乃王师顺，抚养甚分明"云云，但对兵役制度不合理性的揭露，对人民深重苦难的同情，是此诗的第一主题。河水向东流，青山放哭声。天地无情不仁，哪怕你眼泪纵横！

几乎所有经历这场巨变的士人，内心都产生了极大的震动。如李白在《古风》其十九中写道："西上莲花山，迢迢见明星。素手把芙蓉，虚步蹑太清。……俯视洛阳川，茫茫走胡兵。流血涂野草，豺狼尽冠缨。"写作此诗时，洛阳已被安史叛军得手，长安尚未陷落。诗人虚构了一个虚无缥缈的仙境，又在后半段转入现实，写出了中原地带叛军横行、人民遭难的悲惨境况，表达了对安史乱军最强烈的谴责。岑参在《行军九日思长安故园》中感慨道："强欲登高去，无人送酒来。遥怜故园菊，应傍战场开。"李嘉祐在《宋州东登望题武陵驿》中描写了战后的凋残景象："白骨半随河水去，黄云犹傍郡城低。平陂战地花空落，旧苑春田草未奇。"

与同时代诗人的作品相较，诗圣杜甫安史之乱题材诸作承载的情感比较多元化。《遣兴》一诗中所写的"干戈犹未定，弟妹各何之"，《月夜忆舍弟》中所写的"有弟皆分散，无家问死生"，表现的是对亲人、对家庭平安的牵挂；"三吏""三别"则站在劳苦大众的立场上控诉战争；《前出塞九首》其六中所写的"苟能制侵陵，岂在多杀伤"，表现的是期待以非杀戮的方式解决异族侵略的主张；而《洗兵马》最后所呼吁的"安得壮士挽天河，净洗甲兵长不用"，更有一种"担负人类一切罪恶"、根绝人类一切战争的大情怀。

安史之乱将唐王朝百余年积累的财富毁坏殆尽。在官军和叛军长期的拉锯战中，一拨又一拨士人被甩到了社会底层，他们想通过文事立致卿相的愿望化为泡影，再也看不到锦绣前程。为了避乱和生存，他们必须每日奔波劳碌。其中的许多人生计艰窘，与矮巷茅屋里的黎民百姓无异。作为从开元盛世走过来的一批士人，身处面目全非的家国场景，怎能不触目伤情？

三

人类的文明史，就是战争与和平、冲突与谅解不断变奏或碰撞的历史。据考证，人类有战争的历史大约起源于原始社会末期，即距今有一万年，而这一万年以来，不曾发生过战争的时间只有数百年，也就是说，从上古到当今，在世界的角角落落，几乎每一天都发生着战乱，每一天都有许多无辜的百姓因战乱而遭殃。

几千年来，为了维护社会稳定、家园和平，我们的祖先尤其是历代仁人志士一直在努力地探索着、奋斗着，并为此做出了巨大的牺牲。然而与此同时，为了一己私欲而罔顾人类公义、漠视百姓安危者亦大有人在，于是有了"边庭流血成海水，武皇开边意未已"（杜甫《兵车行》）的贪婪，有了"将军夸宝剑，功在杀人多"（刘商《行营即事》）的自私，有了"白骨露于野，千里无鸡鸣"（曹操《蒿里行》）的惨烈。

从《诗经》《楚辞》，到唐诗、宋词、元曲，中国士人把他们关于战争的多方面感受凝结成一行行文字，寓托于一首首诗歌。在百味杂陈的字里行间，有着帝王将相的文治武功，有着文人骚客的情怀意绪，更有着普通百姓的悲欢离合。

控诉战争的残酷，同情人民的苦难，谴责分裂势力，呼吁国家统一，向往天下太平，伸抒报国热忱，乃是中国士人战争题材诗歌的主流，唐以前如此，唐以后亦如此。当然，由于作者的身世经历、社会地位、思想情感千差万别，其战争题材的诗作也呈现出多姿多彩的风貌。

经历过战乱，才会更加懂得和平的可贵；遭受过苦难，才会更加珍惜来之不易的幸福。如今，我们生活在一个相对和平的时代，一个相对团结统一的国度，我们把和平与发展作为时代的主题，只有国家安定、世界和平，我们才能享受社会发展带来的幸福成果。尽管当今世界的某些角落里依然硝烟弥漫、冲突不休，但总的趋势是不断走向稳定与和平，这个趋势谁也无法阻挡。正如巴金先生所说："人类的希望像是一颗永恒的星，乌云掩不住它的光芒。特别是在今天，和平不是一个理想，一个梦，它是万人的愿望。"

多年前，一位诗人曾写过这样一首诗，表达了对战争的强烈痛恨和对和平的深情呼唤：

　　一样的天空下流着一样的血
　　一样的地球早已是千疮百孔
　　拾起人类记忆的碎片
　　却满是战争的伤痕
　　阴霾的天空下
　　魔鬼得意地狞笑
　　白鸽高举着橄榄枝飞向太阳

一样的世界上回响着一样的呼唤
一样的是一双双渴望和平的眼睛
罪恶的战争
永远地安息吧
我们呼唤和平,我们拥抱和平
我们渴望着一个平静美丽的新世界
当人类和地球
不再呻吟的时候
我愿意
流尽我所有的血和泪
化作一条和平的小溪永远安详地流淌

  毫无疑问,使"罪恶的战争/永远地安息","渴望着一个平静美丽的新世界",这是世界各国、各族人民的共同愿望。但要做到这一点,也要世界各国人民共同努力。但愿有一天,"和平"两个字不只是写在诗里,挂在嘴上,更要融化在每个人的日常生活中,洋溢在每个人的脸上,镌刻在每个人的心里。

(刘炜评、段亚广)

边庭流血成海水 —— 战争诗中的灾难控诉

战争是一个无比沉重的主题。它毁灭家园,夺去欢情,吞噬无数鲜活的生命。

中国历代战争诗的灾难叙事,是诗人笔尖舞动的哀歌。

诗人们用饱含人文情愫的诗笔,绘制了一幅幅战争背景下的人类个体与群体、民族与国家的爱恨交织的生命图谱。叹天下战争何多,教苍生迭遭灾难!"秀眉老父对樽酒,茜袖女儿簪野花"(杜牧《商山麻涧》)的宁静山村,"烟柳画桥,风帘翠幕,参差十万人家"(柳永《望海潮》)的繁华都市,"天苍苍,野茫茫,风吹草低见牛羊"(南北朝民歌《敕勒歌》)的塞外生机,"春水碧于天,画船听雨眠"（韦庄《菩萨蛮》）的江南清境，一切让人流连不去的美丽画面、和谐旋律，都可能在一场兵燹之后，变得面目全非。

一、万里长征人未还

可以这样说，人类的历史有多久，战争祸害人类的时间就有多久。远古先民们背负青天面朝黄土，日出而作，日落而息，生存本已艰辛异常，而无可逃避的战争，一次又一次地打破了他们的生活秩序。

在中国古代第一部诗歌总集《诗经》中，有着相当数量的反映战争的作品。它们对战争灾难的控诉，依然让千载以后的我们读来动容。"采薇采薇，薇亦作止。曰归曰归，岁亦莫止。靡室靡家，狁之故。不遑启居，狁之故。"（《诗经·小雅·采薇》）狁屡屡挑起事端，使战事绵延竟无终结之日。士卒有家难回，在战场上出生入死。面对未卜的前途和渺茫的归期，他们不禁忧从中来，不可断绝。历史上北方各少数民族屡屡南下，华夏民族与异族之间战争频发，无数士兵长期戍守在边关一线，无法与家人团聚，由此开启了征人怀乡诗的书写传统。

战争给百姓带来的巨大灾难，或由于外患，或由于内祸。民谚说："皇帝动刀枪，百姓遭了殃。"无论是皇帝好大喜功肆意开疆拓土，还是被迫与入侵者交战，最终都得由老百姓为苦难埋单。"边城多警急，虏骑数迁移"（曹植《白马篇》）之时，"渔阳鼙鼓动地来，惊破霓裳羽衣舞"（白居易《长恨歌》）之际，帝王为了保住江山社稷，人民为了保卫衣食家园，上下戮力同心以御强敌，流血牺牲固出于不得已，但人民并无怨言："勿为新婚念,努力事戎行。"(杜甫《新婚别》)但对于"年年战骨埋荒外,空见蒲桃入汉家"(李颀《古从军行》)的征战,人民只能不情愿地承受。"蒲桃"即葡萄,又作"蒲陶",原产于波斯等地,据《史记·大宛列传》记载,此物在汉武帝频频遣使、用兵西域期间传入中原。作为当时的奢侈品,只有皇帝和达官贵人才有享用它的口福。历史上许多帝王,往往为了满足一己之私欲,举一国之力发动战争,根本不顾老百姓死活,结果导致无数战骨葬埋塞外,无数家庭分崩离析。雄才大略的汉武帝,便是这样的人物。在位五十余年,他既对内兴作,多有建树,又不断对外用兵,扩张疆土。乃至其晚年,国家和人民为之付出了"海内虚耗,人口减半"的代价。

《诗经·小雅·杕杜》的前两章写道:

有杕之杜,有睆其实。
王事靡盬,继嗣我日。
日月阳止,女心伤止,征夫遑止。
有杕之杜,其叶萋萋。
王事靡盬,我心伤悲。
卉木萋止,女心悲止,征夫归止!

诗歌写出了妻子对长年在外服役丈夫的殷长思念,既体现了思妇对征人的牵挂,又控诉了长期戍役给底层人民带来的痛苦。"杕"是形容树木孤独的样子,"杜"是一种名为赤棠梨的果木。全诗以孤零零的赤棠起兴,以赤棠果实之多象征久役而无休止。妻子悲伤地唱道:"孤零零的赤棠,枝头结满滚圆的果实。光阴已临十月,王事犹无止息,还要继续我孤独的时日。我心充满忧戚,远征的人你什么时候可以回归?"

面对兵役,男人们无路可逃。尤其在拉锯战期间,官吏们常常布下天罗地网强行抓丁充军。"暮投石壕村,有吏夜捉人"(杜甫《石壕吏》),多少寻常人家骨肉分离,其状惨矣。"牵衣顿足拦道哭,哭声直上干云霄。道旁过者问行人,行人但云点行频。"(杜甫《兵车行》)每一个兵卒的命运,都揪扯着亲人的心。

虽然朝代更迭,但士兵被迫奔赴战场的悲剧,几乎一成不变地重复上演。孔子曾自述道:"吾十有五而志于学,三十而立,四十而不惑,五十而知天命,六十而耳顺,七十而从心所欲,不逾矩。"(《论语·为政》)但另一个人的人生轨迹却是"十五从军征,八十始得归"(汉乐府民歌《十五从军征》)。"十五""八十"两个对比强烈的数字,揭示了命运对他的残酷——未成年便背井离乡奔赴战场,然后几乎终生被捆绑在国家的战争机器上。他能活到八旬,确实是个奇迹,但在长达六十五年的军旅生涯中,各个年龄段的他,在哪里辗转,都在做着什么,又在想着什么?也许有人要说,这是诗歌,用了夸张笔法,不能太当真。可是我们要反问:艺术源于生活,诗人夸张老兵的故事,又是为什么?

中唐诗人白居易有一首著名的诗——《新丰折臂翁》,这首诗通过一位新丰折臂老人的自述,谴责唐玄宗对南诏国进行的不义战争。"是时翁年二十四,兵部牒中有名字。夜深不敢使人知,偷将大石锤折臂。"为了不被征发到南诏，风华正茂的他不惜将自己的手臂砸断。他能活到八十多岁是多么幸运，又是多么痛苦。要不是当年万不得已而自残，他可能早已在遥远的他乡"身死魂飞骨不收"了，因为事实正是"皆云前后征蛮者，千万人行无一回"。诗人通过此诗劝谕执政者，应当以历史教训为诫，倾听百姓"边功未立生人怨"之呼声，勿再轻启战端，祸害子民。

采取自残方式逃脱兵役的男青年毕竟是少数，新丰折臂翁侥幸逃脱服兵役只是一个例外，他的"成功"不可复制，事实上绝大多数人都逃脱不了战死疆场的悲惨命运。

王昌龄在他的《出塞二首》其一中写道："秦时明月汉时关，万里长征人未还。"诗人深感兵役亘古不变的延续性，"星星还是那个星星，月亮还是那个月亮"，只是陪伴寒星冷月的士卒分属不同的朝代。去乡者千千万万，回乡者寥寥无几，每一次生离都无异于死别。

二、战士军前半死生

很多时候，古代军营俨然一个等级森严的小朝廷，士兵处于军营金字塔的最底层，遭遇各级头领的层层压迫与盘剥，何谈尊严人权，何谈"自己的命运自己主宰"。建功立业只是极少数将帅拥有的特权，普通士兵只能沦为主子封官晋爵的牺牲品，这是封建社会士兵们无法摆脱的共同宿命。晚唐诗人曹松在《己亥岁二首》其一中哀叹道："凭君莫话封侯事，一将功成万骨枯。"用对比手法揭示了将军的功勋由数以万计士兵的尸骨堆成的事实。

情怀篇

中国封建社会的人治体制，造成军队系统一如文官官场，各种歪风邪气盛行。一些将官的选拔、评判、升迁不是依据其真才实学，而是比拼他们背后的人情关系。这样选拔出来的将帅，大多平庸无能。他们把持军政大权最直接的恶果，就是在战争中决策失误，导致大量士兵死亡。如果将帅好大喜功又大意轻敌，腐化堕落又贪生怕死，每临战事必定指挥无能，"士卒涂草莽，将军空尔为"（李白《战城南》）的结局便不可避免。

每每读到高适《燕歌行》"战士军前半死生，美人帐下犹歌舞"之句，就仿佛看见作者愤然的表情。士卒们在沙场上与敌人打得天昏地暗，死伤惨重，将官们却躲在营帐里，尽情地欣赏美女的轻歌曼舞。阵前拼死与帐下乐死的强烈反差，让每一个战士寒心。

战争点燃了人类原始复仇的烈焰，时时会把人性恶的一面推向极端。公元前262年，秦赵两国军队在长平（今山西高平西北）结束激战，四十万赵国士兵败降，秦将白起将他们坑杀，只留下二百四十个年纪小的士兵回赵国报信。公元前207年，项羽担心秦朝降军生变，在新安（今河南渑池东）将二十万降兵全部坑杀。白起和项羽，哪个不知道"杀降不祥"的古训？唐代诗人刘商在《行营即事》里说："万姓厌干戈，三边尚未和。将军夸宝剑，功在杀人多。"当将军置国家与百姓利益于不顾，为了一己之功利而以杀人为天职，视剥夺他人的生命如儿戏，一再突破社会伦理底线时，他们的人性已然泯灭而更近于凶兽。在他们眼里，三尺宝剑下滚落的人头越多越好。

当初杀降不眨眼的将领们，或后来有悔悟之时，但宝剑下的人却再也不能复生了。白起后来获罪，秦昭王令其自裁。白起伏剑自刎时叹道："我固当死。长平之战,赵卒降者数十万人,我诈而尽坑之,是足以死。"(《史记·白起王翦列传》)"飞将军"李广苦恼于自己屡建战功却不得封侯,曾请教卜士王朔。司马迁记载了两人的对话:"朔曰:'将军自念,岂尝有所恨乎?'广曰:'吾尝为陇西守,羌尝反,吾诱而降,降者八百余人,吾诈而同日杀之。至今大恨独此耳。'朔曰:'祸莫大于杀已降,此乃将军所以不得侯者也。'"(《史记·李将军列传》)

三、泪比长生殿上多

每一次规模稍大的战争,都会引起社会的连锁反应,而首当其冲者,总是军民中的草根阶层。征战不仅夺去无数士兵的生命,更导致生产衰退,良田荒芜,村落废弃。

试看杜甫的五言诗《羌村三首》其三:

> 群鸡正乱叫,客至鸡斗争。
> 驱鸡上树木,始闻叩柴荆。
> 父老四五人,问我久远行。
> 手中各有携,倾榼浊复清。
> 莫辞酒味薄,黍地无人耕。
> 兵戈既未息,儿童尽东征。
> 请为父老歌,艰难愧深情。
> 歌罢仰天叹,四座泪纵横。

情怀篇

此诗作于唐肃宗至德二年（757）。杜甫在左拾遗任上因上书援救房琯而触怒唐肃宗，被放还鄜州羌村探家。诗从不同角度状写了杜甫回家省亲时的生活片断，客观真实地再现了安史之乱中黎民苍生饥寒交迫、朝不保夕的悲苦境况。群鸡的争斗乱叫暗喻时世的动荡纷乱。乡亲们各自携带家酒前来杜家，庆贺诗人的生还。由于拿不出好酒，乡亲们再三地表示歉意，并说明原因："莫辞酒味薄，黍地无人耕。兵戈既未息，儿童尽东征。"连年战祸不止，村里的年轻人都被征往前线，田园一片荒芜，哪里还有酿酒的原料？短短四句，环环相扣，层层深入，小小的"酒味薄"一事，折射出安史之乱祸及民生，竟至于远离主战区的偏僻村落。

杜甫诗作《羌村三首》其三是以小见大书写战争，姜夔的词作《扬州慢》则是以虚写实反映战争。

> 淮左名都，竹西佳处，解鞍少驻初程。过春风十里，尽荠麦青青。自胡马窥江去后，废池乔木，犹厌言兵。渐黄昏，清角吹寒，都在空城。　　杜郎俊赏，算而今、重到须惊。纵豆蔻词工，青楼梦好，难赋深情。二十四桥仍在，波心荡、冷月无声。念桥边红药，年年知为谁生？

词人于宋孝宗淳熙三年（1176）冬至日来到扬州，映入眼帘的尽是荒芜和死寂。这座繁华名城此前惨遭金兵的两次劫掠，元气大伤。作者倍感物是人非，设想晚唐大才子杜牧倘若故地重游，恐怕连一星半点的诗情都不会再有了。废池和乔木尚且对兵祸心有余悸，屡屡蒙受兵燹的当地老百姓的处境和心境更是可想而知，而多情善感的词人又怎么能够用语言表达清楚他的感受呢？

古代诗人多秉承孟子"民贵君轻"的思想，格外关注社会底层弱势群体，控诉战争给平常家庭带来的厄运。清代乾隆十七年（1752）著名诗人袁枚赴陕西候补官缺，路过马嵬坡作《马嵬》组诗四首，其中之一叹道：

莫唱当年长恨歌，人间亦自有银河。
石壕村里夫妻别，泪比长生殿上多。

第一次读此作，心头有一种"触电"的震撼。袁诗口气断然地说：战争之贻祸百姓，远甚于贻祸帝王，还是多想想石壕村里那对老夫妻的不幸吧，他们的生离死别，才是真正的可怜。可是千百年来，人们把同情都给了李隆基和杨玉环，这样公平吗？是的，传说中的牛郎织女再不幸，永诀于马嵬坡的皇帝妃子再痛苦，都无法与社会底层百姓所遭的罪相比。

很多时候，战争给百姓造成的精神苦楚，远超他们物质生活上的可怜。请看南宋"中兴四大诗人"之一范成大的绝句《州桥》：

州桥南北是天街，父老年年等驾回。
忍泪失声询使者，几时真有六军来？

宋孝宗乾道六年（1170），范成大奉命出使金国，渡过淮河，踏上中原,感慨甚深。此诗作于诗人过汴京之时,他以白描手法撷取一个特写镜头,展现出沦陷区百姓盼望"王师"北返的急切而又失望的心情,也隐晦地流露出诗人对议和政策的不满。清人潘德舆《养一斋诗话》卷九评点此作:"沉痛不可多读,此则七绝至高之境,超大苏而配老杜者矣。"《州桥》中浸透着的家邦之痛,偏重于社会伦理向度,与杜甫"三吏""三别"等痛陈黎民战乱之苦的诗篇既一脉相承,又不无区别。贵生恶死固然是人生常态,而"生不如死"亦属人生体验。虽然与士人多恪守"士可杀而不可辱"的人格底线不同,一般老百姓多信奉"好死不如赖活着"的朴素哲学,但对他们而言,比生计艰辛更难以承受的,仍然是精神的屈辱。身处沦陷区的遗民惨遭身心双重摧残,求生不得,求死不可,整天以泪洗面,苦苦希冀"王师"早日到来,解救他们于水深火热之中。但残酷的现实是偏安南方的赵宋国运愈来愈衰,作为出使金国的使者,范成大面对父老的殷切询问,满面尴尬,难以作答,因为他心中也没有答案。

四、夫因兵死守蓬茅

20世纪80年代,上海电影制片厂曾拍摄过一部影片,片名是《战争,让女人走开》,立意当然非常好。但实际上自古以来,没有哪一次战争,让女人真正走开过。战争的魔爪不曾放过男人,也不曾放过女人。战争一旦降临,广大女性所蒙受的折磨,并不少于效力沙场的男人们。

东汉才女蔡琰的《悲愤诗》正是明证之一。

《悲愤诗》二章载于《后汉书》蔡琰本传中。《后汉书·董祀妻传》谓蔡琰"博学有才辩，又妙于音律。适河东卫仲道。夫亡无子，归宁于家。兴平（按，当作初平）中，天下丧乱，文姬为胡骑所获，没于南匈奴左贤王，在胡中十二年，生二子。曹操素与邕善，痛其无嗣，乃遣使者以金璧赎之，而重嫁于（董）祀。……后感伤乱离，追怀悲愤，作诗二章"。

《悲愤诗》之前章共一百零八句，五百四十字，堪称血泪之作，极为真切地讲述了战争强加于人民的深重苦难和诗人自己的悲惨遭遇。无所适从的艰难抉择，灵魂撕裂的屈辱哀恸，血水一般涌流于字里行间："卓众来东下，金甲耀日光。平土人脆弱，来兵皆胡羌。猎野围城邑，所向悉破亡。斩截无孑遗，尸骸相撑拒。马边悬男头，马后载妇女。……欲死不能得，欲生无一可。彼苍者何辜，乃遭此厄祸！……"

据《三国志·董卓传》记载："（董卓）尝遣军到阳城。时适二月社，民各在其社下，悉就断其男子头，驾其车牛，载其妇女财物，以所断头系车辕轴，连轸而还洛，云攻贼大获，称万岁。入开阳城门，焚烧其头，以妇女与甲兵为婢妾。"董卓统帅的西凉军队每犯一处，面对手无寸铁的百姓，均进行残酷野蛮的屠杀，造成尸横遍野、白骨相撑的惨象。正是在这场浩劫中，蔡琰被董卓部将李傕、郭汜大部队杂有的羌胡兵掳掠，被迫进入胡地。面对劲风奇寒尤其是格格不入的风土人情，她痛苦屈辱至极，只有质问苍天："我蔡琰究竟造了什么孽，竟要遭受如此严厉的惩罚！"

与蔡琰这样的名女人相比，古代社会中没有留下姓名的那些普通女性，在战争中遭遇到的各种灾难更为惨烈。唐代诗人杜荀鹤的《山中寡妇》写道：

夫因兵死守蓬茅，麻苎衣衫鬓发焦。
桑柘废来犹纳税，田园荒后尚征苗。
时挑野菜和根煮，旋斫生柴带叶烧。
任是深山更深处，也应无计避征徭。

"夫因兵死"的具体原委，诗中没有交代，读者不得而知，但不外乎两种情形：或因当兵而死，或被当兵的杀死。杜荀鹤的这首诗，简直就是对杜甫"死者长已矣，存者且偷生"（《石壕吏》）的注脚。山中寡妇的"偷生"实况，是战乱时代千千万万底层妇女处境的写照。活着于她们而言，是一件多么痛苦的事！

内乱加诸妇女的祸端，有时甚于外敌的侵犯。公元1402年，明代燕王朱棣发动所谓"靖难之役"攻下南京，夺了亲侄子的皇位。建文帝宫中的太监、嫔妃、女官等几乎全部被杀。由于大臣方孝孺不仅拒绝为朱棣草拟即位诏书，还愤而疾书"燕贼篡位"，后者暴怒之下灭方氏十族，诛杀人数竟至八百七十三人之多。不仅如此，还有数千人被流放、充军。对于其中的女性，朱棣下令把她们送进军营，遭受士兵的轮奸。被摧残致死者，尸体大多被喂了狗。永乐末年，朱棣又大肆屠杀宦官和宫女，被杀宫女超过三千人。

"冉冉孤生竹，结根泰山阿。与君为新婚。兔丝附女萝。"（《古诗十九首》）在男权社会里，女性将自己的幸福寄托在嫁个好人上，是自然而然的事。但残酷的战争，要么掐死了她们的指望，要么让她们的指望成为虚无的梦想。"可怜无定河边骨，犹是春闺梦里人！"（陈陶《陇西行》）那

诗词里的金戈铁马

情怀篇

第二拍

马上将余向绝域 厌生求死死不得戎羯
腥膻岂似人 犲狼喜怒难姑息 行尽天山
芝霜览风土萧条近胡国 万里重阴鸟不
飞 寒沙莽莽无南北

〔南宋〕李唐 《胡笳十八拍》

早已干枯于边关荒漠的一具尸骨，依然是闺阁思妇梦里的良人。人生如戏，戏如人生，很多时候，现实生活比戏剧更为荒诞！

"边庭流血成海水，武皇开边意未已。"（杜甫《兵车行》）中国古代社会权力高度集中，君王对黎民百姓的生命可以随意践踏，生杀予夺。君王若为战争狂人，普通民众的命运就惨不可言。古代诗人深知，在现实中完全消除战争几乎是不可能的，因此他们只能希望当朝君王能尽量减少战争。李白《战城南》曰："乃知兵者是凶器，圣人不得已而用之。"他心怀至诚地呼吁：战争是洪水猛兽，不到万不得已，绝不可轻易放它出来。但深明此理并能践行的君主，从来极其少见。

（李祝喜）

一夜征人尽望乡　战争诗中的乡愁

对于人类的大规模战争，史学家关注的重点常在于来龙去脉、胜负影响，却往往忽视了每一场战争中的一个个血肉之躯。

战场上的他们，普通得如同弈盘上的小小棋子，甚至"战城南，死郭北，野死不葬乌可食"。他们的身姿，他们的心境，他们的声音，被岁月的风沙埋没于雪山荒漠、旧垒残垣里。

只有多情敏感的文人，给他们以设身处地的理解与同情。

一

"战争"是一个让人倍觉冰冷和畏惧的词。一提到战争，我们脑中仿佛就闪现出奥斯维辛集中营里一个个惨死的冤魂,圆明园被熊熊大火烧成废墟的历史瞬间……那一刻,人类的良知被邪恶的贪欲所控制,冰冷的武器和无尽的杀戮让无数百姓家破人亡、妻离子散。在漫长的人类战争史中,有多少人战死疆场,累累白骨无人收,又有多少人"去时里正与裹头,归来头白还戍边"(杜甫《兵车行》)?

然而,冰冷的铠甲下,严酷的沙场上,始终流淌着一股不灭的情感,那就是征人对家乡的牵挂和思念。

"君子于役,不知其期。"(《诗经·王风·君子于役》)"靡室靡家,猃狁之故。"(《诗经·小雅·采薇》)不知归期的日子,征人把浓烈的乡愁灌注在浊酒、羌笛和诗歌里,凄婉而缠绵。

唐德宗建中元年(780)深秋,大诗人李益来到灵武,依附朔方节度使崔宁。在灵武从军期间,他深入边塞生活,了解士兵疾苦,写下了著名的《夜上受降城闻笛》:

回乐峰前沙似雪,受降城外月如霜。
不知何处吹芦管,一夜征人尽望乡。

据考证,诗中"回乐峰"在今宁夏回族自治区,"受降城"在今内蒙古自治区。此诗之所以传唱甚广,就在于全诗不见一处思乡盼归的字眼,却处处弥漫着乡愁。前两句描绘出一幅凄清、冷漠的塞外夜景,烘托出浓郁的思乡氛围。然而当我们以为诗人要展开抒情之际,他却笔锋一转,描写了一个声音和一个动作：芦管声引发了乡愁，战士们整夜都默默远望家乡的方向。他口中没有吐露一句故乡，可是一个"尽"字，就让我们感受到乡愁萦绕于每个士兵的心中。

李益还作有一首《从军北征》，艺术效果与《夜上受降城闻笛》有异曲同工之妙：

> 天山雪后海风寒，横笛遍吹行路难。
> 碛里征人三十万，一时回首月中看。

此诗作于唐德宗贞元元年（785）到贞元四年（788）间。作者随崔宁在边疆巡视之时，感受到军队已经不复有盛唐的雄壮豪迈士气，于是发为此诗。

诗的首句"天山雪后海风寒"，只七字，便将地域、季节、气候一一交代清楚，有力地烘托了这次行军的环境气氛。虽然没有直接描述行军艰苦，但"横笛遍吹行路难"一句，已经道出了征人困途中的心情。《行路难》是一支声情哀怨的笛曲，这里用了"遍吹"两字，点明这时传来的不是孤单、微弱的独奏，而是此吹彼和、响彻夜空的合鸣，从而把读者带进一个悲中见壮的境界。

诗的后两句"碛里征人三十万，一时回首月中看"，交代了这一片笛声在军中引起的共感。"三十万"竟"一时回首"，无疑是夸张的写法，却展现了"人同此境，心同此情"的真实。回首的士卒们"看"什么呢？

表面上是注目那些奏乐的战友，实际是精神上、情感上对于"难"的共鸣——风雪路上行军之难、沙场上死里逃生之难、解甲归田亲人团聚之难等，无不在焉。

在中国传统诗歌中，一轮月、一枝柳、一声笛、一行雁，往往都是乡愁的化身："举头望明月，低头思故乡。"（李白《夜静思》）"此夜曲中闻折柳，何人不起故园情？"（李白《春夜洛城闻笛》）"何人吹笛秋风外，北固山前月色寒。"（萨都剌《秋夜闻笛》）"乡心正无限，一雁度南楼。"（赵嘏《寒塘》）……尤其是边关的冷月，无论春夏秋冬，无论圆缺明暗，都牵动着、搅扰着、抚慰着远别桑梓的士卒们的心灵。也许在浴血杀敌的白天，他们忘却了身家性命，而到了相对安静的月夜，那缕缕乡愁便如萋萋秋草，在每个征人的心间暗暗地、不可遏止地蔓生着。

二

征人的乡愁，也会因时代变化而带有不同的面目。初唐后期至盛唐，国家蒸蒸日上，军事力量强大。很多文人都把驱驰沙场作为报效国家、出人头地甚至封侯拜相的正途。于是他们吟唱出了"不求生入塞，唯当死报君"（骆宾王《从军行》），"宁为百夫长，胜作一书生"（杨炯《从军行》），"醉卧沙场君莫笑，古来征战几人回"（王翰《凉州词》）等豪气干云的诗句。

当更多的书生有了较长的效力军旅的经历之后，他们诗作的取材、立意等具有了更能直面"部队生活"的质感：一方面，从不同角度展现了唐军的意气风发和威武雄壮,从而也折射出了"盛唐气象";另一方面,对于边关环境的艰苦和戍边将士心情的悲苦的颇多反映,形成了"悲而不伤"的总体风格。

较诸初唐诗人,盛唐诗人对于普通士卒征战的辛苦与心情的悲凉,理解、体会得更为具体细微。试看王昌龄的《从军行七首》其二:

琵琶起舞换新声,总是关山旧别情。
撩乱边愁听不尽,高高秋月照长城。

诗人抓住边塞军旅生活的一个片段,跌宕起伏地展现了当时军士生活的乏味苦闷,以及思念家乡的不尽哀愁。一轮皎洁的秋月升起,高照着绵延万里的长城。军营里难得举办盛大宴会,乐舞场面好不热闹。琵琶不断翻奏出新声,但不管怎样翻新,每每听到《关山月》的曲调,总会激起边关将士久别家乡的忧伤之情。"关山"双关《关山月》曲调。《乐府古题要解》云:"《关山月》,伤离别也。" 纷杂的乐舞与思乡的愁绪交织在一起,欲理还乱,无尽无休。

琵琶是富于边地色彩的乐器,唐代军中作乐,往往以胡琴、羌笛和琵琶伴奏,这些乐器奏出的带有胡地情调的音律,最易唤起戍边者强烈的感触。既然是"换新声",带给听者的感受,本应当是趋向欢乐的,但为什么引发的却"总是关山旧别情"呢?因为听者的心理接受基础是旧的、不变的,那便是与乡愁羼杂在一起的"边愁"。"总是"二字,转折得极为有力而又意味无穷。

另一位诗人常建所作的一首《塞上曲》，也足以使读者陷入沉思。盛世下的征战，看似能凭借兵强马壮轻松取胜，但事实并非如此：

翩翩云中使，来问太原卒。
百战苦不归，刀头怨秋月。
塞云随阵落，寒日傍城没。
城下有寡妻，哀哀哭枯骨。

常建，大约生于景龙年间（707—710），卒于大历年间（766—779），历经中宗、玄宗、睿宗、肃宗四朝，是开元盛世与安史之乱的见证者。生活在唐王朝由盛转衰时期的诗人目睹了太多战争灾难，也经历了太多悲欢离合，这让他更能冷静看待战事，尤能体会战争带给普通人的苦痛。此诗具体创作年代已不可考，周笃文先生认为："常建的诗作，大多成于开元、天宝年间。"结合常建所作四首《塞下曲》，应为"有感于唐玄宗晚年开边黩武的乱政而发"，其说近是。这首《塞上曲》，也当作于同时期。

作者在诗中着力描绘了一幅阴晦、凄惨的景象。开篇交代一位朝廷高官来前线慰问士兵："翩翩云中使，来问太原卒。""云中"即今之大同，"翩翩"一词，生动描绘了高官的趾高气扬、不可一世，与苦战士形成鲜明对比。以下六句，似应理解为"太原卒"对"云中使"的诉苦：打了多少次恶仗，已经记不得了。年年岁岁，岁岁年年，我们就这样撑熬着,家乡对我们来说,早已成为遥远的记忆。陪伴我们的,永远是秋月、塞云和寒日。站在戍楼上,偶尔会看见城门底下,有寡妇对着自己丈夫的枯骨号哭……

"刀头"一句典出《汉书·李广苏建传》:"立政等见陵,未得私语,即目视陵,而数数自循其刀环,握其足,阴谕之,言可还归汉也。""刀环"之"环"与"归还"之"还"同音,沈德潜《唐诗别裁集》评价"刀头怨秋月"句说:"望其还而不遂。"戍守边庭的士兵历经百战,欲归不得,只得年年怨望秋月,苦盼能有生还故里的那一天。然而战争太残酷了,当士卒面对"城下有寡妻,哀哀哭枯骨"的场面时,怎能不悲人悲己、黯然落泪?

征人的乡愁固然连接着对战争的控诉,但同时也连接着责任的担当、信念的坚守。军旅男儿的使命不断提醒他们:国家有难,挺身而出;军令如山,誓死效忠;建功立业,光宗耀祖。他们拼死保护的,正是身后那片可爱的故土和日夜牵挂的亲人。

三

都说国家命运与小家命运休戚相关,但对和平时期的百姓而言,它可能只是个抽象的命题,只有在战争环境下,这种感触才会来得万分真切。人类最基本的需求就是生存,而战争是生存的死敌。所有被卷入战争旋涡的人,都不得不面对太多的变数。有男丁出征的家庭,白头父母不忍听闻"三男邺城戍。一男附书至,二男新战死"(杜甫《石壕吏》)的噩耗,红妆新妇难以面对"暮婚晨告别,无乃太匆忙"(杜甫《新婚别》)的境遇。就算没有家人征战沙场，在山河沦陷、社会动荡的日子里，小家也难以保全。战争就这样把个人、家庭和国家的命运，紧紧地联系在了一起。

因此，战争年代"中州盛日，闺门多暇，记得偏重三五"（李清照《永遇乐》）的乡愁，比和平时期"日暮乡关何处是，烟波江上使人愁"（崔颢《黄鹤楼》）的乡愁，更具悲剧性的心理厚度。试看伟大诗人屈原的《哀郢》一诗：

> 皇天之不纯命兮，何百姓之震愆？
> 民离散而相失兮，方仲春而东迁。
> 去故乡而就远兮，遵江夏以流亡。
> 出国门而轸怀兮，甲之朝吾以行。
> 发郢都而去闾兮，怊荒忽其焉极？
> 楫齐扬以容与兮，哀见君而不再得。
> 望长楸而太息兮，涕淫淫其若霰。
> 过夏首而西浮兮，顾龙门而不见。
> 心婵媛而伤怀兮，眇不知其所蹠。

《哀郢》是《楚辞·九章》之一。尽管对于此诗所涉的具体人与事，如郢都沦陷时屈原身在何处、是否亲睹了秦军暴行、是否与百姓一起"遵江夏以流亡"等，还存在不少争议，但说它是一首据题叙述抒情之作，应当是没有疑问的。

情怀篇

诗题"哀郢",即哀悼被秦军攻陷的楚国都城郢。据《史记·楚世家》《史记·白起王翦列传》等记载,楚顷襄王二十一年(前278),秦将白起率军攻占楚国都城郢,焚烧了楚王的坟墓夷陵。楚军溃不成军,退到陈地,将陈作为都城,仍称作郢。经此重创的楚国便一蹶不振。

《哀郢》的"哀",具有多重内涵:哀国都的陷落,哀人民的离散,哀国君的执迷不悟,哀国家政治局面的混乱,哀自己无罪而被弃逐……而其中最深重的哀,乃是"望长楸而太息兮,涕淫淫其若霰""哀州土之平乐兮,悲江介之遗风"的乡愁,因为他强烈地预感到,对熠熠生辉的荆楚文化来说,这场战争无疑是灭顶之灾。屈原一生遭遇过太多的磨难,但失望和希望的心绪并在,而秦军灭郢毁庙的暴行,在他心头引发的感受,就不只是深哀剧痛了。

这首长诗将家国之恨、身世之感有机地交织在一起,充分表现了屈原作为一代爱国诗人的伟大情怀。而尤其丰富深刻的是,诗人把乡愁上升到了文化之愁的层面。

诗人最后安定死志:"曼余目以流观兮,冀一反之何时?鸟飞反故乡兮,狐死必首丘。信非吾罪而弃逐兮,何日夜而忘之?"誓死忠于故国的炽烈感情,跃然字里行间。就在这一年的夏历五月五日,诗人自沉于汨罗江中。

东汉末年是继春秋战国之后又一个分裂动荡的乱世,长时间的战乱纷争,时时会勾起士兵的乡愁。建安十三年(208),曹操大败赤壁之后,面对战乱连连的社会现实,心情苍凉苦闷。常年的军旅生活,士兵也早已不堪劳累，愈加思念故乡。曹操用他的诗笔传达了广大兵士渴望回乡的迫切愿望。试看其《却东西门行》：

> 鸿雁出塞北，乃在无人乡。
> 举翅万余里，行止自成行。
> 冬节食南稻，春日复北翔。
> 田中有转蓬，随风远飘扬。
> 长与故根绝，万岁不相当。
> 奈何此征夫，安得驱四方！
> 戎马不解鞍，铠甲不离傍。
> 冉冉老将至，何时反故乡？
> 神龙藏深泉，猛兽步高冈。
> 狐死归首丘，故乡安可忘？

全诗由比兴引出议论抒情。前半部分写鸿雁和蓬草的身不由己，它们一为动物，一为植物，种属不同，命运则一。开端略一勾勒，便写出鸿雁作为候鸟的境遇。它们的家乡本在"塞北"的"无人乡"，但只能服从节令的安排，与同类结伴而行，万里远征，严冬南飞而食稻，阳春北翔而重回，常常处于辛劳困苦的环境中。田间蓬草的不幸又过之，它们随风飘荡，无所归止，永远无法回归"故根"。

在以鸿雁、蓬草铺垫之后，作者切入正题：只能如此，别无选择的岂止是它们，更有他们——千千万万的征夫。他们万里出征，马不解鞍，甲不离身；年岁飞逝，老之将至；企望故土，徒呼奈何。唯其愿望不能实现，其怅然之情也就愈为深痛。

诗的最后四句，又一次将笔墨宕开，连用神龙、猛兽、狐狸等数个比喻，使全诗有了交响曲般的回旋效果。神龙藏于深泉，猛兽步于高冈，各有定所，各遂其愿，令有家归不得的征夫羡慕不已。"狐死归首丘"典出《礼记·檀弓》："古之人有言曰：'狐死正首丘，仁也。'"屈原《哀郢》用以为典，曹操再次用以为典。在全诗的层层铺垫之后，"故乡安可忘"具有了撕揪人心的力度。

四

唐肃宗上元元年（760），诗圣杜甫作《恨别》一诗：

> 洛城一别四千里，胡骑长驱五六年。
> 草木变衰行剑外，兵戈阻绝老江边。
> 思家步月清宵立，忆弟看云白日眠。
> 闻道河阳近乘胜，司徒急为破幽燕。

作此诗时，距安史之乱已有五年，杜甫辗转多地之后旅居成都。唐代孟棨《本事诗》曰："杜（甫）逢（安）禄山之难，流离陇蜀，毕陈于诗，推见至隐，殆无遗事，故当时号为'诗史'。"诗人日思夜想北方的长安、洛阳，无限牵挂暌隔多处的亲朋。听到唐军一时取胜的消息后，喜不自禁，写下此作，尽快平乱的期望，跃然于"闻道河阳近乘胜，司徒急为破幽燕"。

上元二年（761），杜甫作《送韩十四江东觐省》：

> 兵戈不见老莱衣，叹息人间万事非。
> 我已无家寻弟妹，君今何处访庭闱？
> 黄牛峡静滩声转，白马江寒树影稀。
> 此别应须各努力，故乡犹恐未同归。

诗题"觐省"是看望父母、探亲之意。韩十四生平、名字不详，是诗人的好友。诗人在白马江畔送韩十四回江东探亲，遂有此作。

首句"老莱衣"指老莱子身上的五彩衣，传春秋时老莱子七十岁仍穿五彩衣学婴儿啼哭以讨父母欢心，后以此典喻孝顺父母。张上若云："百行以孝为本，乱离致使人不能养父母，则天下事可知。二句多少感慨。"确为精评。颔联紧承"万事非"分说自己和韩十四，深喟各有各的不幸——我的弟妹各在一方，难以寻觅；你此番寻亲，恐怕亦须费尽周折。颈联写二人分离时的眼前物景，"静""寒"二字，点衬出凄冷愀怆之情。尾联道珍重，寄期望，但"犹恐"两字，又写出了期望实现的渺茫。

深厚的乡愁，贯穿在杜甫后期的诗作中。"今夜鄜州月，闺中只独看。遥怜小儿女，未解忆长安。"（《月夜》）是对家中妻子、儿女的牵肠挂

肚。而这一首《送韩十四江东觐省》，是对朋友和自己勉强的宽慰。

　　杜甫晚年流落湖南，贫病交加，写下了著名的绝笔诗《风疾舟中伏枕书怀三十六韵奉呈湖南亲友》，诗中写道："如闻马融笛，若倚仲宣襟。故国悲寒望，群云惨岁阴。"乡愁如帛裂锯扯，似冰压雪覆，让诗人喘不过气来，而时局仍是藩镇叛乱，吐蕃寇边——"公孙仍恃险，侯景未生擒。书信中原阔，干戈北斗深。"国难与家难，在杜甫的诗笔下紧紧相连，迸发出"心事浩茫连广宇"般的力量。

　　中国古代战争中的乡愁，具有多方面的文化心理内涵。中国百姓是反战的，他们希望和和气气地过着小日子，守着自己至爱的家人。但战争年代的他们，也从不逃避自己应尽的责任。在长枪冷箭中穿梭的战士，无时无刻不在想念故土、亲人，然而保家卫国的责任，却一次次为他们吹响冲锋的号角。他们用自己的血肉之躯，为故乡的亲人筑起一道平安之墙。在每个与死神相伴的日子里，远方那片热土、那个村落、那道颓垣，尤其那一头头白发、一双双素手、一声声呼唤，既让征人牵肠挂肚，又给予征人无尽的刚毅与勇敢。

这才是属于中华民族的乡愁，既温柔似绿水，又庄严如苍山。

（葛雅、郑易崑）

子魂魄兮为鬼雄

战争诗中的哀悼

中华传统文化词库里，从来就没有"好战"二字，因为我们的祖先清楚地知道，卸去涂抹于战争之上的理想光环，腥风血雨、家毁人亡才是它的本质。

于是，古代中国人既祈祷战争远离人间，又直面战争的狰狞面孔。他们在诗歌中歌颂保家卫国、建功立业的将士，也从来不忘深切悲悼鲜活生命的陨灭。

从这些哀悼的诗歌中，我们看到了根植于朴素人性中的脉脉温情。

世间最宝贵的是生命，但是战争的内核却是死亡。在战争中，死神像梦魇一样挥之不去，吞噬着一个又一个独特鲜活的宝贵生命。美国著名的血胆将军巴顿在一次战前动员时就曾赤裸裸地说:"战争就是杀人,你不杀他,他就杀你。"巴顿是二战中的风云人物,先后指挥过美国陆军第七集团军和第三集团军。在1944年盟军发动的诺曼底登陆战役中,巴顿领导了一场非常成功的军事行动,在九个月的推进中歼敌一百四十余万,取得了惊人的战果,但盟军亦为此遭遇了重大伤亡。难怪有人说,战争无论胜败,死神才是那个最终且唯一笑到最后的赢家。

步入中国古代战争题材诗歌之林,死亡的悲叹时时扑面而来:"去时三十万,独自还长安。"(王昌龄《代扶风主人答》)"君不见,青海头,古来白骨无人收。新鬼烦冤旧鬼哭,天阴雨湿声啾啾!"(杜甫《兵车行》)……从古至今,边关触目皆是征夫无人掩埋的累累白骨。阴雨天里依稀听得到,那些新鬼和旧鬼,爆发出一片哭泣声和怨恨声。

《孝经·开宗明义章》讲道:"身体发肤,受之父母,不敢毁伤,孝之始也。"自古以来,"叶落归根""留个全尸""葬入祖坟"等,都是中国民间根深蒂固的观念。《三国演义》第十八回叙述魏国名将夏侯惇被吕布部下曹性射中左眼,但是他强忍剧痛将箭矢拔出说:"父精母血,不可弃也!"遂将自己带血的眼珠一口吞下。因此我们不难理解,面对堆积如山的尸体裸露于荒野并不时被乌鸦吞噬的场面,丧歌手何以苦苦恳求乌鸦食尸前姑且为死者悲号一番:"战城南,死郭北,野死不葬乌可食。为我谓乌:'且为客豪!野死谅不葬,腐肉安能去子逃?'"(汉乐府民歌《战城南》)

一、忆故将军，泪如倾——名将的凋零

中国有句古话叫"国难思良将，家贫思贤妻"。追忆往昔的峥嵘岁月，你我的脑海中会闪过一个个熟悉的人物，他们运筹帷幄，指挥若定，他们鏖战疆场，奋勇杀敌。他们的身影虽然已随着流逝的时光远去，但他们的英勇气概与热血豪情，却永远留在了诗歌之中。

让我们跟随唐代诗人常建的《吊王将军墓》走近一位将军。

> 嫖姚北伐时，深入强千里。
> 战余落日黄，军败鼓声死。
> 尝闻汉飞将，可夺单于垒。
> 今与山鬼邻，残兵哭辽水。

这首诗哀悼的是初唐时期的将军王孝杰。他少年从军，一生戎马；在征伐吐蕃时曾被敌军俘获，幸而生还；最后在和契丹的战斗中，兵败殉国。纵观王孝杰生平，一生征战，有胜有败，但从不失爱国之心。虽孤军深入，却英勇无畏，浴血拼杀，力战强敌，最后以身殉国，可歌可泣。诗人不以成败论英雄，在拜谒其墓时感慨万千，把他作为英雄来凭吊和歌颂。殷璠《河岳英灵集》评价此诗为常建作品中的通篇尽善者，且曰："属思既苦，词亦警绝。潘岳虽云能叙悲怨，未见如此章。"

诗歌开篇便将王将军比作霍去病，借霍去病北伐匈奴、长驱千里、封狼

居胥的伟功赞扬王孝杰北讨契丹、深入敌后的壮举。接着以凝练笔触描写了唐军与契丹军激战的场面：杀声震天，旌旗蔽日，尘土飞扬。直到战罢，那沉沉的落日还依旧昏黄无光。鼓声是进军的号令，将军虽深陷重围，但一直在勇猛进击，毫不退缩，直至全军覆没。

"尝闻汉飞将，可夺单于垒"两句借汉将军李广的典故，感慨王将军虽智勇非凡，却又命运不济。王将军纵有李广"不教胡马度阴山"（王昌龄《出塞》）的胆魄和能耐，却还是难逃战死沙场的宿命。最后两句"今与山鬼邻，残兵哭辽水"将哀悼之情推向极致——当诗人泪眼面对王将军的坟茔时，仿佛看到当年将军与众多部下战死之日，残兵们哭天抢地、声震辽水的场景。

人们敬仰英勇的将军，因为他们有勇往直前、不畏劲敌的胆魄，有重义轻生、视死如归的气节。宋代女词人李清照的《夏日绝句》就将项羽的不过江东立为将军的人格标尺，借以讥刺当时很多望敌南逃的文官武将。

生当作人杰，死亦为鬼雄。
至今思项羽，不肯过江东。

项羽的确是一个绝不低头的英雄。他为反抗暴秦的统治而毅然起兵，率领八千江东子弟南征北战，最终推翻秦朝，成就伟业。在与刘邦进行了数年楚汉战争后，垓下被围，四面楚歌，突围到乌江后，因不肯过江，自刎而死。英雄项羽的悲剧，一直令后人唏嘘不已。

李清照的这首绝句以歌代哭,赞扬了项羽既已战败,绝不渡江苟且偷生,以死来谢江东父老的英雄主义情怀。李清照作此诗时,国家情势危急,金人步步紧逼,不断侵扰,朝廷却一味怯懦南迁。这不禁让她悲愤万分。在她眼里,项羽"不成功,便成仁"的无畏精神,正是国弱兵疲的南宋社会所缺乏的。所以即便身为一名女性,面对惨淡的国运和软弱的朝廷,也毅然发出了对英雄情怀的景仰与呼唤。

《左传》有言:"国之大事,在祀与戎。"而参战将领的指挥才华和思想抱负,与战争的成败关系甚大。中国自古就有"文死谏,武死战"的传统。许多武将虽没有文人的渊博学识,却也深受儒家济世报国文化传统的熏染,拥有以身殉国的热忱。作为一名武将,无论勋爵荣誉有多显赫,当披上铠甲的那一刻,死亡总会与其如影相随。在生死存亡关头,没有强大的国家荣誉感和军人的职业崇高感,他们就不可能舍生忘死。

南宋抗金名将岳飞就是一位将气节和使命融入骨血的将领。其五律《归赴行在过上竺寺偶题》写道:

> 强胡犯金阙,驻跸大江南。
> 一帝双魂杳,孤臣百战酣。
> 兵威空朔漠,法力仗瞿昙。
> 恢复山河日,捐躯分亦甘。

岳飞一生将雪国耻、保黎民、复社稷作为自己的最大责任,始终坚持奋

诗词里的金戈铁马

58

〔清〕佚名 《精忠传》 天津市杨柳青镇年画

战在抗金第一线，个人生死置于度外。战争中风餐露宿的艰苦，在岳飞那里都变成了激励自己的动力，富贵和功名于他而言更是如过眼云烟。血洗靖康国耻，才是他的昼思夜想。但是，还没有等到完成"收拾旧山河，朝天阙"（岳飞《满江红》）的夙愿，绍兴十二年（1142），他便被奸臣秦桧构陷，与长子岳云、部将张宪同被杀害，令人扼腕叹息。宋孝宗时岳飞冤案得以平反，改葬于西湖畔栖霞岭，追谥武穆，后又追谥忠武，封鄂王。

岳飞的千古奇冤，使得无数祭悼、凭吊、缅怀之作问世。宋元之际的书法家、诗人赵孟頫的七律《岳鄂王墓》尤为深沉：

> 鄂王坟上草离离，秋日荒凉石兽危。
> 南渡君臣轻社稷，中原父老望旌旗。
> 英雄已死嗟何及，天下中分遂不支。
> 莫向西湖歌此曲，水光山色不胜悲。

宋亡之后，赵孟頫经过杭州西湖，拜谒岳飞墓后写下此诗。诗人凭吊之时，陵园已十分荒凉。首联扣题写景，以野草茂盛、石兽屹立道出作者伫立英雄墓前无比凄凉的感受，可谓情在景中。颔联回溯往事，在强烈对比中直揭英雄悲剧发生的时代环境：一方面，"南渡君臣"文恬武嬉，"直把杭州作汴州"（林升《题临安邸》）；另一方面，"中原父老"翘首期盼"王师"收复失地。于是，岳飞的英勇抗金，既是对北方沦陷区人民强烈愿望的热切呼应，又是不满南方政权态度而进行的苦斗苦熬。颈联仍是强烈对比，谓一个屈死英雄、一味偏安的朝代，最后连偏安局面也难以为继，终于凄凄惨惨地走向了终结。尾联再次回到眼前，回到现实，表达了山河依旧而人事全非的深痛感慨。

元代学者陶宗仪《南村辍耕录》曾称赞《岳鄂王墓》："岳王墓诗，不下数百篇。其脍炙人口者，莫如赵魏公作。"

"忆故将军，泪如倾。"（刘过《六州歌头·题岳鄂王庙》）英雄的出师未捷，英雄的殒身疆场，英雄的蒙冤受屈，总是一次又一次唤起我们无限的悲悼。他们坚挺的身影渐渐远去，但他们的忠肝义胆和爱国豪情，从来不曾在任何一代人的心目中模糊过、褪色过。

二、尸丧狭谷中，白骨无人收——士卒的鲜血

战争或许可以成就一代名将，使其留名青史。但铸就将军们功勋的，却是士卒们的血和命。这些普通的士卒，在最恶劣的环境中拼杀在最前线。战争胜利了，很少有官方人士为他们树碑立传；战争失败了，他们甚至不能马革裹尸而还。我们应当向那些痛恨战争、悲悯生命的文人们、诗人们致敬，因为他们在哀悼战死沙场的虎贲猛将的同时，没有忘记为那些身首分离的普通灵魂低头默哀，送上挽歌。

两千多年前的诸侯争雄时代，楚国大夫屈原写下了光耀古今的祭歌《九歌·国殇》：

操吴戈兮被犀甲，车错毂兮短兵接。

情怀篇

旌蔽日兮敌若云，矢交坠兮士争先。
凌余阵兮躐余行，左骖殪兮右刃伤。
霾两轮兮絷四马，援玉枹兮击鸣鼓。
天时怼兮威灵怒，严杀尽兮弃原野。
出不入兮往不反，平原忽兮路超远。
带长剑兮挟秦弓，首身离兮心不惩。
诚既勇兮又以武，终刚强兮不可凌。
身既死兮神以灵，子魂魄兮为鬼雄。

祭歌一开场就将我们带入惨烈悲壮的战场：战士们披坚执锐、义无反顾地冲锋陷阵，与敌人短兵相接。虽然敌众我寡，形势严峻，步卒依然前仆后继，车士依然援枹击鼓。战斗趋向白热化，仿佛神灵发怒，天地为之色变。然而，战局并没有因为勇士们的浴血奋战而逆转，勇武刚强的士兵一个个倒下了，最终全部壮烈牺牲，尸骨裸露于广袤萧瑟的原野。但在诗人眼里，这并不是将士们精神生命的终结——他们"首身离兮心不惩"，他们为了守护自己的国家和民族而死，他们的灵魂化作鬼中之雄，依旧守卫着自己的家园。

在《国殇》之后，"国殇"就成了为国战死的将士们的代名词，不断出现在后世的诗歌文章中，如鲍照的"投躯报明主，身死为国殇"（《代出自蓟北门行》）。

再看一首魏晋南北朝时期的民歌《企喻歌·男儿可怜虫》（其二）：

男儿可怜虫，出门怀死忧。
尸丧狭谷中，白骨无人收。

魏晋南北朝时期，少数民族入主中原地区，汉族政权朝廷南迁。北方地区战争的频繁，催生了战争题材民歌的多产。这首《企喻歌》是北方民族的马上之歌，用直白质朴的语言写出乱世之中死亡与战士如影随形的现实，激烈地控诉了战争的残酷无情。

即使在盛唐时期，在豪迈乐观成为边塞诗主旋律的背景下，谴责朝廷穷兵黩武、士卒无谓牺牲的诗歌依然可见。如李颀的歌行体《古从军行》：

白日登山望烽火，黄昏饮马傍交河。
行人刁斗风沙暗，公主琵琶幽怨多。
野云万里无城郭，雨雪纷纷连大漠。
胡雁哀鸣夜夜飞，胡儿眼泪双双落。
闻道玉门犹被遮，应将性命逐轻车。
年年战骨埋荒外，空见蒲桃入汉家。

此诗大约作于天宝初年，借汉武帝之事来讽喻唐玄宗的拓边。士兵们白日里登上高山观察有无烽火预警，时刻准备防止敌军来犯，傍晚拖着疲惫的身躯来到交河旁饮马。入夜了，风沙裹挟着用刁斗打更的声音，好似细君公主幽怨的琵琶声，令士兵心生阵阵悲凉。抬眼望去，苍茫的天幕阴云低垂，荒凉的大漠无边无际，狂风卷着鹅毛一样的雪花纷纷扬扬地袭来，拍打在征人脸上。胡燕在漆黑的夜空中哀号，此情此景，连胡人都不禁为之潸然泪下……

全诗警策有力之处，在于最后四句："闻道玉门犹被遮，应将性命逐轻车。年年战骨埋荒外，空见蒲桃入汉家。"作者鲜明地指出：皇帝罔顾道义逞一己之嗜欲，发动大规模的不义之战，因此战士们实际上是被国家机器绑架了。然而战争的结果是极其荒谬的，千千万万征人抛头颅、洒热血换来的，只不过是胡地的葡萄籽进入了中原。如果说这是一场赌博，那赌注就是双方士兵鲜活的生命。这样的牺牲，又有什么意义？

三、双鬟初合便分离——闺阁的泪水

战争往往牵一发而动全局。一旦"渔阳鼙鼓动地来"（白居易《长恨歌》），很少有人可以置身事外。年轻的妻子含着泪水将自己的丈夫送出城门，目送他走向边地。良人的背影渐行渐远，女人泪湿罗帕。以后的日子里，她不得不成为家里的顶梁柱，上事舅姑，下抚儿女，还不能荒废农业生产。

中国女性的韧性就表现在这里，无论生活怎样艰苦，她们都默默地忍受着。她们唯一的希望，就是有一天能看到丈夫活着回来，过上"琴瑟在御，莫不静好"（《诗经·郑风·女曰鸡鸣》）的平静生活。然而沙场无情，刀剑无眼，边关传来的噩耗，屡屡冰封了她们所有的期待。

男权至上的中国古代社会，绝大多数女性处于文学失语状态，所以诗歌中女性对阵亡父兄、夫君的哀悼，往往由男性代笔。试看李白的《北风行》：

> 烛龙栖寒门，光曜犹旦开。
> 日月照之何不及此，惟有北风号怒天上来。
> 燕山雪花大如席，片片吹落轩辕台。
> 幽州思妇十二月，停歌罢笑双蛾摧。
> 倚门望行人，念君长城苦寒良可哀。
> 别时提剑救边去，遗此虎文金鞞靫。
> 中有一双白羽箭，蜘蛛结网生尘埃。
> 箭空在，人今战死不复回。
> 不忍见此物，焚之已成灰。
> 黄河捧土尚可塞，北风雨雪恨难裁。

情怀篇

诗人首先交代了边地生存环境的恶劣，为全诗涂抹了一层灰暗悲凉的色调。战士戍边所在地条件极其严酷，温暖的阳光根本照耀不到那里，甚至月亮的清辉也从未拂照，只有呼啸的北风从天而降，吹来大如席的燕山雪花散落在轩辕台上。

以下诗笔由面转到点上，集中状写幽州思妇的处境和思绪。她的脸上没有一丝喜气，深锁蛾眉，倚门遥望。岁到隆冬，居于还算温暖的家中，都感觉寒冷刺骨，遥想远在长城边地戍守的夫君，怎能受得了塞外的苦寒？

接着思妇喃喃自语：当时军情十万火急，良人提剑出征，来不及话别，且忘记了带上我亲手为他缝制的虎文金鞞靫（绘有虎纹图案的箭袋）。而今鞞靫中的一双白羽箭已经覆上层层蛛网，布满尘埃。不是因为征人尚未还家，打不开箭袋，而是"箭空在，人战死不复回"！

至此我们才明白，她的夫君早已战死，上文所谓的"念君苦寒"云云，都是她睹物思人的回忆。

诗在最后写道：看到这个箭袋，妇人的悲痛实在难以抑制，于是将其焚

〔明〕张龙章 《胡人出猎图》（局部）

烧成灰。然而这样做了，就不会再想起他了吗？怎么会？怎么会！滔滔黄河水尚可以用土堵塞，未亡人心中无尽的恨憾，却像燕山漫漫飘摇的雨雪，永远不会消弭。

比李白更能设身处地体会战争年代妇女哀祭良人之情的诗人，是中唐时期的张籍。如他的七绝《邻妇哭征夫》写道：

> 双鬟初合便分离，万里征夫不得随。
> 今日军回身独殁，去时鞍马别人骑。

前两句的交代，可谓浓缩了杜甫《新婚别》的情景。后两句，可看作《新婚别》的续集。作为妻子，谁不愿自己的夫君能从战场上平安归来？可是战争结束了，征人陆续回来了，自己丈夫的鞍马，却成了他人的坐骑。面对这样的"和平"结局，"邻妇"情何以堪？

他的另一首七绝《征妇怨》尤让人不忍卒读：

> 九月匈奴杀边将，汉军全没辽水上。
> 万里无人收白骨，家家城下招魂葬。
> 妇人依倚子与夫，同居贫贱心亦舒。
> 夫死战场子在腹，妾身虽存如昼烛。

这位"征妇"的不幸，较"邻妇"更为深重。她最平常不过的愿望，被战争一次次击碎。丈夫打仗去了,她失去了暂时的依靠,却还有指望;丈夫战死了,她的指望化为乌有;但她还得活下去,因为丈夫留下的骨肉尚在腹中;在招魂的日子里,她觉得自己犹如白昼的烛光,那么多余,那么无谓,却还不能熄灭……

唐代裴悦征戍边塞不归,其妻裴羽仙作《哭夫二首》。不同于男子作闺音,这是为数不多的古代女子对阵亡夫君写下的发自心底的哀悼之作。诗中有"李陵一战无归日,望断胡天哭塞云""从此不归成万古,空留贱妾怨黄昏"的句子。面对爱人的死亡,所有的言辞,似乎都是苍白无力的,深闺妇人只有在寥落的黄昏长歌当哭。

战争从来就不是一个轻松的话题。一旦走上战场,无论威风凛凛的将领,还是风餐露宿的士卒,都无一例外地被死亡的阴影笼罩着。闺中人身在后方,却也得承受战争带来的种种不幸甚至终生的悲惨命运。

自古以来,在这个世界上,各种冲突总是不可避免的,但战争从来不是解决问题的最好手段,"化干戈为玉帛"永远好过流血漂橹。

(刘炜评、麻秋红)

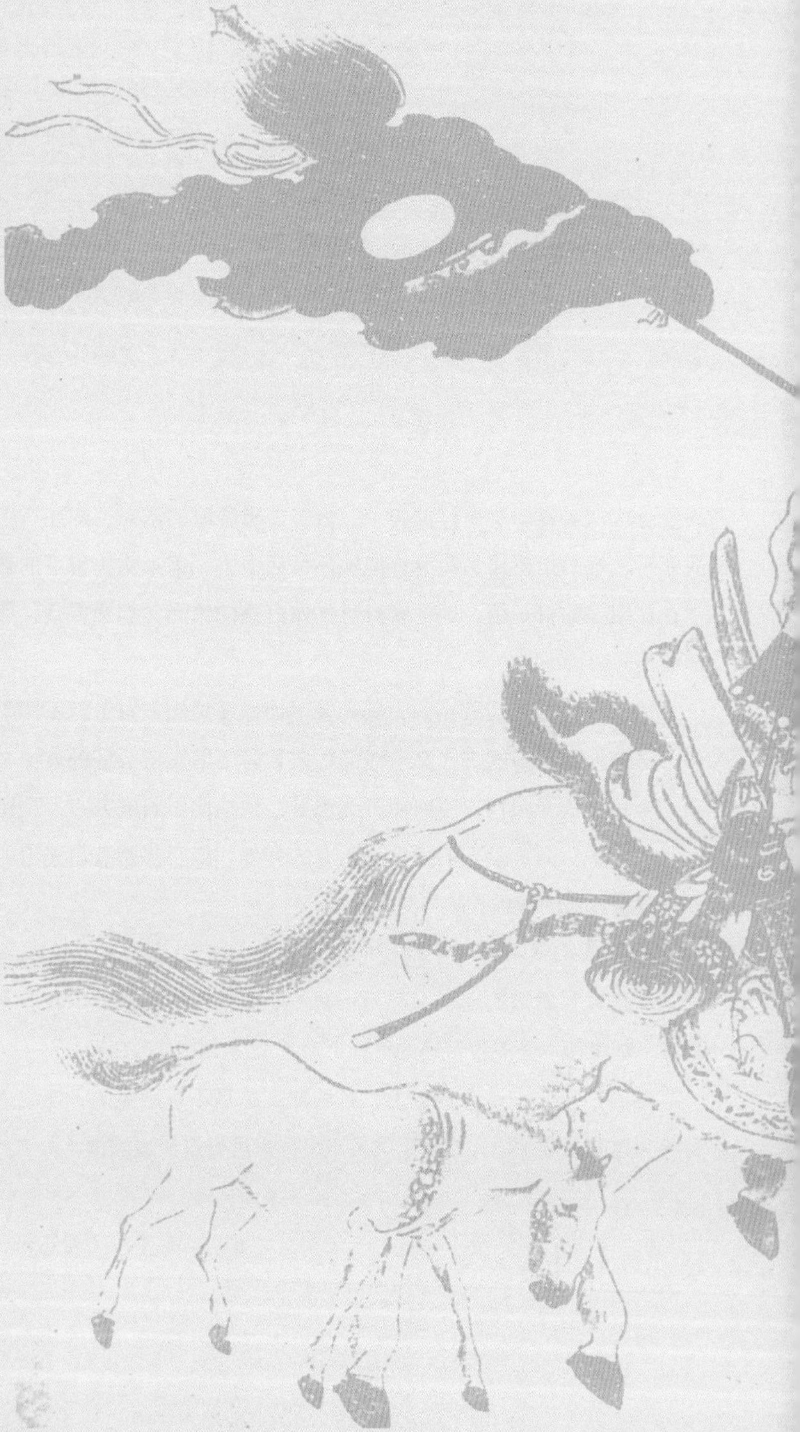

人物篇

"厄穷苏武餐毡久,忧愤张巡嚼齿空"——这是战争中的将帅;"不知何处吹芦管,一夜征人尽望乡"——这是战争中的士卒;"誓欲随君去,形势反苍黄。勿为新婚念,努力事戎行"——这是战争中的女性;"胡雁哀鸣夜夜飞,胡儿眼泪双双落"——这是战争中的少数民族。他们的爱恨与愁欢、无奈与希冀,既折射着战争的残酷本质,又呈现着人性的丰富底色。

了却君王天下事 —— 战争诗中的将帅

在战争中处于核心地位的将帅，是古代战争诗中出现频率最高也最受读者关注的形象。他们或英勇善战、功勋卓著，或扶危救困、赤心报国，或惨遭陷害、壮志难酬……

人类历史的前进，总是伴随着无数次大大小小的战争，所以鲁迅说，人类历史是"血战前行的历史"。这些大大小小的战争，就像一个个怪物，既毁灭文明，又孕育文明，既夺去无辜者的生命，也成就将帅的梦想。

一、得一良将复何求

《礼记·乐记》云："君子听鼓鼙

之声，则思将帅之臣。"战争是力的较量，更是智的角逐。刀光剑影的军事斗争，是将帅导演的舞台。"夫将者，国之辅也"，"知兵之将，生民之司命，国家安危之主也"。一个善于用兵，指挥从容，既能"运筹帷幄之中，决胜千里之外"，又能爱惜民力、体恤士卒的将帅，对于一支军队、一场战争，甚至一段时期内一个国家的局势都至关重要。

天宝年间，唐蕃关系失和，吐蕃屡屡攻扰唐朝边境，并将其势力不断推向唐朝腹地。唐王朝派哥舒翰等大将多次防御征讨，保卫疆土。公元752年，四十岁的杜甫创作了《前出塞九首》，其六写道：

> 挽弓当挽强，用箭当用长。
> 射人先射马，擒贼先擒王。
> 杀人亦有限，列国自有疆。
> 苟能制侵陵，岂在多杀伤！

这首诗被赞誉为超越唐朝当下，甚至超越几个世纪的微型军事论文，自问世以来就备受推崇。对于抗击吐蕃的正义战争，杜甫是支持的，同时他也提出了自己的军事主张。他认为，战争的重点应该在武器装备运用、战术打击重点和杀伤力三个层面上。在武器装备上要"强"：选弓，要选弓背强有力的；选箭，要选箭杆长的。在战术上要"击其要害"：射掉敌方战马，敌人虽然未死，但战斗力瓦解了；擒拿敌方首领，虽然没有大面积歼灭敌军，但已瓦解了敌方指挥系统。用最精良的武器，达到最精确的战略目标。在战争杀伤力上，不纠结于杀伤敌军的数量，不在战略目标上做不切实际的图谋，一切以保护主权和民族生存利益为基准。这首诗前四句以通俗而富哲理的谣谚体，讲如何练兵用武，怎样克敌制胜，"擒贼先擒王"，从另一方面突出了将帅的重要性。毛泽东曾点评杜甫的《前出塞九首》其六是一首家传户诵的精品佳作，它喻示人们攻敌要攻其要害，抓贼要抓头子，办事要抓关键。

拿破仑说过："一头狮子领导的一群羊，可以打败一头羊领导的一群狮子。"纵观历史长河，"为政之要，惟在得人"，选将用将，一直都是兵家相争的焦点。楚汉争霸之时，有萧何月下追韩信的佳话；三国纷争之际，有刘备三顾茅庐的美谈。

公元前206年，韩信投奔项羽，未获赏识，只做了"官不过郎中，位不过执戟"的小官，后曾"数以策干项羽"，偏不为其所用。一气之下，韩信"亡楚归汉"。但短期内仍"未得知名"，只当了一名管理粮饷的军官——"治粟都尉"。汉王军至南郑，韩信以"上不我用，即亡"，连夜逃离汉营。当时刘邦丞相萧何来不及报告，便星夜将韩信追了回来，并告知刘邦："王必欲长王汉中，无所事信；必欲争天下，非信无所与计事者。"（《史记·淮阴侯列传》）意思是说：大王您如果只想永远做个小小的汉中王，那么韩信这样的人才您是用不上的；但如果您想逐鹿中原，一统天下，那么除了与韩信商议对策以外，没有人能帮上您了。刘邦听闻，对韩信肃然起敬，于是"择良日，斋戒，设坛场，具礼"，拜韩信为大将军。正如李白诗中所写："一遭龙颜君，叱咤从此兴。"（《赠新平少年》）由于得到了刘邦的重用，韩信的军事才能在以后为刘邦争霸天下的战争中得到了充分展现。

俗传萧何追上韩信的地方，原名"寒溪水"，后来就叫了"韩溪"。在当地民间后来流传着"不是寒溪一夜涨，哪得刘汉四百年"的歌谣。北宋名臣文彦博知益州时，经过宁羌州的韩溪（在今陕西宁强县），激动地写下了《题韩溪诗四章》，其中之一云："韩信未遭英主顾，萧何亲至此中追。君王有意争天下，不得斯人未可知。"认为韩信对于刘邦争夺天下意义非凡，设若没有韩信，刘邦得天下与否，尚难意料。

历史往往有着惊人的相似性。建安十二年（207），四十七岁的刘备投奔荆州。虽然他头上顶着"汉宜城亭侯、左将军、领豫州牧、皇叔"的显赫头衔，然而辛苦逐鹿多年依然是"失势众寡，无立锥之地"，所以不得不依附于荆州牧刘表。但少有大志的刘备绝非愿意久居人下之辈，他极力搜寻人才，扩充自己的实力。在徐庶和司马徽的推荐下，刘备知道有个叫诸葛亮的谋士，有经天纬地之才。于是，他到隆中三顾茅庐，真诚拜请比自己年轻二十岁的诸葛亮出山，辅佐自己一起干一番事业。历史证明，刘备的选择是对的，他为未来的蜀汉事业物色到了一位无与伦比的谋臣和优秀卓越的军事统帅。晚唐诗人汪遵《南阳》绝句写道："陆困泥蟠未适从，岂妨耕稼隐高踪。若非先主垂三顾，谁识茅庐一卧龙。"热情洋溢地赞赏了刘备不耻下顾、求贤若渴、选用贤才之事。之后，为兴复汉室，诸葛亮鞠躬尽瘁，一生辅佐两朝天子，收二川，排八阵，六出七擒，取西蜀，定南蛮，东和北拒，忠心耿耿，数建奇功。在漫长的三国纷争中，正是诸葛亮的殚精竭虑，才使

〔元〕赵孟頫 《诸葛亮像》

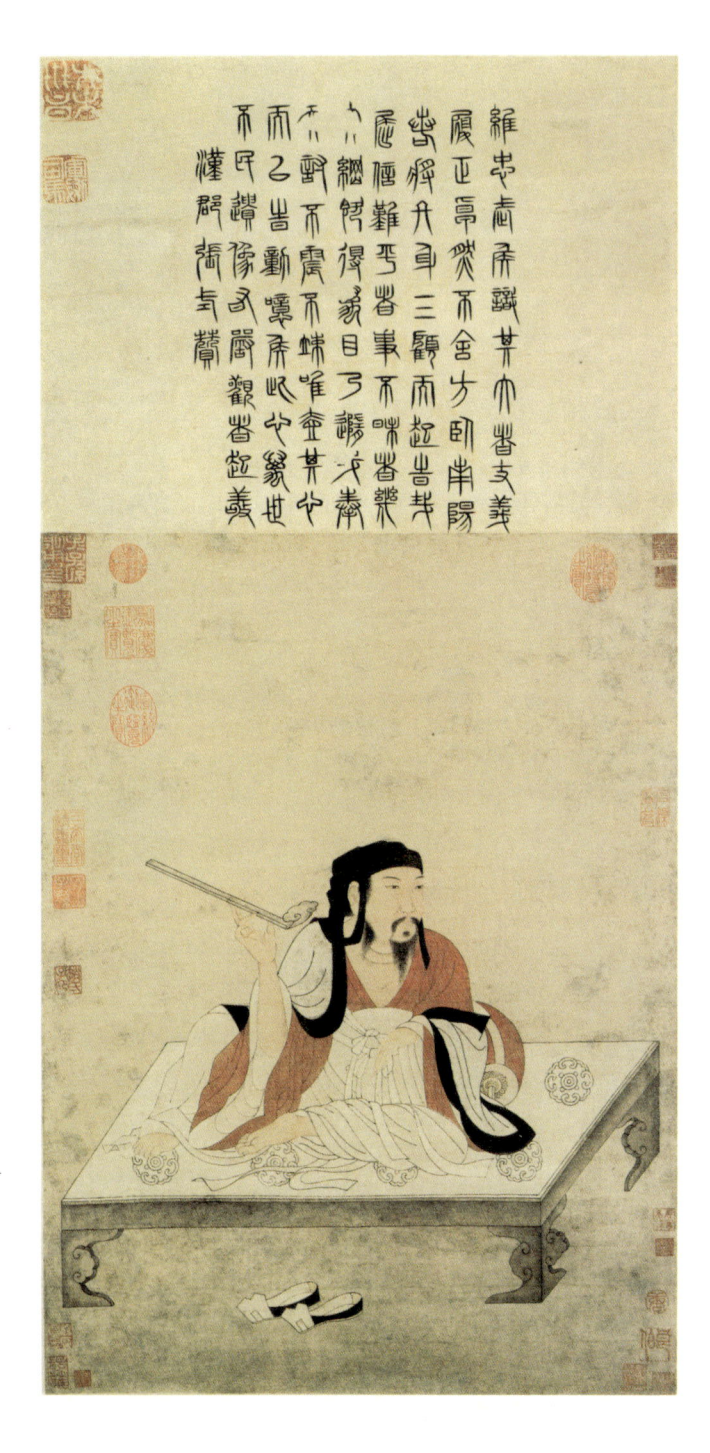

得弱蜀能与魏、吴长期周旋，鼎足而立。

二、愿得此身长报国

军人与国家如影随形。国家需要军人捍卫，军人同样以"执干戈以卫社稷"为光荣。正如孙中山所说："军人之职志，在防御外患，在保卫国家。"历史上的爱国将帅也都把以身许国作为神圣天职。从"位卑未敢忘忧国"（陆游《病起书怀二首》其一），到"匈奴未灭，何以家为"（司马迁《史记·卫将军骠骑列传》），从"感时思报国，拔剑起蒿莱"（陈子昂《感遇三十八首》其三十五），到"一身报国有万死，双鬓向人无再青"（陆游《夜泊水村》），无不表明国家在军人心目中至高无上的地位。

金庸小说中写大侠郭靖苦守襄阳，以一城之地力抗强虏多年，读者无不为其"为国为民，侠之大者"的气概所折服。然而，这不过是小说家言。在真实的历史上，也有这样一位英雄，以残兵病卒，独抗数十倍于己的悍敌，直至几乎全部战死。

他是张巡（708—757），蒲州河东（今山西永济）人，天宝年间任真源县令、河南节度副使。和他并肩战斗的另一个英雄，名叫许远（709—757），杭州新城人，时任睢阳太守。

我们把时间倒回公元757年，那时的大唐帝国正经历着安史之乱。叛军在很短的时间内便攻下了中原大片地区，所到州县大多望风而降。此时，身在睢阳的河南节度副使张巡毅然举起义旗，反抗安史叛军的暴行。

睢阳为江淮屏障，一旦失守，叛军便可长驱直入，江南半壁不保，唐朝的整个经济命脉也将被截断，整个唐朝就会岌岌可危。奉命围攻睢阳的是叛军安庆绪部将尹子琦。这是唐代最为惨烈悲壮的战役之一。在这座城池前，双方展开了激烈的厮杀。张巡以寡敌众，兵力最多时不满七千，而叛军却有十几万人，攻城不辍；当时的唐军守将如贺兰进明、许叔冀、薛愿等人，皆握重兵于附近州郡，或降敌，或观望，致使睢阳陷入孤立无援的境地。张巡登上睢阳城，慷慨赋诗一首——《守睢阳作》，表明自己誓与城池共存亡的决心。其中"忠信应难敌，坚贞谅不移"一句最为震撼人心，表明自己既忠于君主，又取信士兵。在战斗最为激烈的时候，张巡督战每每"大呼辄眦裂血面，嚼齿皆碎"（《新唐书·张巡传》）。后来陆游在《书愤二首》其一中盛赞道："厄穷苏武餐毡久，忧愤张巡嚼齿空。"

正是凭着满腔忠贞报国的信念，张巡率领睢阳将士百姓前后进行了四百余战，歼灭叛军十万人，坚守睢阳十个月之久，但由于城内严重缺粮，守城的军民掘鼠罗雀，后来竟发展至食人的悲惨境地。到了最后，全城只剩下四百余人。张巡、许远、南霁云等三十六将壮烈殉国。

这一战，睢阳守军虽惨败，却将叛军的进军速度整整拖延了十个月，为唐朝中央政府赢得了足够的反攻时间。中唐大文豪韩愈对张巡敬佩有加，在《张中丞传后叙》中动情地写道："守一城，捍天下……天下之不亡，其谁之功也？"由衷赞叹了张巡的丰功伟绩。

张巡和许远走了，文天祥来了。张、许二人的精神，深为文天祥景仰。

公元1276年，风雨飘摇的南宋王朝即将走向尽头。蒙古大军兵临城下，在惊慌失措的人群里，文天祥没有放弃信念和担当。

自德祐元年（1275）南宋危急开始，文天祥就为国家苦苦支撑、东奔西走，历尽种种艰难，"镜里朱颜都变尽，只有丹心难灭"（文天祥《酹江月》）。公元1276年五月，在南宋大船就要侧翻的危急时刻，文天祥被任命为右丞相兼枢密使都督诸路军马，迎接他的将是艰苦卓绝的抗元斗争。

公元1278年十月，文天祥率领一支抗元队伍进入潮阳县境，欲凭山海之险屯粮招兵，寻机再起。他走进了建在东山麓的纪念张巡、许远的双忠庙，心绪万端，拔出铮铮宝剑，"以剑锋划石壁"，留下一阕《沁园春·题潮阳张许二公庙》："为子死孝，为臣死忠，死又何妨？……骂贼张巡，爱君许远，留取声名万古香。"盛赞张、许二公忠贞报国、取义成仁的英勇事迹，渴望"好烈烈轰轰做一场"，解民于倒悬，救国于祸难。

这年年底，文天祥战败被俘，被押至潮阳。面见元军将领张弘范时，左右官员都命他行跪拜之礼，他坚决不拜，张弘范于是以宾客的礼节接见他，同他一起入崖山，要他写信招降张世杰。文天祥说："我不能保卫父母，还教别人叛离父母，可以吗？"遂长啸一声，在招降纸上一气呵成写下千古绝唱《过零丁洋》：

辛苦遭逢起一经，干戈寥落四周星。
山河破碎风飘絮，身世浮沉雨打萍。
惶恐滩头说惶恐，零丁洋里叹零丁。
人生自古谁无死？留取丹心照汗青。

二十天后，元军向崖山宋帝行营发起总攻。一代王朝，就此葬身海底。十万军民蹈海的悲壮惨烈，惊天地泣鬼神。文天祥闻知失声恸哭，泣极成诗："惟有孤臣雨泪垂，冥冥不敢向人啼。"（《二月六日，海上大战，国事不济，孤臣天祥，坐北舟中，向南恸哭，为之诗曰》）北解途中绝食八天，未死。后又在大都被囚押三年多，历经威逼利诱，丝毫不为所动。忽必烈亲自劝降，许以宰相官位，依然毫不为动。他只有一句话，从来只有一句话："唯有以死为国效力，我毫无所求！"其忠君爱国之心，天地为证，日月可鉴。

文天祥的忠贞和气概在没落的南宋中是少有的。在强大的元朝面前，无数的官僚大臣奉行"良臣择主而事"，改弦易辙。文天祥却真正能做到"虽千万人吾往矣"（《孟子·公孙丑上》）。其威武不能屈的浩然之气，来自中国传统文化中的精髓——道义。文天祥心中的道义，只有"忠诚"二字：对南宋的尽忠、对君主的尽命、对子民的尽责。国家不存在了，民族还存在；皇上不存在了，人民还存在；职责不存在了，良心还存在。这种雄大、贞定的人格气象，一如万古不变的日月一样，绝不会随着一朝一代之消亡而消亡，而是如庄子所言："指穷于为薪，火传也，不知其尽也。"（《庄子·养生主》）这正是我们伟大民族生生不息的源泉所在。

三、粉身碎骨浑不怕

将帅们高唱"只待烟尘报天子，满头霜雪为兵机"（韦庄《赠边将》），"裹尸马革英雄事，纵死终令汗竹香"（张家玉《军中夜感》），慷慨赴国难。然而他们毕竟也是血肉之躯，亦有深沉的牵挂。战火与亲情，报国与思家的矛盾，让他们不免低回婉转、情思绵绵……

明正统十四年（1449），明英宗朱祁镇在司礼太监王振的蛊惑下，亲征瓦剌，在土木堡被敌军团团围住，全军覆没，明英宗本人亦被俘虏。这场惨败在历史上被称为"土木之变"。土木兵变后，瓦剌军挟势进攻，直逼北京城下，朝臣一片混乱，举国惶惶。兵部主事于谦在危急时刻力排众议，坚请抗战保城，并亲自督战，率师二十二万，列阵于北京九门外，抱着破釜沉舟之心，最终大破瓦剌，使明王朝转危为安。第二年，也就是景泰元年（1450），春回大地，万物复苏，在前线镇守的于谦望着眼前一片春景，写下了一首《立春日感怀》：

> 年去年来白发新，匆匆马上又逢春。
> 关河底事空留客，岁月无情不贷人。
> 一寸丹心图报国，两行清泪为思亲。
> 孤怀激烈难消遣，漫把金盘簇五辛。

立春是一年中第一个节气，"立春年始，万象更新"。戎马倥偬里，又一个春天来临。岁月无情，白发丛生。当时战争阴云尚未散去，英宗羁押未归，明廷内部斗争激烈，天下晏然的和平景象仍然遥远无期。"忧国家非为私计"的于谦，由于多年为官在外，与家人聚少离多。正统十一年至正统十三年（1446—1448）短短三年间，妻子、父母相继离世，年过半百的于谦遇此佳节，如何能不思念亲人，泪流成行？但是为了国事，又不得不羁留边地。其中思亲的孤凄与悲凉，报国的忠心与慷慨矛盾地融合在一起，感人至深。

诗中提到的立春吃"五辛盘"（亦称"春盘"），古已有之。是古人在立春之日以蔬菜、水果、饼饵盛于盘中馈赠亲友的习俗。晋代《风土记》中说："元日造五辛盘"，"五辛者所以发五脏气也，大蒜、小蒜、韭菜、芸苔、胡荽是也"。不同时期内容有差异。吃"五辛"，迎新春，用的是"辛"与"新"的谐音。立春日于谦孤独的情怀难以排遣，就凑个五辛盘，聊应节景。

作为大明王朝的中兴之臣，于谦在危机时刻挽救了国家命运，避免大明重蹈南宋王朝之复辙，是个不可多得的能臣。他年少成名，学富五车，为人刚正不阿。宣德元年（1426），汉王朱高煦在乐安州起兵谋叛，于谦随明宣宗朱瞻基亲征。于谦被任命为御史，待朱高煦出降，明宣宗让于谦数落他的罪行。于谦义正词严，朱高煦被斥责得抬不起头，趴在地上不停地发抖，自称罪该万死。明宣宗大悦，当即下令派于谦巡按江西。在地方为官时，他清正廉明，两袖清风，深得百姓爱戴。

正统年间，太监王振专权跋扈，地方官进京，大都会给他带上金银细软以取宠献媚。而于谦每次进京奏事，从不带任何礼品。面对下属的劝谏，他挥笔题《入京》一诗以明志："绢帕蘑菇及线香，本资民用反为殃。清风两袖朝天去，免得闾阎话短长！"正统十三年（1448），于谦被召回京，任兵部左侍郎。在明英宗准备亲征瓦剌时他曾极力劝阻。土木事变后也是他当机立断，拥立景帝，使瓦剌首领也先企图以挟持皇帝来要挟明朝投降的计划破产。瓦剌攻城时，他指挥若定，身先士卒，亲自守卫最薄弱的城门。经过艰苦战斗，于谦大败也先，赢得了北京保卫战的胜利。

鉴于于谦在拥立新帝和保卫北京时所做出的突出贡献，明代宗对他恩宠甚隆，不断加以高官厚禄。而于谦却从不贪恋高官厚禄，辞谢了皇帝的诸多赏赐，廉洁自守，克己奉公。他贵为兵部尚书，其子于冕却一直是不起眼的小官。于谦的家教很好，在《示冕》中对于冕谆谆教诲，一片怜爱之心溢于言表："阿冕今年已十三，耳边垂发绿鬖鬖。好亲灯光研经史，勤向庭闱奉旨甘。衔命年年巡塞北，思亲夜夜想江南。题诗寄汝非无意，莫负青春取自惭。"

代宗病重时，被软禁的明英宗在大将石亨、政客徐友贞、太监曹吉祥等人的拥立下，发动南宫之变，成功复辟。于谦随即被捉拿入狱，并以"意图谋反"之罪被抄家问斩。抄家的时候，于谦家里没有多余的钱财，只有正屋锁得严严实实。打开来看，只有代宗赐给他的蟒袍、剑器。据记载，于谦死的那天，阴云密布，国人皆为之叹惋。有一个叫朵儿的指挥，是曹吉祥的部下，他把酒泼在于谦死的地方，恸哭忠魂。曹吉祥发怒鞭打他，可是第二天，他还是照样泼酒祭奠。都督同知陈逵被于谦的忠义感动，收敛了他的尸体。一年之后，其尸骨才被安葬于杭州。后来随着石亨被捕入狱、徐友贞被流放和曹吉祥谋反被杀，于谦终在明宪宗成化初年得以平反昭雪。

人们不会忘记于谦，他身居高位，却清廉正直，家境清贫，却坚持操守。他在危难之际挺身而出，力挽狂澜，保卫大明的半壁江山，拯救了无数平民的生命。《石灰吟》一诗，正是其正大光洁人格的写照："千锤万击出深山,烈火焚烧若等闲。粉骨碎身浑不怕,要留清白在人间。"沧海横流,方显英雄本色!

四、何必将军是丈夫

战争永远是残酷的。冷兵器时代的战场,主要是男人的舞台。然而,中国古代历史上和民间传说中也出现了花木兰、樊梨花、穆桂英、秦良玉等驰骋疆场、战功赫赫的巾帼英雄。这些女将帅犹如一团团火焰,点亮了灰暗的战场。

花木兰替父从军的故事可谓家喻户晓,经迪士尼公司拍成动画片后更是全球闻名。花木兰代父从军的故事最初的来源主要是南北朝民歌《木兰辞》,诗歌的开篇交代:边关告急,可汗点兵,"阿爷无大儿,木兰无长兄",花木兰别无选择,踏上了征程。她渡黄河,趋黑水,奔朔方,十二年枕戈待旦,屡建奇功。"将军百战死,壮士十年归。"奏凯回师的花木兰面对封赏,坚辞不受,只乞请朝廷让其返归故里,伴随爹娘。花木兰回乡后,释戎衣,服巾帼,同行者皆惊讶不已,"同行十二年,不知木兰是女郎"。

花木兰是否确有其人,目前学界说得最多的就是五个字——"史书无确载"。然而木兰的事迹不仅散见于地理志、县志、府志中,而且唐代诗人白居易、杜牧,南宋学者程大昌,明代学者徐文长,清代史学家姚石甫、宋虞庭等人,都认为花木兰确有其人。唐武宗会昌二年(842),诗人杜牧任黄州刺史,他来到黄陂(今湖北黄冈)因木兰从军而得名的木兰山,拜谒木兰庙,并写下了《题木兰庙》诗:"弯弓征战作男儿,梦里曾经与画眉。几

人物篇

任伯年 《木兰从军图》

度思归还把酒,拂云堆上祝明妃。"诗人将木兰故事中最核心、最精彩的内容,浓缩在"弯弓征战作男儿"一句中。沙场上的花木兰弯弓征战,豪情与男儿无异;日常生活中的木兰则把酒思归,梦里几度画眉。

如果说花木兰、穆桂英等女将领多出于民间传说及演义小说,那么四百年前的明朝,在巴蜀大地上,被明朝崇祯皇帝诗赞为"鸳鸯袖时握兵符"的女将军秦良玉则是一个见诸正史、名副其实的"花木兰"。

秦良玉(1574—1648),字贞素,忠州(今重庆忠县)人。明朝末期战功卓著的女将军、民族英雄、军事家。历史上少有的文武双全女子,中国历史上唯一封侯的女将军。自幼从父秦葵习文练武,善骑射,通诗文,有智谋。二十岁之前即精于"骑射击刺之术",尤精其父所授韬略。秦葵无不感慨地评价她:"惜不冠耳,汝兄弟皆不及也。"秦良玉慷慨答曰:"使儿掌兵柄,夫人城、娘子军不足道也。""夫人城"指东晋将领朱序之母韩氏筑城浴血抗敌的襄阳城;"娘子军",即唐太宗之妹平阳公主所率军队。后来,在明朝末年波谲云诡的乱世中,秦良玉代夫从军,多次涉险赴难,平定播州,北上抗清,战功显赫,被封为一品夫人、忠州侯,谥号"忠贞"。崇祯皇帝见过女将军后,感慨万千,曾写下了四首诗,夸赞秦良玉忠勇:"学就西川八阵图,鸳鸯袖内握兵符""西蜀征袍手剪成,桃花马上请长缨",赞赏秦氏的足智多谋和巾帼请缨的豪气;"露宿饥餐誓不辞,饮将鲜血带胭脂",表彰其不辞劳苦万里勤王的忠诚;"古来巾帼甘心受,何必将军是丈夫""世间多少奇男子,谁肯沙场万里行",感叹很多男将德才远不及秦良玉这样的女中豪杰。

清代文人钱枚曾在这位女英雄的遗像前写过一首《金缕曲》，概括了秦良玉卓尔不凡的传奇人生：

明季西川祸，自秦中飞来天狗，毒流兵火。石柱天生奇女子，贼胆闻风先堕，早料埋夔巫平妥。应念军门无将略，念家山只怕荆襄破。妄男耳，妾之可。　蛮中遗像谁传播。想沙场弓刀列队，指挥高座。一领锦袍殷战血，衬得云鬟婀娜，更飞马桃花一朵。展卷英姿添飒爽，论题名愧杀宁南左。军国恨，尚眉锁。

清代末年的"鉴湖女侠"秋瑾，常以秦良玉自喻，十三岁时读描写秦良玉的小说《芝龛记》，非常感动和羡慕，写下《题〈芝龛记〉赞良玉》八首诗歌。秋瑾感慨"肉食朝臣尽素餐，精忠报国赖红颜"，赞扬秦氏封侯护国的豪气，称赞"忠孝而今归女子，千秋羞说左宁南"，给予其高度的评价。

郭沫若曾撰文赞誉秦良玉："像她这样不怕死不爱钱的一位女将，在历史上毕竟是很少的。"岳飞说过，文官不爱财，武官不怕死，天下就能太平。无论什么年代，有这样的人，都是百姓的福气。

五、每一寻思怕立功

人间世，有白天就有黑夜，有晴天就有阴天，有君子就有小人。"烈士多悲心，小人偷自闲"（曹植《杂诗六首》其六）。胸怀大志的"烈士"

常常为国家担忧，品德卑劣的"小人"则苟且偷生，贪图安逸。战场上，许多将帅忠心报国，拼死力战，宵小之徒却忙着准备冷枪暗箭，等待时机构陷他人。

岳珂《桯史》说"庐陵在淳熙间有二士"，一个是刘过，一个是刘仙伦。刘仙伦词《贺新郎·寿王侍郎简卿》曾写道："奈自古、功成人妒。君看乐羊中山役，任谤书、盈箧终无据。千载下，竟谁与。"

词中讲了一个典故：魏文侯令乐羊将而攻中山，三年而拔之。反而论功，文侯示之谤书一箧。乐羊再拜稽首曰："此非臣之功，君之力也！"小人构陷，谤书盈箧，是专制社会的副产品，所有为国为民、立功图敌的忠臣良将都必须提防这把看不见的利剑。明末大将袁崇焕曾言："勇猛图敌，敌必仇；振刷立功，众必忌。……谤书盈箧，毁言日至，从来如此。"

乐羊运气真好，生逢明君，终落得一个封妻荫子的好结果。而更多的忠臣良将们，最终不是死在自己梦寐以求的战场之上，而是死在"自己人"的算计之下。蒙恬、韩信、岳飞、袁崇焕等人，无不如此。

那位背刺"精忠报国"的骠骑大将、铁骨铮铮的大丈夫岳飞，自小立志报国，长大成才后更是怀着"壮志饥餐胡虏肉，笑谈渴饮匈奴血"（《满江红》）的雄心，率领着"撼山易，撼岳家军难"的铁马金戈之师直捣黄龙，气吞万里如虎。正在势如破竹之时，秦桧，历史上小人中的代表，给岳飞背上了"莫须有"的罪名，使其被宋王连续十二道金牌紧急召回。最终，岳飞在秦桧的奸笑声中踏上黄泉路。

小人构陷、诽谤之所以能够奏效，最大的靠山还是君主。君主的猜忌残忍是功臣宿将不得善终的重要原因，韩信临死前的感慨"狡兔死，良狗烹；高鸟尽，良弓藏；敌国灭，谋臣亡"（《史记·淮阴侯列传》），几乎是中国古代皇权专制下功臣名将宿命的怪圈，是永远挣脱不了的梦魇。

韩信以独步天下的军事才能，成功地创造了一个又一个辉煌战例，为刘邦统一天下立下了不可磨灭的功勋，于汉家几乎"可以比周、召、太公之徒"，成为名副其实的"兵仙"，但最终落得个身死族灭的下场，悲剧结局令世人心寒。唐代诗人刘禹锡的《韩信庙》道出了很多武将的心声：

将略兵机命世雄，苍黄钟室叹良弓。
遂令后代登坛者，每一寻思怕立功。

因为功高震主而掉了脑袋的悲剧主角，韩信不是第一个，更不是最后一个。公元前196年春天，韩信被杀。夏天，与韩信、英布并称汉初三大名将的彭越被刘邦以"反形已具"的罪名诛杀三族，头悬洛阳，肢体还被做成肉酱遍赐诸侯。

王安石在其《读汉功臣表》中强烈谴责刘邦诛杀功臣的残酷寡恩，可谓一语中的：

汉家分土建忠良，铁券丹书信誓长。
本待山河如带砺，何缘俎醢赐侯王。

刘邦称帝后，论功行赏，除刘氏以外还封了几个异姓王：韩信为楚王，彭越为梁王，英布为淮南王，并许以诺言："剖符作誓，丹书铁契，金匮石室，藏之宗庙。"信誓旦旦给了他们免罪特权。无论是铁券丹书还是河山带砺，都是昔日刘邦的承诺。然而自古君臣难为一体，在政治利益的巨大诱惑下，功臣将帅纷纷惨遭残害，身首异处，亦为必然。

美国心理学家罗伯特·莱希曼著有《生者与死者的对话》，他设计"对话"的目的，是想让那些曾经叱咤风云的人物有机会回过头审视自己留在人间的足迹，重新为自己过去创建的丰功伟业定方位、下注脚，跟我们谈谈他们真正的抱负是什么，他们如何以宗教或非宗教的方式发扬内在潜藏的智与爱……试想，如果那些戎马一生的将帅与我们对谈，会给我们说些什么呢？

（王晓红）

髑髅皆是长城卒 战争诗中的士卒

在一场场残酷的战争中,付出最多而又最容易被人忽略的群体,就是千千万万的普通士卒。默默无闻的他们,把自己的青春、热情、理想甚至生命都埋葬在了战场之上。

在战场上建功立业,进而封侯拜相,是古代很多人的愿望,但是他们常常忽略了"一将功成万骨枯"(曹松《己亥岁二首》其一)的事实。一个人在战场上的功业,往往是以无数士卒献出生命为代价的。战胜了,会有牺牲,而且荣耀主要属于高高在上的将领们;战败了,会有更多的牺牲,那些前仆后继的士卒往往只剩下一堆没有名字的枯骨。那是一幅多么凄凉悲惨的画面。

一、去时里正与裹头

有唐一代，李氏与吐蕃的关系时好时坏，冲突总是一触即发。早在高祖李渊时期，唐与吐蕃便曾大战于甘肃东南。太宗贞观十年（636），吐蕃王朝的君主松赞干布派专使请婚，唐未应允。两年后的秋天，松赞干布率二十万大军攻唐，太宗让能征善战的侯君集挂帅迎战。唐军虽最终取得了胜利，但自身亦损失颇多。经此一役，李世民见识了吐蕃的实力，也就有了后来的文成公主和蕃。双方短暂相安之后，高宗、武周时期，烽烟又起，边境战事不断。

公元712年，唐太宗的曾孙、武则天的孙子、唐睿宗李旦的第三子——仪表堂堂、年轻有为的临淄王李隆基登皇帝位，他就是赫赫有名于后世的唐玄宗。这位从小自诩"阿瞒"的新君，和三国时期那位小字阿瞒的曹操一样，

既富于才艺，又有雄才大略，处事一向英明果断。他即位后对内拨乱反正，励精图治，对外变被动应付为主动出击，力图改变边境局面。

开元二年（714），吐蕃十万大军进犯临洮，饮马兰州。唐军与吐蕃战于武街，斩杀及俘虏吐蕃兵数万，吐蕃请和，"阿瞒"不许，战争继续。直到开元二十一年（733），双方才订立了赤岭之盟。但是几年之后，吐蕃再一次背盟犯边，使得战端重启，双方的冲突延续至天宝年间。天宝七载（748），大将哥舒翰建神威军，镇守边关。吐蕃后退到青海湖一线，不敢近前。不可否认，李隆基是一代英主，把唐王朝推向了巅峰，但后来却在安逸享乐上不能自持。一面当好"三郎"，祈求长生，纵情享乐；一面想做"天可汗"，天威不可触，犯我皇威者，虽远必诛，不惜"边庭流血成海水"（杜甫《兵车行》）。

天宝八载（749），哥舒翰再次奉命攻打吐蕃，不料一战就死了数万人。天宝十载（751），剑南节度使鲜于仲再次兵败，死六万人。杨国忠为掩盖失

〔元〕任仁发 《五王醉归图卷》

败，挽回局势，下令四处征兵。这便是杜甫《兵车行》的写作背景。

征兵，征兵，兵从何来？"我是一个兵，来自老百姓。"杜甫就站在了这一历史节点，于人类战争史确有"拾遗"之功。

> 车辚辚，马萧萧，行人弓箭各在腰。
> 耶娘妻子走相送，尘埃不见咸阳桥。
> 《兵车行》

要看出征前的士卒，先得体会"耶娘妻子走相送"这一句所包含的含义。古典诗歌，有着含蓄蕴藉的传统，对于人物的肖像描写，总是惜墨如金。杜甫的这首《兵车行》，从立意来说，更是没有肖像描写的必要。因此，士卒的长相，我们也就不得而知。这里的士卒来自普通家庭，他们在家中有爹娘妻儿为伴，本可以悠游自在，生活幸福平安。是唐明皇，是杨国忠，是朝廷的惨败，是残酷的命运，把他们从现世安稳的太平梦里拽了出来，开赴死亡前线。昔日的儿子、丈夫、父亲，此刻正腰悬雕弓羽箭，站在咸阳桥上。这西风残照里的模糊身影，让人觉得格外可怜。

这些远行的士兵，都从来没有上过战场，而今却要远赴云南瘴疠之地白白送死，无怪乎爷娘妻子哭声震天。此次一别很有可能就是永别！士兵们前途难料，生死未卜，心惊胆战，难舍家园。路人与家人还想多叮嘱几句，无奈时间有限，便只能匆匆而去，告别家园。从此征途漫漫，渺无归期，也许头发花白还在为朝廷戍边！

倘若没有杜甫,这次征兵的场面或许会被历史忽略。当然,《兵车行》是有唐一代之事,它所记述的征兵场景,发生于天宝年间。虽然世事茫茫难自料,但是古来人事亦相通。每一次战争的开局、过程、结果都仿佛是历史的重演。

走出家门,来到辕门,既有主动参军的,也有被动投军的。但于时代而言,总归都是被动的。岁岁征兵去,难防塞草秋。等待他们的,是激情燃烧的岁月,还是往事不堪回首月明中?也许只有苍天知晓。

二、吹角当城汉月孤

以前我们评说唐朝边塞诗人,总是更多关注他们对边塞风光的赞美和对沙场征战的书写,其实"少年随将讨河湟,头白时清返故乡。十万汉军零落尽,独吹边曲向残阳"(张乔《河湟旧卒》)才更接近士卒的真实处境。战士说辛勤,书生不忍闻。试看诗人李益的《听晓角》:

边霜昨夜堕关榆,吹角当城汉月孤。
无限塞鸿飞不度,秋风卷入小单于。

"吹角当城汉月孤",士卒一天的生活开始了。深秋季节,边疆早已霜天一色。拂晓的号角声嘹亮高亢,孤月系着孤城不肯落去。紧张的操练后,到了早饭时间。古人一日两餐,称之为朝食和晡食。炊具是刁斗,也就是白天用以煮饭,晚上敲击代替更柝的一种器具,这在边塞诗中很常见,比如高适《燕歌行》:"杀气三时作阵云,寒声一夜传刁斗。"李颀《古从军行》:"行人刁斗风沙暗,公主琵琶幽怨多。"……不过历代诗人对士卒们的日常饮食似乎并不太关注,"握雪海上餐,拂沙陇头寝"(李白《塞下曲六首》其二),"八百里分麾下炙"(辛弃疾《破阵子·为陈同甫赋壮词以寄之》),是他们更为喜欢的表述方式。他们日常吃的什么,我们不甚了了。我们看到最多的,是他们战前饮酒,战后也饮酒。试看卢纶的《塞下曲》六首其四:

野幕敞琼筵,羌戎贺劳旋。
醉和金甲舞,雷鼓动山川。

《塞下曲》为汉乐府旧题,属横吹曲辞,内容多写边塞征战。卢纶的六首《塞下曲》,依次写将军发令出征、夜巡射虎、雪夜逐敌、奏凯宴舞等场面,气势雄阔,把将帅和士卒的杀敌热情张扬到了极致。这一首说的是,赶走了敌人,大伙儿凯旋归营,庆功宴会就设在"野幕"——野外的帐篷前,边地的兄弟民族纷纷赶来慰劳我军将士。不一会儿,个个喝得醉意盎然,还未脱掉铠甲就狂舞起来,擂鼓声惊天动地……

但如此令人感奋、让人难忘的时刻,虽然有之,却实在不多。更多的日子里,士卒们的军旅生活是单调、乏味、沉闷的。晓日夜月、雪山草地、戈壁孤烟、飞沙走石,马嘶声、羌笛声、胡笳声……日复一日、月复一月、年复一年地陪伴着他们。

还是继续叙说他们的一天吧。

操练间歇，新兵默默背诵老兵传授的克敌之法。不知不觉，晡食时间到了，刁斗之声又起，军中炊烟袅袅。

夕阳有诗情，黄昏有画意。夜幕降临，明月东升，这本是一个多情的时刻。只是沙场没有柳梢头，没有恋人面孔，只有《行路难》《梅花落》《关山月》这些风调酸楚的曲子从戍楼响起，回荡在士卒们的耳畔，更萦绕在士卒们的心头。

有人说，一切好的艺术都具备音乐流动性，而音乐的感染力恰恰又在于韵律与歌词的完美融合。弘一法师的《送别》便属此类，每当"天之涯，地之角，知交半零落"唱起，无动于衷者有几人？那么《梅花落》《关山月》《行路难》又到底是什么样的曲子呢？

《梅花落》，汉乐府横吹曲名。初唐杨炯曾作同名诗，末句云："行人断消息，春恨几裴回。"《关山月》也是横吹曲辞，乐府旧题，李白的《关山月》传诵极广，其中有"由来征战地，不见有人还。戍客望边邑，思归多苦颜"的句子。李益诗中写到的"小单于"，应该也是这一类与边塞征战有关的曲子。《行路难》为乐府杂曲歌辞调名，内容多写世路艰难和离别悲伤。

士卒吹奏的这类曲子大概有三个共性：一是较为流行，非阳春白雪之属；二是便于演奏，非琴箫合奏、鼓乐齐鸣之类；三是曲风感伤，词义凄婉。茫茫沙碛，孤月当空，黑风割面，红旗半卷，忽然有人吹起了《行路难》，怎能不引发军中士卒的乡愁？"行路难！行路难！多歧路，今安在?"(李白《行路难》其一)为什么要打仗?为什么要参军?为什么要劳燕分飞?

　　士卒所奏的曲子与将帅是不同的。将帅可以坐在中军大帐,用夜光杯斟满葡萄酒,命阵容庞大的军乐队演奏琵琶套曲。而士卒们的演奏则简单很多,他们用羌笛或横笛,和着月照孤城,信口吹起。羌笛,不同于横笛,也称羌管,竖着吹奏,音色清脆高亢,有悲凉之感。羌笛在唐代并未进入宫廷和军乐队,只是普通士卒自娱自乐的乐器。"碛里征人三十万,一时回首月中看。"(李益《从军北征》)羌笛虽鄙陋,它的听众却有"三十万";琵琶纵华美,闻者不过数人。

　　一天的戍卒生活即将结束,枕戈待旦也是要修炼的基本功。"晓战随金鼓,宵眠抱玉鞍。"(李白《塞下曲六首·其一》)至此,入伍的新兵,对军队的生活,算是有了初步的体会。接下来,残酷的战争即将来临,等待他们的并不是什么美好的前程,即使前程美好,也得先过死神这一关。那么,这个秋夜,就请上苍多赐些宁静吧,在这冷如冰的瀚海里赐予他们一枕黄粱。

　　"角声一动胡天晓"(岑参《武威送刘判官赴碛西行军》),新的一天又开始了……

三、正值胡兵袭

　　　　径万里兮度沙漠,为君将兮奋匈奴。
　　　　路穷绝兮矢刃摧,士众灭兮名已颓。

人物篇

老母已死，虽欲报恩将安归？
李陵《别歌》

汉代名将李广的孙子李陵头顶"系出名门"的光环，跪求汉武帝允其率五千步兵击胡，"上壮而许之"。这君臣倒是默契，采取了一次军事冒险，可这五千士卒的性命谁来负责？昭帝即位，苏武还朝，李陵赠苏武《别歌》："路穷绝兮矢刃摧，士众灭兮名已颓。"此时，李陵想是后悔了，由于他的"任性"，五千士卒变成了五千具白骨。

汉乐府中有一首《战城南》，写得极为哀厉："战城南，死郭北，野死不葬乌可食。"开篇这几句倒是平常，接下来的"为我谓乌：且为客豪"真是催人心肝。上苍不会因为你贤能就不修剪你，乌鸦不会因为你忠勇就不食你！倘用严谨的律诗来表达这一立意，便是宋人黄庭坚所说的："贤愚千载知谁是，满眼蓬蒿共一丘。"（《清明》）只是，宋人的表述似乎要比乐府更理性一些。

"枭骑战斗死，驽马徘徊鸣。"（汉乐府民歌《战城南》）匈奴之于两汉，恰如突厥、吐蕃之于大唐。

　　秋草马蹄轻，角弓持弦急。
　　去为龙城战，正值胡兵袭。
　　军气横大荒，战酣日将入。
　　长风金鼓动，白露铁衣湿。

> 四起愁边声，南庭时伫立。
> 断蓬孤自转，寒雁飞相及。
> 万里云沙涨，平原冰霰涩。
> 惟闻汉使还，独向刀环泣。

王昌龄《从军行二首》其二

这首诗把戍卒征战的感受和思归之情写得至为真切，千年以下读之，仿佛仍能清晰地看见他们"白露铁衣湿"的身影，听得见他们"断蓬孤自转"的叹息声。

让我们继续为士卒纪事。

"暮云空碛时驱马，秋日平原好射雕。"（王维《出塞作》）暮云空碛、秋日平原对于汉胡两家是公平的，听闻胡儿十岁能骑马，胡兵也许会在毫无征兆时突然来袭。汉军士卒本打算在将帅的带领下，直捣黄龙，封狼居胥，谁承想胡兵来袭，只得仓促应战。战场不同于训练场，金鼓一响，令旗一挥，一紧张，平常训练时的本事，全都忘于脑后。急忙拉弓，拉了好几次都不能做到弦如满月。身边的战友，流箭贯喉，应声而倒。尚且幸存的新兵，匆忙之中，乱射一气，胡兵亦有应声倒地者。金鼓又响，令旗再挥，短兵相接，血染疆场……

没有经历过战争的新兵，始终无法想象"战酣"是一种什么样的状态，战争竟也能如饮酒一般如痴如醉？也许这种滋味只有高居深帐的将帅和偶尔游历的诗人才能体会得到。新兵们如果知道"驻影挥戈"的典故，一定会大骂鲁阳是个疯子！李白的"鲁阳何德，驻景挥戈"（《日出入行》）恐怕要被他们改成"鲁阳何权，驻景挥戈"了。相看白刃血纷纷，无论战争胜与负，对于普通士卒来说都是痛苦的。战胜方，也总要有人去充当诱敌深入的"炮灰"；战败方就更不必说了，"五千貂锦丧胡尘"（陈陶《陇西行》），昨天还一起听着芦管，望着明月，说着各自家乡的往事，如今却已黄泉永隔！

"孤城落日斗兵稀"（高适《燕歌行》），战斗总算结束了。经此一役，新兵成为老兵，来不及为亡去的战友收拾尸骨，来不及悲戚，又一场战斗接踵而至。

"夜战桑乾北，秦兵半不归。"（许浑《塞下曲》）士卒们挟着国恨家仇，也为了告慰死去的战友，越战越勇。他们渐渐体会到了"战酣"，开始变得"冷血"，有时甚至杀红了眼。他们已有资格向新加入的士卒传授经验：战争就是你死我活，谁会在刀丛里讲道义，讲道义便是妇人之仁，便会成为刀下之鬼！

寒来暑往，星河轮转，他们踏遍了黄河黑山，绕了好大一圈，幸存的士卒又回到了初次参战的地方。"浩浩乎，平沙无垠，敻不见人。河水萦带，群山纠纷。黯兮惨悴，风悲日曛。"（李华《吊古战场文》）在这古战场上，当年将士的尸体已化为髑髅白骨，这是战争的见证，这是战争的代价，这也是人类的终极归宿——死亡，只是他们走得快了些，还在不经意间充当了人类战争的"道具"。

垂拱二年（686），首次出塞的陈子昂，无暇欣赏边境风光，他心中不断涌动的是"汉甲三十万，曾以事匈奴。但见沙场死，谁怜塞上孤"（《感遇三十八首》其三）的感慨。时至盛唐，王昌龄面对唐与吐蕃大战的疆场，他又看到了什么？"表请回军掩尘骨，莫教兵士哭龙荒。"（王昌龄《从军行七首》其三）这两句诗是说一场战争以后，战场上尸骨无数，所以希望有人将他们掩埋起来，不要让他们曝尸荒野，成为孤魂野鬼。

汉乐府有《饮马长城窟行》的古题，相传长城下有水窟，可以饮马，故而得名。建安七子之一的陈琳以此为题作诗，起句悲切哀伤："饮马长城窟，水寒伤马骨。"如果说这两句所用的起兴手法仍不失风雅传统，那接下来的"往谓长城吏，慎莫稽留太原卒"，以及后句"君独不见长城下，死人骸骨相撑拄"就有别于温柔敦厚、含蓄蕴藉的诗教了。

> 边城多健少，内舍多寡妇。
> 作书与内舍，便嫁莫留住。
> 善待新姑嫜，时时念我故夫子！
> 报书往边地，君今出语一何鄙？
> 身在祸难中，何为稽留他家子？

以上所录是《饮马长城窟行》中最为动人的部分。丈夫劝女子改嫁是出于无奈，因为爱她，所以才舍得让她离去。妻子回信质问丈夫："你何出此语言？这样说也太瞧不起你的爱人了吧！"丈夫解释说："今生有你，苦一点也愿意。只是兵戈无情、青春易逝，我不忍再辜负你的青春！"看来，这长城在人们的心里确实温柔不起来，也含蓄不了！

呜呼！"长城何连连，连连三千里。"当年"裹头"的士卒，从青年到中年，已完全适应了战争。他幸而未死，但心绪难平。伏膝写下一封家书，托人捎回。战地与故园相隔万里，只能各自怀抱艰辛。这些年的苦乐与感触，纵如李广那样的主将，又岂能尽知？他本在家为农，并没有建功立业的宏愿，可一旦为兵，就只能"丈夫誓许国，愤惋复何有"（杜甫《前出塞九首》其三）。多少个乱山残雪夜，驱马入荒林，在斜径上，抱着寒石问：究竟何时才能"虏其名王归，系颈授辕门"（杜甫《前出塞九首》其八）？生死有命，士卒们决定不了自己的命运。他们的短兵相接永远都只是"局部"争斗，一如棋枰上的黑白子，他们不知道主帅的意图是真的要"深入虎穴"，还是要"围魏救赵"。

随着年轮的增多，树心也会空。树犹如此，人何以堪？多年征战，衣衫飘零，刀口残缺，脸上添了皱纹，鬓角生了华发，身边的战友换了一拨又一拨，早已见惯了"星旗映疏勒，云阵上祁连"（徐孝穆《关山月》）。拿出当年的羌管再吹一曲《关山月》，依旧是"一夜征人尽望乡"（李益《夜上受降城闻笛》）。

四、壮士十年归

"将军此去必封侯，士卒何心肯逗留。马后桃花马前雪，出关争得不回头。"（徐兰《出居庸关》）没能回来的是烈士，侥幸回来的是壮士。"功成画麟阁，独有霍嫖姚。"（李白《塞下曲六首》其三）这些无名氏，与画图麒麟阁没有多大关系。劳苦功高的将军可以像当年霍去病那样，得到天子"玉靶角弓珠勒马"（王维《出塞作》）的赏赐，侥幸生还的普通士卒却只能重返故园，继续种地、编筐或打铁。

> 行多有病住无粮，万里还乡未到乡。
> 蓬鬓哀吟古城下，不堪秋气入金疮。
> <u>卢纶《逢病军人》</u>

诗人卢纶（一说卢仝）遇到了一位还乡的军人，满怀同情地写下了这首堪称"实录"的《逢病军人》。这个老兵，经历过太多残酷的格斗，"金疮"是与死神争斗后留下的纪念。在不堪忍受的秋气里，他蓬头垢面于长城之下，腹中无粮，身上多病，仰首遥望故乡，哀声连连。他也许根本到不了家，就算能挨到家，看到的又将是什么呢？这位病军人无法想象，也不敢作想。但我们可以想到汉乐府《十五从军征》之所述："遥看是君家，松柏冢累累。兔从狗窦入，雉从梁上飞。中庭生旅谷，井上生旅葵。"如果他当年的家境还算不错，如今的情形也不外乎如晚唐吴融的《废宅》所述："风飘碧瓦雨摧垣，却有邻人与锁门。几树好花闲白昼，满庭荒草易黄昏。放鱼池涸蛙争聚，栖燕梁空雀自喧。不独凄凉眼前事，咸阳一火便成原。"

其实这样的诗，上可追溯至《诗经·王风·黍离》，下可延伸到郁达夫的"茫茫烟水回头望，也为神州泪暗弹"（《席间口占》）。无论是汉唐，还是宋元明清，乃至现当代，战争带给人类的凄凉，从未改变。

古代士卒的人生，从参军那一刻起，就大多注定是悲剧。一个毛头小伙子被征入伍时，还未必十分清楚腰上的弓箭意味着你死我活。后来以及更后来，他也许对第一天的军营生活永远记忆犹新，也许第一次射杀敌人时心惊胆战，也许最让他难忘的是那一曲《梅花落》，也许最让他动情的是那一轮东升的故乡明月……就这样，他走过青年，来到中年，也许混上了个百夫长的军职。不知不觉中，两鬓斑白，英雄迟暮，他不记得从何时起不再有家乡的消息。战争结束了，将军们封侯的封侯，拜相的拜相，而他卸甲归田，迎接他的是荆扉长掩，满院荒草。他平静而麻木地准备了一顿野菜晚餐，默默地独自下咽。面对夕阳，他又追忆起了人约黄昏后……

又是一个月色凄清的夜晚，枕着松涛残潮，白发士卒想起了疆场上的笛声，想起了千营一呼，想起了马策刀环，想起了落日孤城，想起了一堆堆白骨……

其实他心中最想的，只是一个简单的誓愿："天涯静处无征战，兵气销为日月光。"（常建《塞下曲四首》其一）

（刘炜评、李滨）

存者无消息,死者为尘泥

战争诗中的底层百姓

中国人喜欢称自己为百姓。百姓者,赵钱孙李,周吴郑王,百家之姓也。其实,百姓是一个具有历史文化内涵的概念。夏商周三代,有土地和官爵者才有姓,庶民无姓,因此百姓是对贵族的通称。春秋中期以降,百姓逐渐失去贵族的意义,用以称道庶民。春秋时期,统治者将百姓分为"士农工商"四大阶层,《管子·小匡》道:"士农工商四民者,国之石民也。"孟子云:"七十者衣帛食肉,黎民不饥不寒,然而不王者,未之有也。"(《孟子·梁惠王上》)"四民"和"黎民",就是老百姓,是组成国家的基石,是成就统治阶级的前提。

老百姓很重要，但在诗歌中，为底层百姓发声的并不多。明代以前，底层百姓只是作为一个混沌而抽象的概念零散地出现于文学写作中。真正意义上专门刻画有名有姓的底层百姓，替底层百姓抒情、发问、诉苦的作品实属凤毛麟角。明代以后，随着文学样式逐渐由庙堂下移到民间，由正统的诗文转向通俗小说、戏曲，这一情况才有所改观。四大名著中大量关于底层百姓的描述，无疑是文化上的突破与进步。但对于造成百姓与统治者矛盾尖锐、互相对立的根本原因，当时的作家和思想启蒙者也未能完全梳理清楚。从创作团队上来说，创作者几乎都是官僚知识分子，即所谓"士"。鲁迅称他们创作的作品为"官僚文学"。他曾写道："我曾经听说有人做世界文学史，称中国文学为官僚文学。看起来实在也不错。一方面固然由于文字难，一般人受教育少，不能做文章，但在另一方面看起来，中国文学和官僚也实在接近。"（《帮忙文学与帮闲文学》）直陈官僚文学之弊。

　　在今天看来，官僚文学的历史作用是复杂的。一方面绝大多数百姓未曾接受教育，只会听说，无法读写。以此看来，百姓写作似乎是不可能的。百姓的生存空间、生活方式只能依赖官员（即"士"）的书写而存留；但另一方面，我们也发现，底层的写作的确或多或少地存在着，有其发展的空间。从艺术上说，有些民间文学甚至比庙堂文学更具有价值。但民间文学似乎不大见容于正统文学史，经常受到官僚文学的挤压与排斥。我们熟知的古代文人如屈原、陶渊明、王维、杜甫、白居易、苏轼、辛弃疾等，都是官员，或都曾任过官职，与官场往来频繁，都是正统的"士"，只不过他们是忧国忧民的"士"。真正以百姓身份进入文学写作圈,进入文学史的,屈指可数。兹举一例,唐代民间诗人王梵志,其诗"以白描、叙述和议论见长,风格质朴,诙谐幽默,富于理趣。下启寒山、拾得等,开唐代白话诗一派"(袁行霈《中国文学作品选注》第二卷),但其诗并不见于《全唐诗》,只散见于唐宋的民间诗话、笔记及出土的敦煌文献中。由此看来,整个漫长的中国文学史,对于老百姓的关注,真正属于民间文学性质的写作,果真如此稀缺!这是文人的失职,也是中国文学的遗憾。

既然古代百姓很少有条件书写自己的生活状况和喜怒哀乐,后人想较多了解他们的生活常态,只能主要依据士人的文本。而士人素质的高低,直接决定文本的价值。

元代著名散曲家张养浩的《山坡羊·潼关怀古》结句感慨道:"兴,百姓苦;亡,百姓苦!"道尽了百姓心酸。战争年代的百姓,受苦受难尤甚。他们不仅要流血牺牲,还要饱受多方面的精神苦楚。他们的生存状态究竟如何?就让我们从古典诗歌中寻找答案吧。

首先从一个跟随周公东征的普通士兵说起:

> 我徂东山,慆慆不归。
> 我来自东,零雨其濛。
> 我东曰归,我心西悲。
> 制彼裳衣,勿士行枚。
> 蜎蜎者蠋,烝在桑野。

敦彼独宿，亦在车下。

《诗经·豳风·东山》

这是《诗经》中的名篇，写的是一个思念家乡的普通从征士卒的内心情感。全诗以第一人称"我"来叙述，总共四章，这里只节选了第一章。"我"来自西北，随周公旦东征。"东山"属古奄国，在今天的山东曲阜附近，与"我"的家乡相距千里之遥。"我"饱受思乡之苦久矣，"我东曰归，我心西悲"，作为一名军士，军队纪律森严，不得随意讲话，风餐露宿，饱经沧桑。全诗始终以"我"的口吻，诉说一个九死一生的军人即将归家的迫切心情。全诗情真意切，甚为感人。

另一首《诗经·邶风·击鼓》同样以一个普通征人的身份袒露征战的痛苦之情，宣泄自己对战争的抵触情绪：

击鼓其镗，踊跃用兵。
土国城漕，我独南行。
从孙子仲，平陈与宋。
不我以归，忧心有忡！
爰居爰处？爰丧其马？
于以求之？于林之下。
死生契阔，与子成说。
执子之手，与子偕老。

> 于嗟阔兮，不我活兮！
> 于嗟洵兮，不我信兮！

全诗共五章，每章四句。在前三章中征人自叙出征情景，如怨如慕，如泣如诉；后两章描写战士间的互相勉励，同生共死，令人感动。此诗描写士卒长期征战之悲，在对战争本相的透视中，呼唤着对个体生命喜怒哀乐的尊重。其中，描写战士感情的"死生契阔，与子成说。执子之手，与子偕老"，传诵千年，经久不衰，成为歌颂友情乃至爱情的经典之句。

妇女对丈夫的思念，也是战争环境下的百姓生活常态。《诗经·卫风·伯兮》就写出了这种相思之苦：

> 自伯之东，首如飞蓬。
> 岂无膏沐？谁适为容。
> 其雨其雨，杲杲出日。
> 愿言思伯，甘心首疾。
> 焉得谖草？言树之背。
> 愿言思伯，使我心痗。

妇人对丈夫甚为思念，居然懒于梳妆。忧愁忧思，居然"甘心首疾""使我心痗"，极尽忧思之苦。

《诗经》中还有一类战争诗，着力刻画了战争环境下普通士卒的勇武，客观记录了底层将士的精神风貌。例如《诗经·秦风·无衣》写道："岂曰无衣？与子同袍。王于兴师，修我戈矛，与子同仇。"通过描写战士出征前互相召唤、互相鼓励的言论，表现了秦军战士同仇敌忾、英勇无畏抗击西戎入侵者的爱国情感。

《诗经》是中国现实主义诗歌传统的奠基作品集，主要记录了当时黄河流域的百姓的生活。其中的战争诗所表现的底层人的形象鲜活而丰富，为后人了解那个时代的民生情况提供了真实可靠的文本。

汉乐府继承了《诗经》的现实主义传统，"感于哀乐，缘事而发"，真切记录了不少普通人的辛酸与悲苦，其中不乏涉及战争、兵役的悲歌，如《战城南》《十五从军征》等，其讽刺和批判意识更为强烈。一首《饮马长城窟行》从女性角度道出了老百姓面对战争的无奈：

> 青青河畔草，绵绵思远道。
> 远道不可思，宿昔梦见之。
> 梦见在我傍，忽觉在他乡。
> 他乡各异县，展转不相见。
> 枯桑知天风，海水知天寒。
> 入门各自媚，谁肯相为言？
> 客从远方来，遗我双鲤鱼。
> 呼儿烹鲤鱼，中有尺素书。
> 长跪读素书，书中竟何如？

上言加餐食，下言长相忆。

此诗最早见于南朝梁昭明太子萧统所编的《文选》。关于诗题，《文选》五臣注说得很明确："长城，秦所筑，以备胡者。其下有泉窟，可以饮马。征人路出于此而伤悲矣。言天下征役，军戎未止，妇人思夫，故作是行。"诗写得跌宕起伏，语语情深。只有独居已久、郁郁寡欢的女性，才会对邻人的家庭欢乐如此敏感："入门各自媚，谁肯相为言？"正当此际，忽有"客"带来了丈夫寄自边塞的信函。他能对她说些什么呢？"吃好，想你！"如此殷殷的情意，安慰着她，又折磨着她，因为那"长相忆"的"长"字，既是时间的，又是空间的。

到了汉末，军阀割据混战不断，频繁的战乱、饥荒、瘟疫，导致底层百姓生活在水深火热之中，人口数量骤减，到处都是惨不忍睹的破败景象。此时不少文人写下一系列诗歌，以真实细腻的笔触，反映了战乱环境下的社会现实，表达了对底层百姓的深切同情，被誉为"汉末实录"。如王粲的《七哀诗》第一首写道：

西京乱无象，豺虎方遘患。
复弃中国去，委身适荆蛮。
亲戚对我悲，朋友相追攀。
出门无所见，白骨蔽平原。
路有饥妇人，抱子弃草间。

人物篇

顾闻号泣声,挥涕独不还。
未知身死处,何能两相完?
驱马弃之去,不忍听此言。
南登霸陵岸,回首望长安。
悟彼下泉人,喟然伤心肝。

　　王粲(177—217),字仲宣,山阳高平(今山东邹县)人,出身于名门望族,才华卓荦,被称作"七子之冠冕"。此诗作于初平四年(193),当时作者年仅十七岁。初平二年(191),汉献帝被董卓挟持到了长安,王粲也随同前往。董部将领李傕、郭汜等都是毫无人性的"豺虎",祸害百姓,无恶不作。王粲迫不得已南下避难,依附荆州刺史刘表。抵达荆州后,回想离开长安时的情景,诗人依然心有余悸。这一首是对当初所见所思的实录,"白骨蔽平原"的凄惨景象,已经让作者触目惊心,而饥妇弃儿的场景,更让作者肝肠寸断——战争的残酷迫使百姓连子女都养活不起,竟到了无奈抛弃亲生骨肉的地步。登上安葬汉文帝的霸陵高地,王粲深切地领悟了《诗经·曹风·下泉》一诗作者的感受,思念明君的心情强烈至极。可是现实中的明君在哪里呢?他只能发出"悟彼下泉人,喟然伤心肝"的深重叹息了。

　　与王粲《七哀诗》取材、措意相近的诗作,在"三曹""七子"的笔下时时有之。如"熊罴对我蹲,虎豹夹路啼。溪谷少人民,雪落何霏霏。"(曹操《苦寒行》)"东济黄河金营,北观故宅顿倾。中有高楼亭亭,荆棘绕蕃丛生。"(曹丕《黎阳作诗》)"步登北邙阪,遥望洛阳山。洛阳何寂

诗词里的金戈铁马

傅抱石 《龙盘虎踞今胜昔》

寞，宫室尽烧焚。垣墙皆顿擗，荆棘上参天。"（曹植《送应氏诗二首》其一）"长城何连连，连连三千里。边城多健少，内舍多寡妇。"（陈琳《饮马长城窟行》）……

"三曹"和"七子"虽大多居庙堂之高，但也往往心怀百姓。从他们"志深而笔长，梗概而多气"（刘勰《文心雕龙·时序》）的作品中，我们不仅看到了政治斗争、人生沉浮以及宴乐、游仙、赠答等情形，还看到了军阀混战时代的民不聊生和诗人忧时伤世的情怀。

但从魏晋到隋唐，真正从底层百姓的角度看待战争、书写战争、控诉战争的诗人，还要首推诗圣杜甫。陕西民歌唱道："唐朝诗圣有杜甫，能知百姓苦中苦。"信哉斯语！众所周知，在中国诗歌史上，杜甫被誉为集大成者，"尽得古今之体势，而兼人人之所独专矣"（元稹《唐故工部员外郎杜君墓志铭并序》）。杜甫的诸多战争题材诗作，在反映战祸的广泛性和深刻性方面，是前代诗人和与他同时代诗人的作品难以企及的。

杜甫战争诗的笔触，总是伸向底层百姓的遭际和感受。

他写连年累月征战、处处田园荒芜、百姓无家可归的景象："寂寞天宝后，园庐但蒿藜。我里百余家，世乱各东西。存者无消息，死者为尘泥。贱子因阵败，归来寻旧蹊。久行见空巷，日瘦气惨凄。但对狐与狸，竖毛怒我啼。四邻何所有？一二老寡妻。……永痛长病母，五年委沟溪。生我不得力，终身两酸嘶。人生无家别，何以为蒸黎？"（《无家别》）"十室几人在，千山空自多。路衢唯见哭，城市不闻歌。漂梗无安地，衔枚有荷戈。官军未通蜀，吾道竟如何？"（《征夫》）"乾坤含疮痍，忧虞何时毕？靡靡

逾阡陌，人烟眇萧瑟。所遇多被伤，呻吟更流血。"（《北征》）

他写官府强制征兵，使老百姓妻离子散："府帖昨夜下，次选中男行。中男绝短小，何以守王城。肥男有母送，瘦男独伶俜。白水暮东流，青山犹哭声。莫自使眼枯，收汝泪纵横。眼枯即见骨，天地终无情。"（《新安吏》）

他写人民的忍辱负重、深明大义："老妪力虽衰，请从吏夜归。急应河阳役，犹得备晨炊。"（《石壕吏》）"君今往死地，沉痛迫中肠。誓欲随君去，形势反苍黄。勿为新婚念，努力事戎行。"（《新婚别》）"四郊未宁静，垂老不得安。子孙阵亡尽，焉用身独完？投杖出门去，同行为辛酸。幸有牙齿存，所悲骨髓干。……积尸草木腥，流血川原丹。何乡为乐土，安敢尚盘桓？"（《垂老别》）

当然，他自己也是战争的受害者。杜甫三十五岁入长安谋求发展，成为那时的"京漂"，然而困窘十年，仕进无门，好不容易获得了个右卫率府胄曹参军的小官职，偏又赶上了绵延七年之久的安史之乱，个人和家庭都被甩到了社会底层。从此以后，他的生活就像一部灾难片：滞留西京、虎口脱险、得罪肃宗、北上鄜州、任职华州、弃官西行、颠沛秦州、定居成都、举家东迁、暂栖夔州、漂泊鄂湘……直至贫病交加而卒。接踵的苦难，无尽的恓惶，都被真切地记录在他的诗篇里。

他写亲人失散、天各一方、不知生死的思念之情："今夜鄜州月，闺中只独看。遥怜小儿女，未解忆长安。"（《月夜》）"戍鼓断人行，边秋一雁声。露从今夜白，月是故乡明。有弟皆分散，无家问死生。寄书长不达，

人物篇

115

傅抱石 《杜甫九日蓝田崔氏庄会饮诗意图》

况乃未休兵。"(《月夜忆舍弟》)"故国犹兵马,他乡亦鼓鼙。江城今夜客,还与旧乌啼。"(《出郭》)"昔闻洞庭水,今上岳阳楼。吴楚东南坼,乾坤日夜浮。亲朋无一字,老病有孤舟。戎马关山北,凭轩涕泗流。"(《登岳阳楼》)

他写自己千里归家,妻儿惊讶、惊奇、惊喜的反应,以及邻人为杜家人的团圆既倍感庆幸又唏嘘不已的场景:"妻孥怪我在,惊定还拭泪。世乱遭飘荡,生还偶然遂。邻人满墙头,感叹亦歔欷。夜阑更秉烛,相对如梦寐。"(《羌村三首》其一)

他写听闻收复失地、战争即将结束时的欢欣鼓舞:"剑外忽传收蓟北,初闻涕泪满衣裳。却看妻子愁何在?漫卷诗书喜欲狂。白日放歌须纵酒,青春做伴好还乡。即从巴峡穿巫峡,便下襄阳向洛阳。"(《闻官军收河南河北》)

最难能可贵的是,他常常由一己之不幸,推想那些比自己还不幸的"草根"活着的不易:"入门闻号咷,幼子饥已卒。吾宁舍一哀,里巷亦呜咽。所愧为人父,无食致夭折。岂知秋禾登,贫窭有仓卒。生常免租税,名不隶征伐。抚迹犹酸辛,平人固骚屑。默思失业徒,因念远戍卒。忧端齐终南,澒洞不可掇。"(《自京赴奉先县咏怀五百字》)

如果没有这些诗篇,杜甫"诗圣"的美誉,恐怕是要打些折扣的。皇皇《全唐诗》近五万首,如果没有这些诗篇,恐怕也要失去不少光辉。我们看杜甫的这些捧心和泪之作,不高蹈,不谩骂,不仇恨,深重的悲苦、悲恸、悲悯自心底流出,刚强、坚毅、顽韧的性格跃然纸上。"致君尧舜上,再使风俗淳"（《奉赠韦左丞丈二十二韵》）的理想与"穷年忧黎元，叹息肠内热"（《自京赴奉先县咏怀五百字》）的情怀，变奏于这些作品中，不仅彰显了作者伟大的人格风范，更彰显了诗歌文化的终极意义，那就是执守并播撒善良与爱的种子，让其充盈于天地之间。

　　从以上这些在战争背景下反映底层百姓真实境遇的诗作中，我们应该得到怎样的启示？列宁说："忘记过去，就意味着背叛。"今天的我们身处和平时代，应该是幸运的，但也必须时刻牢记，和平来之不易，无比珍贵。"自古以来，和平就是人类最持久的夙愿。和平像阳光一样温暖、像雨露一样滋润。有了阳光雨露，万物才能茁壮成长。有了和平稳定，人类才能更好实现自己的梦想。……和平是需要争取的，和平是需要维护的。只有人人都珍惜和平、维护和平，只有人人都记取战争的惨痛教训，和平才是有希望的。"（习近平《在南京大屠杀死难者国家公祭仪式上的讲话》）中国梦是民族复兴之梦，也是人类和平之梦。珍爱和平，呼唤和平，维护和平。今人解读中国古典诗歌，了解战乱时代底层百姓的苦难与企望，意义正在于此。

（刘炜评、韩锐）

哀哀夜哭向秋云　战争诗中的女性

对男人而言,征战沙场是荣耀的,"夫婿朝回初拜侯"(王昌龄《青楼曲》其二);奋力杀敌也是高尚的,"誓扫匈奴不顾身"(陈陶《陇西行》)。但对女人来说,却往往是"悔教夫婿觅封侯"(王昌龄《闺怨》),"少妇城南欲断肠"(高适《燕歌行》)。她们或独守空室,忧伤终老;或抛家去国,和亲靖边;甚或身没乱世,留下红颜祸水的千古骂名。

更有千万平凡的底层妇女,在后方怀念丈夫、侍老育幼、补缀征袍。史家极少为她们立传,诗人们却屡屡用悲悯之笔雕刻她们不灭的形容:或美丽,或贤良,或柔弱,或坚贞。

有些人的生涯，实在是一出令人不胜唏嘘的悲剧，但诗人的歌吟，赋予了此剧独特的审美价值。

一、和亲者

距今两千多年前，一位怀抱琵琶、身着披风的女子，乘着毡车，从长安出发，缓缓地向匈奴领地驶去。自车窗向外看去，汉室的绚丽河山与故乡的亲人逐渐远去，迎面而来的是绵延荒漠。

她便是王嫱，字昭君。王昭君大概知道她将要抵达的匈奴究竟是怎样一番景象。早在汉武帝时期，司马迁就在《史记·匈奴列传》中对匈奴这个民族有过如下评述：

> 利则进，不利则退，不羞遁走。苟利所在，不知礼义。自君王以下，咸食畜肉，衣其皮革，被旃裘。壮者食肥美，老者食其余。贵壮健，贱老弱。父死，妻其后母；兄弟死，皆取其妻妻之。其俗有名不讳，而无姓字。

他们生活野蛮，性情粗犷。在他们的民族习性中，女性就像是一件货品，在父子兄弟间流转。王嫱也应该知道，在她的国家刚刚建立的时候，匈奴便拥有"控弦之士三十万"，把开国皇帝刘邦围困在白登山上整整七天七夜，幸而陈平献出妙计，刘邦才得以脱身。之后，高祖不得不接受仅以武力手段解决与匈奴的争端并不可取的事实，预备用唯一的女儿鲁元公主讨好冒顿单于，只因吕后日夜悲泣，才换了另一位宗室公主顶替。那便是汉代第一位和亲者——战败国的示好物。

刘邦去世后，冒顿单于又修了这样一封书信给吕后：

孤偾之君，生于沮泽之中，长于平野牛马之域，数至边境，愿游中国。陛下独立，孤偾独居。两主不乐，无以自虞，愿以所有，易其所无。

班固《汉书·匈奴传》

此信言辞极为放荡不恭，言语间仿佛在调戏一个寡妇。吕后一贯是个强势人物，能把情敌砍去手脚扔在厕所做人彘，杀掉情敌的儿子，又几乎逼疯自己的儿子，临朝称制八年，"政不出户，天下晏然"。但对这样的冒犯，她也只能在大怒之余回信道：

单于不忘弊邑，赐之以书，弊邑恐惧。退日自图，年老气衰，发齿堕落，行步失度，单于过听，不足以自污。弊邑无罪，宜在见赦。窃有御车二乘，马二驷，以奉常驾。

班固《汉书·匈奴传》

吕后说自己太老太丑，不宜高攀单于，然后主持了一次诚意十足的和亲，把一位宗室公主嫁予对方。在此后相当长的时间内，采取和亲政策便成了汉朝笼络匈奴、稳定北方边境的重要手段。

在王昭君之前，已经有五位宗室公主踏上远赴匈奴的不归路了。那她为什么还要去？是被迫，还是自愿？现在很难说清。《后汉书》记载，她是因为见不到皇帝，在掖庭白白流逝青春，"积悲怨"，所以才"自请"和亲的。她是一个美貌而有主见的女人。这样的性格，似乎可以解释为什么她能用有生之年维持汉匈近三十年的和平。

史家的渲染，使得王昭君成了一个极具审美价值的谜团，随着时光流逝，史家、诗家、小说家不厌其烦地雾里看花，各抒己见。《后汉书·南匈奴传》形容了她的美貌："丰容靓饰，光明汉宫，顾景裴回，竦动左右"，十六个字写得如流淌的水银，王昭君的绝世容光倒映其中。王昭君临行之际，汉元帝见到了她，他后悔了，却为时已晚，"意欲留之，而难于失信，遂与匈奴"。

《世说新语》又记载，汉元帝有个画工，专为后宫佳丽画像，元帝就根据画中人的妍媸召幸。在别的宫人重赂画工时，王昭君无财可送，独施以白眼，导致明珠蒙尘，难见天颜。她离宫远嫁之后，渎职的画工被元帝杀掉。到了元代马致远那里，她直接被描绘成汉元帝的宠妃，为了帝王之爱与江山平安随匈奴单于而去，却自尽在汉匈边界，贞义两全。

事实上她在匈奴生活了二十余年。那些年她是怎样度过的？《汉书》里只有简要记载：初嫁三年，丈夫呼韩邪单于病逝；生了一个儿子，这儿子后来在匈奴贵族内斗中被杀；她求归母邦而不得，只好从匈奴"父死，妻其后母"的风俗，再嫁呼韩邪之长子复株累单于，陪伴其十一年，其间，生了两个女儿。女儿都被送到长安宫中接受教育，再嫁给匈奴贵族。待王莽篡汉，汉匈再次燃起战火，王昭君已经红颜枯萎，垂垂老矣。

在她生命最美好的时候，她幸福吗？她爱过吗？在一些人看来，比起连天昏暗的狼烟与战士边民的牺牲流血，诸如女子的幸福这些小问题，似乎不值一提。如明代诗人莫止就曾写道："但使边城静，娥眉敢爱身？千秋青冢在，犹是汉宫春。"（《昭君曲》）认为和边城的平静相比，区区女子的安危微不足道，所以不敢自爱。

而诗圣杜甫站在夔州白帝城高处，望向她的故乡，却如是吟道：

群山万壑赴荆门，生长明妃尚有村。
一去紫台连朔漠，独留青冢向黄昏。
画图省识春风面，环佩空归月夜魂。
千载琵琶作胡语，分明怨恨曲中论。

《咏怀古迹五首》其三

诗圣显然是尊敬王昭君的,他认为昭君的一生是不得已、不得志的,千载之后,美人琵琶仍是"分明怨恨曲中论"。

到了宋代,王安石则言:"家人万里传消息,好在毡城莫相忆。君不见咫尺长门闭阿娇,人生失意无南北。"(《明妃曲》其一)措意独出机杼,借王昭君事对整个人生发出感喟:时与命,有时强过人意,不如随遇而安吧。

还有人借王昭君之事讽刺汉元帝和一切不贤明的皇帝:"耳目所及尚如此,万里安能制夷狄。"(欧阳修《再和明妃曲》)有人则讽刺无能的臣工:

> 汉家青史上,计拙是和亲。
> 社稷依明主,安危托妇人。
> 岂能将玉貌,便拟静胡尘。
> 地下千年骨,谁为辅佐臣?

戎昱《咏史》

〔金〕宫素然 《明妃出塞图》

戎昱认为，和亲之策本身是可鄙的，也无甚意义。社稷安危，得靠明主与贤臣。但事实却是"玉貌"们一次又一次拂开战争烟尘，和亲敌国，为和平做出贡献。

滚滚长江东逝水，浪花淘尽英雄与美人。当时的人已经去了，故事还活着，通过诗篇代代传承。

二、红颜祸水

《辞海》中说，祸水，是指惑人败事的女子。褒姒、妲己、貂蝉、杨玉环、陈圆圆……她们的共同点是美貌而倾覆国是。明清易代，陈圆圆站在那个微妙的点上，人称她加速了明朝的败亡。

著名长诗《圆圆曲》，使陈圆圆艳名远播。但正史关于她的记载很少，只有这一段：

> 初，三桂奉诏入援，至山海关，京师陷，犹豫不进。自成劫其父襄，作书招之，三桂欲降。至滦州，闻爱姬陈沅被刘宗敏掠去，愤甚，疾归山海，袭破贼将。自成怒，亲部贼十余万，执吴襄于军，东攻山海关，以别将从一片石越关外。三桂惧，乞降于我大清。
>
> 张廷玉等《明史·流贼》

吴三桂的爱姬陈沅，就是陈圆圆。吴三桂为她"愤甚，疾归山海"，乃至引清兵入关，加速了明朝的灭亡。

让我们回到公元1644年，明崇祯帝在煤山自缢。陈圆圆此时不过二十二岁。把时间的巨轮再稍微往前推一点，我们就能看见一个清丽的苏州少女，被家人卖入梨园。后来，她被列入"秦淮八艳"。

桨声灯影里的秦淮河，六朝金粉中的秦淮河，那份醉人的旖旎是现在的我们怎么也想象不到的。17世纪，在北方满族的虎视眈眈之下，它依然波光荡漾，惹人流连。而波光的对岸，坐落着著名的江南贡院，千百万名学子在那里习书考试。这是我们国家的奇特之处，闺秀们被紧遮密藏，除了父亲兄弟外不许与外男见面，与贵族公子恋爱的"重任"，竟落在妓女肩上。

所以陈圆圆要结交的，乃是饱读诗书的人群。作为一个秦淮名妓，不仅要艳色天成玲珑可人，还得熟稔中华文化。

幸运的是，大约吸纳了吴地灵秀之气，陈圆圆生得非常符合当时上流社会的审美观。有人说她"容辞闲雅，额秀颐丰"（钮琇《觚剩》），还有人一见便惊之为"贵人"。明末贵族文人冒襄的《影梅庵忆语》写得最为真切：

其人澹而韵，盈盈冉冉，衣椒茧，时背顾湘裙，真如孤鸾之在烟雾。

她实在是太清雅了，那得是多少诗画音乐才能熏陶出的气韵？这哪里是形容风尘名妓，分明描画的是琼闺秀玉，一个天仙样的人物。

陈圆圆本是女伶出身，擅演《西厢记》。有趣的是，她扮演的不是端庄美丽的崔莺莺，而是俏皮可爱的红娘。她口齿伶俐，诙谐聪慧，展现出独特的神韵风姿。这点聪慧在《影梅庵忆语》里也显现得非常明显。

当时在"秦淮八艳"的心目中,最佳归宿乃是那些参与政治、颇有文名的贵族公子,比如李香君之于侯方域,柳如是之于钱谦益,董小宛之于冒襄。他们之间的爱情,不仅演绎着名士美人之间的风流,也往往关乎政治立场的投契。尽管是些柔弱的青楼女子,她们却也和这批青年文人一样有民族大义。

冒襄对陈圆圆是一见倾心的。陈圆圆最初也有意于这位名门才子,但数次约会的最终结果是"坚辞去",因为她明白,仅仅你情我愿还远远不够。为了能够长相厮守,她直接拜访了冒襄母亲。

冒母很喜欢她。在中国古代的伦理观念中,母亲是极重要的角色,要想成就美满的婚姻,必须获得母亲的认可。陈圆圆明白这社会规则。冒襄于是许诺让陈圆圆入冒家,露水情缘有了家族保障,只是后来因冒襄之父所禁才未成事。

那个时候,董小宛也属意冒襄。她一次次不顾疾病、路险、兵患以及豪门追捕,去寻找冒襄。而冒襄却一次一次地拒绝她,最后在众人的催助下才最终纳她为妾。董小宛做了九年完美而谦卑的妾侍后,香魂早逝。而后冒襄写下了《影梅庵忆语》追念她的妍丽、痴情和才华,并由衷地赞美其吃苦耐劳、勤俭节约的德行。

仅仅从外部事实也可以看出,陈圆圆对于爱情,对于人事,没有董小宛那么执着。不然冒襄在《影梅庵忆语》里要追忆的就是她了。

被冒襄辜负后,陈圆圆流落豪门,因大妇难容于她,最终被贵妃的亲

[清] 董小宛 《孤山感逝图》

戚献给了武将吴三桂。后来的事,读读当时的诗人吴伟业的《圆圆曲》就知道了:

鼎湖当日弃人间,破敌收京下玉关。
恸哭六军俱缟素,冲冠一怒为红颜。
红颜流落非吾恋,逆贼天亡自荒宴。
电扫黄巾定黑山,哭罢君亲再相见。
…………
坐客飞觞红日暮,一曲哀弦向谁诉?
白皙通侯最少年,拣取花枝屡回顾。
…………
恨杀军书抵死催,苦留后约将人误。
相约恩深相见难,一朝蚁贼满长安。
…………
若非壮士全师胜,争得蛾眉匹马还?
蛾眉马上传呼进,云鬟不整惊魂定。
蜡炬迎来在战场,啼妆满面残红印。
…………
斜谷云深起画楼,散关月落开妆镜。
传来消息满江乡,乌桕红经十度霜。
教曲妓师怜尚在,浣纱女伴忆同行。

人物篇

旧巢共是衔泥燕，飞上枝头变凤凰。
长向尊前悲老大，有人夫婿擅侯王。
当时只受声名累，贵戚名豪竞延致。
一斛明珠万斛愁，关山漂泊腰肢细。
错怨狂风扬落花，无边春色来天地。
尝闻倾国与倾城，翻使周郎受重名。
妻子岂应关大计，英雄无奈是多情。
全家白骨成灰土，一代红妆照汗青。
君不见，馆娃初起鸳鸯宿，越女如花看不足。
香径尘生鸟自啼，屧廊人去苔空绿。
换羽移宫万里愁，珠歌翠舞古梁州。
为君别唱吴宫曲，汉水东南日夜流！

诗歌从崇祯帝自缢事件写起。崇祯自尽后，陈圆圆被李自成部下掳去。紧接着，吴三桂"冲冠一怒为红颜"，引清兵入关，导致李自成建立的农民政权迅速败亡。

吴三桂把陈圆圆成功夺回后，让她做了王妃。诗人如此形容她的生活：在随军的日子里，散关的明月做了她的妆镜，无上尊贵。诗人还推测她受到了姐妹的艳羡，而她自己也觉得，比起流落豪门的过去，如今的日子真是温暖无比。

真的是这样吗？

今天的满族是中华民族的一部分，五十六族兄弟姐妹是一家。但在陈圆圆生活的时代，清军入关是异族入侵，明末汉人感受到的，是亡国灭种之痛。"秦淮八艳"之一的陈圆圆，与柳如是齐名的陈圆圆，会对此无知无觉吗？

诗人最后用西施逝去、屧廊空留来暗示陈圆圆的命运。岁月流逝，朱颜辞镜，陈圆圆老了，不再受到吴三桂的宠爱。"恸哭六军俱缟素，冲冠一怒为红颜"，那样轰轰烈烈、万人议论的故事，到如今都淡化在一声声木鱼轻敲里。平西王府歌舞升平中，她出家为尼，遁入空门。梵呗声中她会想些什么，求赎些什么？我们不得而知。

红颜祸水，是诗歌里的传奇。

三、思妇

不同于和亲者与红颜祸水，因为战争而见不到丈夫的思妇实在太多，多到成为一种符号。她们没有名垂青史的荣幸，但关于思妇的笔墨，却占据了中国女性题材诗歌的半壁江山。在诗中，她们大部分被局限在闺阁之内，苦念远方的丈夫。这些诗章，反映着我们民族对女性的角色认知和审美倾向。

且看王昌龄的《闺怨》：

闺中少妇不知愁，春日凝妆上翠楼。

忽见陌头杨柳色，悔教夫婿觅封侯。

诗里没有零落的泪水，没有憔悴的面容，唯有红妆娇妍，画楼风软，杨柳依依，鲜丽地勾画出一位盛唐思妇的风采。她的怨实是一种娇怨，也不至茶饭不思，也不至首如飞蓬，只是在极美的春光中，发出了良辰却无佳期的感喟，甚至这怨里还现出一丝得意和自豪。这样的意绪，从王昌龄的另两首诗里也可以得到印证：

> 白马金鞍从武皇，旌旗十万宿长杨。
> 楼头少妇鸣筝坐，遥见飞尘入建章。
> 《青楼曲》其一

> 驰道杨花满御沟，红妆漫绾上青楼。
> 金章紫绶千余骑，夫婿朝回初拜侯。
> 《青楼曲》其二

这是个不同于春秋战国的时代，诗人们高歌"黄沙百战穿金甲，不破楼兰终不还"（王昌龄《从军行七首》其四），整个社会都充溢着昂扬向上的精神。"宁为百夫长，胜作一书生"（杨炯《从军行》），"男儿何不带吴钩，收取关山五十州。请君暂上凌烟阁，若个书生万户侯？"（李贺《南园十三首》其五），"学而优则仕"，这些不再是男人们唯一的向往，热血青年争相赶赴边塞，保家卫国，开疆拓土，用生命给盛唐这片绚丽的朝云镶上更灿烂的金边。

"白马金鞍"，显示出军队何其潇洒；"旌旗十万"，显示出国力何等强大。这样一支披坚执锐的队伍踏过长安,竟然不曾打扰到楼头少妇弹筝!这位少妇一面安然地弹奏筝曲,一面引领眺望。不见一丝混乱,不闻一点杂声,只见车马兵士扬起的飞尘,远远腾起在皇宫门上。

那么接下来情形如何?雄壮整饬的军队走过打扫洁净的长安街道,像一阵风,把逐对成球的雪白杨花都吹散到御沟里。宋人说,玉堂金马不足写富贵,"梨花院落溶溶月,柳絮池塘淡淡风"(晏殊《寓意》)才形容出真富贵;而王昌龄的"忽见陌头杨柳色"和"驰道杨花满御沟",便以闲淡明朗之笔,显繁华明丽之色。

队伍中那带领千骑人马的英俊将军,已入殿觐见,封官拜侯。他的妻子青丝漫绾,迤逦登楼,盼望丈夫归来。

写作这两首诗的王昌龄,并不是拘囿在数尺书窗前足不出户的年轻书生,而是游览过西北边疆、以边塞诗歌闻名的诗人。如果不是浸透了乐观的盛唐空气,满怀着昂扬斗志,他不会连思妇之词也写得如此俊逸明朗。千百年来,政治家追慕着盛唐时期明君贤臣的事功与风采,文学家则呼吁诗必盛唐,连普通市民听见盛唐雄风,也会显出神往之色。盛唐,是中国历史上一个锦绣繁华的象征符号。

当然,人和人是不同的。有王昌龄眼里心气昂扬甚至幸福感满满的都市女性,也有杜甫眼里"嫁鸡随鸡,嫁狗随狗"却又活得明明白白的乡野女性。

兔丝附蓬麻,引蔓故不长。
嫁女与征夫,不如弃路旁。

结发为君妻,席不暖君床。
暮婚晨告别,无乃太匆忙。
君行虽不远,守边赴河阳。
妾身未分明,何以拜姑嫜?
父母养我时,日夜令我藏。
生女有所归,鸡狗亦得将。
君今往死地,沉痛迫中肠。
誓欲随君去,形势反苍黄。
勿为新婚念,努力事戎行。
妇人在军中,兵气恐不扬。
自嗟贫家女,久致罗襦裳。
罗襦不复施,对君洗红妆。
仰视百鸟飞,大小必双翔。
人事多错迕,与君永相望。

《新婚别》

作为一首为贫家女立言的诗,篇中所用来设喻的事物如"兔丝""蓬麻""鸡狗",所见的事物如"百鸟",所说的白话如"嫁女与征夫,不如弃路旁",都非常符合女主人公的身份。她不像王昌龄笔下的思妇,有画楼供她凝妆颙望;也不像李白形容的那样,能为戍边的丈夫寄去一件冬衣。她做的仅仅是洗去红粉,等丈夫回来后再打扮,期盼自己能和空中飞鸟一样,夫妇保全。她不懂编写回文锦诗，对爱情的认识极其朴素——"生女有所归，鸡狗亦得将"，但非常忠贞；她抱怨"暮婚晨告别，无乃太匆忙"，但又深明大义，让丈夫"勿为新婚念，努力事戎行"。战乱平息、国家统一、赫赫战功，都是靠这些"小人物"堆砌而成的。

  在杜甫悲天悯人的巨笔下，有《新婚别》《垂老别》这样的底层女性，也有《佳人》所写的贵族女子。"兄弟遭杀戮""不得收骨肉"，昔日琼闺秀玉，遭人抛弃，零落山野，过着"牵萝补茅屋"（杜甫《佳人》）的生活。战争将无数人的命运重新洗牌。

  描写战争中女性的古典诗歌，在处于和平之中的现代人看来，像刀光剑影下的依依旧梦。我们从这些梦里，能看到美，看到人性，看到历史。

（王颖）

胡雁哀鸣夜夜飞 ——战争诗中的胡人

一场又一场的战争过后，和许多汉将一样，胡将中的得利者必不在少。但战争笼罩下的普通胡人的处境，和普通汉人一样可怜。

战争的利益得失是一时的，人生幸福的断送与珍贵生命的失去，却无法挽回。在许多战争诗中，胡人军队的勇猛与胡人平民的可怜，形成了令人唏嘘的比照。

据司马光《资治通鉴·唐纪》记载，唐太宗李世民谈如何处理周边民族关系时，说过几句很好听的话："自古皆贵中华、贱夷狄，朕独爱之如一。"李世民讲得出这样的话来，固然与"唐室大有胡气"（鲁迅《致曹聚仁》），李世民的祖母独孤氏和母亲窦氏都是鲜卑族人，李世民受胡人影响较深有关，但主要还是出于一种政治外交的姿态。而读《资治通鉴·唐纪》贞观年间的纪事（卷九至卷十五），唐朝与夷狄之间的交战次数，并不比此前和此后的历史阶段少。

"贱夷狄而贵中华"是古代华夏文化的一种传统，它由中原农业民族和塞外游牧民族长期征战而形成。孔子说："夷狄之有君，不如诸夏之亡也。"（《论语·八佾》）说明华夏与夷狄之间文明的差距是客观的存在。春秋之世，中原华夏各诸侯国屡遭戎狄等部落的攻击，于是齐桓公在管仲的辅佐下，高举"尊王攘夷"的旗号，北击山戎，南伐荆楚，成为中原第一个霸主，受到周天子的赏赐。孔子曾赞扬齐桓公和管仲的功劳："桓公九合诸侯，不以兵车，管仲之力也。""微管仲，吾其被发左衽矣。"（《论语·宪问》）古代中原华夏族服装衣襟向右，故以"右衽"谓华夏风习。近代民主革命先驱于伯循改名于右任，即以谐音明示自己的反清之志。"左衽"则多是中原地区以外少数民族的装束。孔子的意思再明白不过：要不是齐桓公和管仲联合中原诸侯国力量抵挡住夷狄的进犯，我们早都变成野蛮人了。

所谓"华夷之辨""夷夏之防"，源于华夏族群与夷狄族群毗邻生存发展而文化差别十分明显的地缘格局。华夏族群居于中原地区，较早进入农耕文明时期，却又世代承受着游牧民族侵袭、劫掠的压力，因此逐渐产生了以华夏礼义为标准分辨族群的观念。正如韩愈所言："孔子之作《春秋》也，诸侯用夷礼，则夷之；进于中国，则中国之。"（《原道》）意思是，夷狄亦即胡人，如果尚仁、崇礼、重伦理、守秩序，即是中国人，否则便是化外之民。

这样的观念，深刻而持久地影响了中国古代各种文体的对胡人的书写，诗歌自不例外。与此相关的认识和实践，还有"远人不服，则修文德以来之，既来之，则安之"（《论语·季氏》），"盖闻天子之牧夷狄也，其义羁縻勿绝而已"（司马相如《难蜀父老》），"绥边抚裔"（《三国志·薛综传》），等等。

所谓胡人，主要泛指中原地区北方、西部的游牧民族，如猃狁、匈奴、鲜卑、羯、氐、羌、吐蕃、回纥、突厥、吐谷浑、契丹、党项、蒙古、女真等。西汉王褒在《四子讲德论》中如此描写匈奴人的生活与习性："业在攻伐，事在射猎。""其未耕则弓矢鞍马，播种则扞弦掌拊，收秋则奔狐驰兔，获刈则颠倒殪仆。"李白《战城南》亦云："匈奴以杀戮为耕作，古来唯见白骨黄沙田。秦家筑城避胡处，汉家还有烽火然。烽火然不息，征战无已时。野战格斗死，败马号鸣向天悲。乌鸢啄人肠，衔飞上挂枯树枝。"这是古代中原人对胡人普遍而鲜明的印象：没有安土重迁的民性，逐水草而居；一次又一次地侵凌中原地区，严重破坏着农耕民族的生存秩序，戕害着无辜的生灵。

古希腊的希波克拉底认为人类不同种族的种种特性，是由气候的差异所决定的，西方的"地理环境决定论"即滥觞于此，后来又广泛流行于社会学、哲学、地理学、历史学的研究中。如近代法国学者孟德斯鸠就在《论法的精神》一书中宣称："气候王国才是一切王国的第一位。" 社会制度、国家法律、民族精神等，大多"系于气候的本性""土地的本性"。又如美国

诗词里的金戈铁马

138

〔后唐〕李赞华 《射骑图》（局部）

地理学家亨廷顿在《亚洲的脉搏》一书中指出，13世纪蒙古人大规模向外扩张，是由于居住地气候变干燥导致原来的牧场无法使用。如此立论，固然漏洞甚多，但在强调自然环境对人类生存有着极大影响方面，有一定的合理性。胡人的好南下、屡东犯，并非全然出于野蛮习性，也有自身不得已的一面。而农耕民族之所以能够安土重迁，也是因为他们有土可安，不必远徙。

从远古至近代，边疆的胡人与中原汉族爆发了多少场大大小小的战争，谁也数不清。中华民族的民族融合史，也是一部汉人与周边胡人的战争冲突史。无休止的战争不仅让汉人伤痕累累，也深深伤害着胡人。

早在夏商时代，中原汉族与西北游牧民族之间，就已不断发生着多种抵牾、摩擦，甚至是战争。西周以后，史籍时有记载："穆王伐犬戎，得四白狼四白鹿以归。"（《国语·周语》）"我诸戎（西戎）饮食衣服不与华同，贽币不通，言语不达，何恶之能为？"（《左传·襄公十四年》）"（犬戎）遂取周之焦获，而居于泾渭之间，侵暴中国。"（《史记·匈奴列传》）……

犬戎即猃狁，曾活跃于今陕、甘一带，很早就是华夏民族的劲敌："昔高辛氏有犬戎之寇，帝患其侵暴，而征伐不克。"（《后汉书·南蛮西南夷列传》）按司马迁《史记·五帝本纪》的说法，高辛氏是黄帝的曾孙，尧的父亲。由此可见，犬戎与华夏族刀兵相见，始于原始时期。西周的灭亡，也是内乱和外侵交加的结果：周幽王五十一年（前771），申侯联合缯人和犬戎军队大举进攻丰、镐两京，幽王和太子伯服被犬戎杀死于骊山脚下，西周遂亡。随后，晋、郑、卫、秦等诸侯联军奋力赶走犬戎，拥立宜臼为平王并迁都洛邑，东周时代开始。

周王朝的东迁，实属迫不得已——为了远离西部的戎寇。而东迁的连锁反应，更为王朝君臣所始料未及："平王立，东迁于洛邑，辟戎寇。平王之时，周室衰微，诸侯强并弱，齐、楚、秦、晋始大，政由方伯。"（《史记·周本纪》）自此而后，内外战争变得更加频繁和激烈，以至于近三百年后的那个时代，被汉代学者刘向恰当地称作了战国。

无止无休的战争，成了周王朝的社会主题，也就自然地反映在了《诗经》这部诗歌总集中。

《诗经》中的《大雅·常武》《大雅·江汉》《小雅·六月》《小雅·出车》《小雅·采芑》等都以战争为主要题材，是比较纯粹的战争诗。试看其中的《小雅·出车》：

> 我出我车，于彼牧矣。
> 自天子所，谓我来矣。
> 召彼仆夫，谓之载矣。
> 王事多难，维其棘矣。
> 我出我车，于彼郊矣。
> 设此旐矣，建彼旄矣。
> 彼旟旐斯，胡不旆旆。
> 忧心悄悄，仆夫况瘁。
> 王命南仲，往城于方。

出车彭彭，旂旐央央。
天子命我，城彼朔方。
赫赫南仲，狁于襄。
昔我往矣，黍稷方华。
今我来思，雨雪载涂。
王事多难，不遑启居。
岂不怀归？畏此简书。
喓喓草虫，趯趯阜螽。
未见君子，忧心忡忡。
既见君子，我心则降。
赫赫南仲，薄伐西戎。
春日迟迟，卉木萋萋。
仓庚喈喈，采蘩祁祁。
执讯获丑，薄言还归。
赫赫南仲，狁于夷。

　　这是一首典型的描述周朝人民反击西北游牧民族的诗歌，通过对周宣王初年讨伐狁胜利的歌咏，颂扬南仲这位英雄人物的赫赫战功。
　　诗歌一开始便写道：庞大的军队军容齐整，在广阔的牧地列兵布阵。统帅者南仲奉天子之命，在此召集军士，蓄势待发。南仲居高临下，向士兵们交代紧迫军情，说此次紧急集合的原因——"王事多难，维其棘矣"。

但在兵强马壮、旗帜飞扬的壮阔场面中，南仲细心地发现士兵们因为恐惧战争而面有"况瘁"之色。由于此次征战责任重大，他本人内心也被忧惧填满。"王命南仲，往城于方。出车彭彭，旂旐央央。天子命我，城彼朔方。赫赫南仲，狁于襄。"这里所说的狁，即一直为害周王朝西北地区的犬戎。《诗经·小雅·出车》记叙的是西周中期的战事，王朝受犬戎骚扰已久，累数代之功，才有了这场由尹吉甫、南仲奉宣王之命，大举反击强敌的征战。在这几句诗中，作者避开了两军交战局面的描写，转换视角，用普通兵士口吻赞扬出征时周军军容之威武，继而又从南仲的视角俯瞰军队。他奉周天子之命浩荡前行，已经赢取了赫赫战功，誓将狁赶出边境，言语之间充满了胜利的豪迈与喜悦。

叙述完征讨狁的场景，作者又插入了一段军人战争后对征战生活的回忆："昔我往矣，黍稷方华。今我来思，雨雪载涂。王事多难，不遑启居。岂不怀归？畏此简书。"当年初征时庄稼青青，等到凯旋时已是皑皑白雪覆满征途。家国多难，实在无法久居，但思乡之情又该如何排遣？只怕军令如火，猝不及防。向西继续讨征西戎时，军人们强烈的怀乡思亲之情终于克制不住，勃发而出。在接下来的叙述中，作者再一次转换视角，以思妇之口发出"未见君子，忧心忡忡。既见君子，我心则降"之语，表达了对征夫的担忧和挂念之情。等到听闻了大军班师回朝的消息，情感的抒发马上就跳跃到了草木葱茏、万物复苏的春季，变成了对凯旋的欢呼和赞颂："执讯获丑，薄言还归。赫赫南仲，狁于夷。"

《诗经》中同样描写与西北游牧民族战争的篇目还有《小雅·采薇》

人物篇

《小雅·杕杜》以及《秦风·小戎》等。与《小雅·出车》不同的是，这些诗篇更注重表现战争带给他们的内心体验。

　　对于不同部族间战争的反映，《诗经》一般较少有对战争场面的正面描写，而是借参战将士之口，或凸显敌人的凶悍残暴，或歌颂王师的英勇威仪。叙写的情感主题，也大都是抗击侵略者的激情和思念家园的愁怀。或许因为对敌人知之甚少，《诗经》中的异族战士，大都以单纯的戎寇身份出现，显得比较面具化和符号化。他们无论凶悍残忍还是软弱无能，都只是"王师"英勇善战的衬托。如描写与东南淮夷战争的诗句，充满了"挞彼殷武，奋伐荆楚"，"莫敢不来享，莫敢不来王，曰商是常"（《诗经·商颂·殷武》）的自信与豪迈。而一般认为作为一次屯兵行动颂歌的《诗经·小雅·采芑》，在前三章状写王师军旗猎猎、阵容严整、猛将如云、战车如潮之后，末章慷慨激昂地写道："蠢尔蛮荆，大邦为仇。方叔元老，克壮其犹。方叔率止，执讯获丑。戎车啴啴，啴啴焞焞，如霆如雷。显允方叔，征伐玁狁，蛮荆来威！"这般痛快的书写，固可谓"振笔挥洒，词色俱厉，有泰山压卵之势"（方玉润《诗经原始》）。但关于敌方的信息，从诗中只能看到"蠢尔"，这就不免显得简单和模糊了。

　　《诗经》以后，诗人对战争尤其是对民族战争的描写和议论，不仅走向了广泛，而且走向了深入。作品中胡儿的形象、性格与情感，亦逐渐得到了更为丰富和具体的刻画。

　　传说为匈奴人口口相传的《匈奴歌》写道：

> 亡我祁连山，使我六畜不蕃息。
> 失我焉支山，使我妇女无颜色。

这是一首汉译过来的短歌，两千多年之后的我们读之，仍能感受到那扑面而来的热号悲哭所带来的震撼。谓之热号，是因为它道出了游牧部落对草地牧场的无限深情；谓之悲哭，是因为它唱出了牧民们失去家园的无尽忧伤。

元狩二年（前121），汉武帝任命二十岁的霍去病为骠骑将军。霍去病年轻气盛，指挥有方，于春、夏两次率兵出击匈奴并大败之，占据了河西全部地区。《汉书》载："元狩二年春，霍去病将万骑出陇西，讨匈奴，过焉支山千有余里。其夏，又攻祁连山，捕首虏甚多。""祁连山即天山，匈奴呼天为祁连，故曰祁连山。焉支山即燕支山也。"这首《匈奴歌》当是在此背景下创作的。歌中所说的祁连山和焉支山，都是河西一带著名的

水草丰茂、适合饮马牧羊之地。对于匈奴这种逐水草而居的游牧民族而言，失去了这些天然牧场，无疑意味着失去了大片生存空间，因而发出了"亡""失"的悲音。

　　匈奴人生活粗放，却也是爱美的。焉支山不仅是良好的天然草场，还是红蓝花的重要产地，而红蓝花又是古代游牧民族妇女制作胭脂的原料。据说古代匈奴头领的妻妾，多从这一带的美女中挑选，匈奴语称各藩王之妻为"阏氏"，焉支山因此得名。"焉支"或"胭脂"，乃"阏氏"的汉语音译词。匈奴人没有文字，这首诗能传入内地并保存下来，要感谢不知名的汉译者，他或许就是那时的王洛宾。他的精彩翻译，让我们看到了匈奴人民的心性和才情。《匈奴歌》能被收录于《乐府诗集》中，也显示出编纂者眼力的不俗和心胸的宽广。于是这颗乐府诗中的明珠，得以流传至今而没有被湮没于时间的长河之中。

［后唐］胡瓌 《卓歇图卷》

有唐一代，胡人曾无数次进入中原内地。很多时候，他们是诗人控诉、谴责的对象。如李白状写安史之乱初起时失陷后的洛阳一带："俯视洛阳川，茫茫走胡兵。流血涂野草，豺狼尽冠缨。"（《古风五十九首》其十九）而杜甫亲眼所见的安史军队更是肆无忌惮："群胡归来血洗箭，仍唱胡歌饮都市。"（杜甫《悲陈陶》）

但能够换个角度看待争战双方、民族关系、人生命运的诗作，也偶出于诗家笔下，它们绾连着作者同情悲悯、推己及人的心怀。

如李白的《塞上曲》：

大汉无中策，匈奴犯渭桥。
五原秋草绿，胡马一何骄。
命将征西极，横行阴山侧。
燕支落汉家，妇女无华色。
转战渡黄河，休兵乐事多。
萧条清万里，瀚海寂无波。

一般认为，此诗作于天宝二年（743），李白供奉翰林期间。内容是咏史性质的，寄意却是指向现实的。作者对于汉胡战争的观点十分明确：第一，不能对入侵者一味退让，"以战去战，虽战可也"（《商君书·画策》），该出手时就必须出手。因此，汉武帝在国力强大时，一改和亲的"中策"，转而强硬对待匈奴，此乃绝对正确的国策。要不是霍去病发动的河西大战和漠北大战战果辉煌,"一何骄"而屡屡"犯渭桥"的胡马怎会仓皇遁走?第二,不能穷兵黩武,"国虽大,好战必亡"(《司马法·仁本》),冤冤相报何时了?"以战止战"才是上策,因为任何一次杀伐,汉人与胡人都付出了惨重代价,唯有"休兵乐事多"。

直接、正面地描写胡人的诗作,尤其富于认识价值和审美意义。试看李益的七言歌行《登夏州城观送行人赋得六州胡儿歌》:

> 六州胡儿六蕃语,十岁骑羊逐沙鼠。
> 沙头牧马孤雁飞,汉军游骑貂锦衣。
> 云中征戍三千里,今日征行何岁归?
> 无定河边数株柳,共送行人一杯酒。
> 胡儿起作本蕃歌,齐唱呜呜尽垂手。
> 心知旧国西州远,西向胡天望乡久。
> 回身忽作异方声,一声回尽征人首。
> 蕃音虏曲一难分,似说边情向塞云。
> 故国关山无限路,风沙满眼堪断魂。
> 不见天边青作冢,古来愁杀汉昭君。

这首诗作于唐德宗建中二年(781),李益在朔方从军。诗题中的"夏州"在唐时属关内道,治所在朔方,即今陕西省靖边县的白城子。诗人登上夏州城楼,观看当地人欢送征人返回内地的场面,感慨良多,遂有此作。全诗的重心不在于写"行人"(汉军)的幸得返乡,而在于写居住在夏州的"胡儿"们凄苦的乡思乡愁。

夏州是汉胡杂居的边地,从初唐后期至中唐前期,陆续安置了很多降顺唐朝的胡人,故有"六胡州"之称。《元和郡县志·关内道》载:"调露元年(679)于灵州南界置鲁、丽、含、塞、依、契等六州,以处突厥降户,时人谓之六胡州。"诗人看到,从北方、西部各地迁来的各路胡人同居一地,咿咿嘈嘈的"六蕃语"此起彼伏,胡孩儿骑着羊追逐小动物,穿着貂皮锦衣的汉族军士在不远处牧马……好一派相安无事、各安其所的景象!

然而,敏感的诗人发现,这些来自"西州"和其他地方的胡人,害着和远别桑梓的汉人一样的乡思病。天宝八载(749),前辈诗人、时任安西节度使高仙芝幕府书记的岑参曾有诗云:"故园东望路漫漫,双袖龙钟泪不干。"(《逢入京使》)或许李益读过此诗。如果读过,三十多年后,当他面对眼前的场景时,一定想到"人同此心,心同此理",只不过岑参所望的故园在东方,六州胡儿所望的故园在西方而已。你看,欢送活动开始之时,胡儿们和当地汉人一起,在无定河边的柳树下,为解甲归田的汉族征人饯行,他们时而唱起"蕃歌",时而"垂手"以舞,其乐也融融。可以想见,送行者和被送者长期相处,已经建立了良好的关系。但在欢歌劲舞达到高潮时,胡儿们由朋友归乡想到了自己有乡归不得,不禁悲从中来,怅望着遥远的"西州""胡天",用家乡的方言互相诉说起内心的忧伤来……

但这些纯朴可爱的胡人,不愿让自己低沉的情绪扫了汉军朋友的兴致。于是,在一阵短暂的诉说乡思之后,他们努力调整情绪,又一次引吭高歌,只是无尽的"我心西悲"的情绪，依然混掺在他们的歌声中："蕃音虏曲一难分，似说边情向塞云。"作者由此生发出大家都是可怜人的感慨："故国关山无限路，风沙满眼堪断魂。不见天边青作冢，古来愁杀汉昭君。"是的，人的处境和命运，孰能总是掌握在自己手里？有远嫁塞外、老死毡房的汉人王昭君，也有流落汉地、无法回到雪山草原的"六蕃"，彼此的遭遇都差不多。

平视的叙述视角，设身处地的理解，发自内心的同情，使这首诗透散着浓厚的人文气息。

再看一首描写居住在雁门一带的胡人和平时期生活情境的七言诗：

> 高山代郡东接燕，雁门胡人家近边。
> 解放胡鹰逐塞鸟，能将代马猎秋田。
> 山头野火寒多烧，雨里孤峰湿作烟。
> 闻道辽西无斗战，时时醉向酒家眠。

这是唐代著名诗人崔颢的《雁门胡人歌》。雁门一带，历来是汉胡接壤之地。赵武灵王大败林胡、楼烦后，建立了云中、雁门、代郡。其后李牧奉驻雁门，"大破匈奴十余万骑"，使匈奴十余年不敢南犯。秦统一六国后，蒙恬率兵三十万，从雁门出塞，"北击胡，悉收河南之地"，把匈奴赶到阴山之北，并筑万里长城。汉元帝时王昭君和亲，所经关塞即是雁门。雁门关之称，始自唐初。《唐书·地理志》谓其地"东西山岩峭拔，中有路，盘旋崎岖，绝顶置关，谓立西陉关，亦曰雁门关"。因北方突厥屡有犯内，唐朝派军驻于雁门山制高点。《汉书·匈奴传》说雁门关附近也有过"边城晏闭，牛马布野，三世无犬吠之警，黎庶无干戈之役"的安定繁荣。可以想见，这样的局面，历史上应该出现过多次。

　　崔颢的边塞诗很有成就，《雁门胡人歌》就是其中极有特点的一首。诗作用铺叙的笔法描写了边塞胡人在和平时期从容醉酒、放鹰逐鸟、放马猎秋、山头野烧的风习，诗境有声有色，格调清新明快。最值得注意的是，我们在这首诗里，不仅看到了被书写者和善、勤劳的面影，还看到了书写者和悦、激赏的眼神。作者如同一位欣欣然做客异乡的旅游者，善意地观览着、感受着当地的风土人情。胡汉关系的对立，在他的眼里和笔下是不存在的。胡人与汉人一样，同样厌恶战争，渴望和平。当他们"闻道辽西无斗战"时，享受欢畅心情的方式和汉人无异——"时时醉向酒家眠"。

　　但无论对边境地区的汉人还是胡人来说，享受这样的生活，是难得的奢侈。安居乐业而不必担惊受怕的日子，常常被战争断送却也无可奈何。

　　盛唐时期，出于多种利害关系的考虑，朝廷在军队起用大量胡人，如突厥人哥舒翰、高丽人高仙芝、契丹人李光弼、粟特人和突厥人的混血儿安禄山等，皆为一时名将。在冷兵器时代，胡人的战斗力明显强于汉人。安史之乱爆发时，藩镇割据问题已经相当严重。在平叛的八年里，王室往往调不动藩镇军队，不得不借助胡人的武力，如回纥就曾两度出兵协助唐室平乱。唐肃宗为了尽快结束战争，曾许回纥将领以优厚回报："初，上欲速得京师，与回纥约曰：'克城之日，土地、士庶归唐，金帛、子女皆归回纥。'"

（《资治通鉴·唐纪三十六》）事实上，安史之乱期间的许多战役，既是王师与叛军之间的较量，更是胡兵与胡兵之间的厮杀。而胡人军队对唐王朝来说，又是利祸并在的双刃剑。安史之乱被平定后，回纥勒索不断，吐蕃侵扰不止。唐代宗为求安定，大封节度使，造成了更为严重的藩镇割据局面，国家的政治经济进一步恶化。整个中晚唐时期，藩镇的拥兵自重与强胡的动辄犯境，始终是王朝的大患。

在这样的过程中，汉人和胡人接触、碰撞、交融的频度和广度，远逾以往的历史时期。在中原地区，越来越多的胡人自觉不自觉地被汉化着；而在边境的一些地方，也有汉人被胡化着。晚唐诗人司空图行至河湟，沉痛地写下了绝句《河湟有感》："一自萧关起战尘，河湟隔断异乡春。汉儿尽作胡儿语，却向城头骂汉人。"安史之乱结束后，吐蕃用武力占领并统治了河湟地区，"华人百万皆陷于吐蕃"（《旧五代史·外国列传》）。久而久之，他们子孙的语言、服饰、行为习惯已经吐蕃化，反将唐人视为仇人，用吐蕃语大骂自己的同胞。目睹此种实况，诗人心头难免五味杂陈。

"落花踏尽游何处，笑入胡姬酒肆中。"（李白《少年行》）"侧闻阴山胡儿语，西头热海水如煮。"（岑参《热海行送崔侍御还京》）"君不闻胡笳声最悲，紫髯碧眼胡人吹。"（岑参《胡笳歌送颜真卿使赴河陇》）"虏酒千钟不醉人，胡儿十岁能骑马。"（高适《营州歌送颜真卿使赴河陇》）……胡人的形象、习俗、做派等，给汉族诗人留下了太多鲜活的印象。

中唐诗人戎昱的《苦哉行五首》其四以一个中原少女的口吻，讲述了她眼里的"狂胡"军人的状貌和行为：

> 妾家清河边，七叶承貂蝉。
> 身为最小女，偏得浑家怜。
> 亲戚不相识，幽闺十五年。
> 有时最远出，只到中门前。
> 前年狂胡来，惧死翻生全。
> 今秋官军至，岂意遭戈鋋。
> 匈奴为先锋，长鼻黄发拳。
> 弯弓猎生人，百步牛羊膻。
> 脱身落虎口，不及归黄泉。
> 苦哉难重陈，暗哭苍苍天。

这首诗作于唐代宗宝应元年（762）。这一年，唐朝向回纥借兵助攻盘踞在洛阳以北的史朝义叛军，回纥军队一面"平叛"，一面在洛阳大肆践踏，掳走人畜无数。当时的洛阳，数年内曾几番遭劫，所以诗中少女说"前年狂胡来"，以为这回必死无疑了，不想竟幸存下来。这些胡人"长鼻黄发拳""百步牛羊膻"，分明是游牧民族出身的军人，他们"弯弓猎生人"，膂力超常却也十分残酷，她感到自己又一次落入虎口。

开篇已经说过，战争中普通胡人的处境，其实和普通汉人一样可怜，尤其是那些背井离乡者。唐代宗时的诗人李端曾描写过一群来自凉州的善跳"胡腾舞"的艺人，说他们"肌肤如玉鼻如锥，……拈襟摆袖为君舞，……扬眉动目踏花毡，红汗交流珠帽偏。……环行急蹴皆应节，反手叉腰如却月"（《胡腾儿》），真是吸引观者眼球。但这些舞蹈家，实际上是挣扎在社会底层的流浪者，在河西、陇右二十余州被吐蕃占领之后，他们不得已沦落异乡，以歌舞讨生活。诗人对这些流浪者的境遇表达了同情："胡腾儿，胡腾儿，家乡路断知不知？"许多流行的琵琶曲由他们奏响，流行的健舞如胡旋、柘枝等由他们表演，而他们中的许多人，都经历着种种的不得已和不如意。

（刘炜评、鱼戏溪）

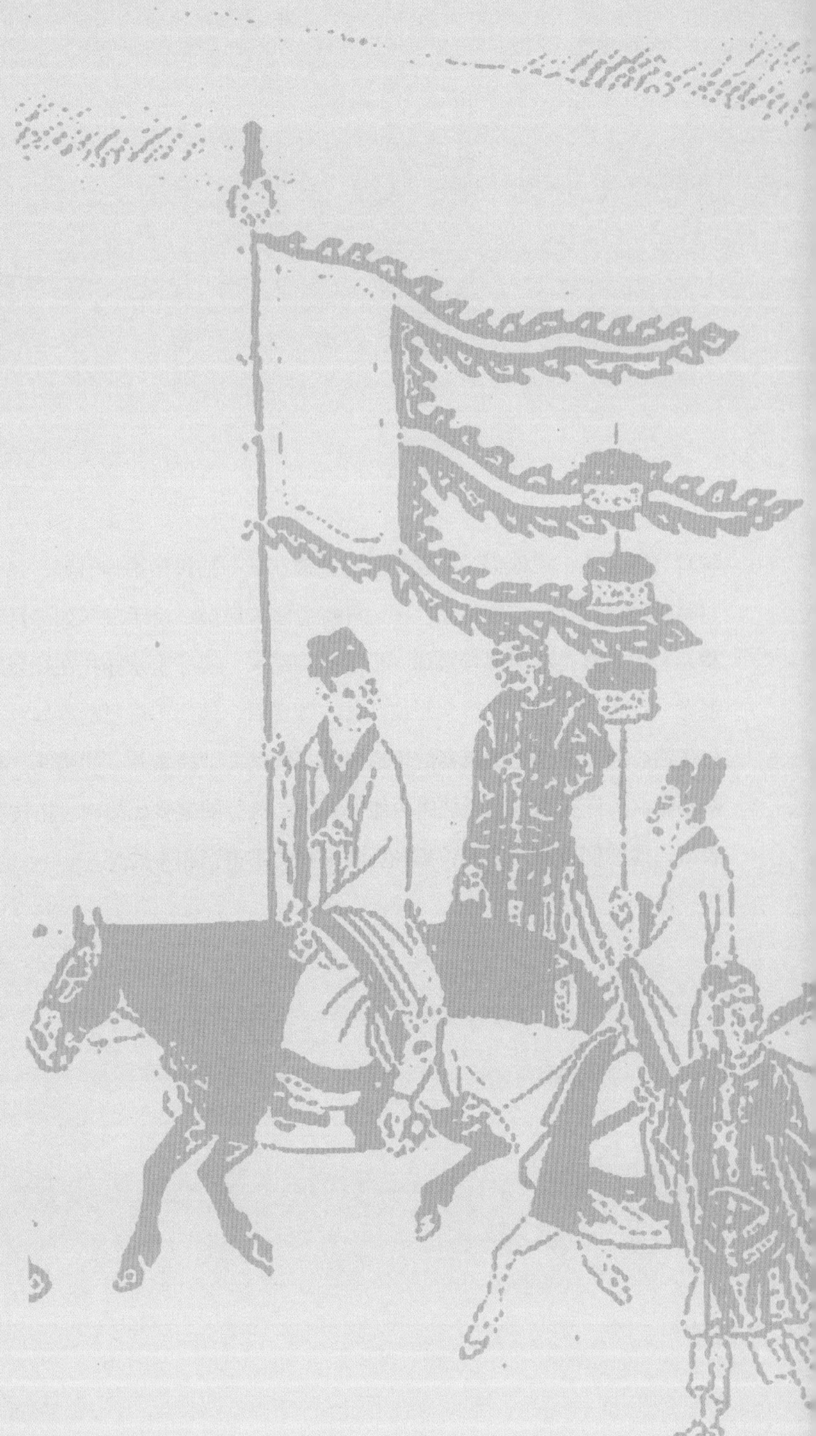

风物篇

戈壁、孤烟、冰河、雪山、落日……，楼兰、玉门、酒泉、雁门、榆关……，秦弓、吴戈、昆吾剑、环首刀、霹雳炮……，它们见载于地图册和教科书，跃动于影视片和书画集，绝不止于名物之识、典故之辨。君不见枯草衰杨、飞沙走石、残城断垣的严酷环境，曾孕育出了多少吹笳奏笛、击斗敲鼓的军旅生活，煮酪饮酒、壮美瑰丽的诗篇。回眸和体味这些诗作，我们不仅在打捞某种文化记忆，也在唤醒灵魂深处的豪情壮志。

旌旗映日彩云飞

战争诗中的军阵沙场

贞观十七年（643）二月，春寒之中，唐太宗命人建造了一座庄严的楼阁，名叫凌烟阁。它的功能，近于功臣画像馆。阁内悬挂阎立本描摹的二十四幅真人大小的画像，供戎马一生的"天可汗"缅怀凭吊。图中所画，皆为李唐王朝的奠基者，而其中有十二人，都是以军功登上此阁的。

这十二人中，大多相貌堂堂，威风凛凛。他们生前曾经奋勇征战，屡屡建功立业，赢得帝王赞赏，身后青史留名，真可谓不虚此生。

而这些耀眼的光环，多半出自一个地方——沙场。

一、应须驻白日，为待战方酣

> 将军出紫塞，冒顿在乌贪。
> 笳喧雁门北，阵翼龙城南。
> 雕弓夜宛转，铁骑晓参驔。
> 应须驻白日，为待战方酣。
>
> 卢照邻《战城南》

汉乐府的《战城南》，本是满纸哀伤苦痛的战后反思，而到了初唐诗人卢照邻笔下，则变成了歌颂武力之盛的军歌。沙场本是流血牺牲、乌鸦啄尸的修罗场，却被诗人的激情照耀得如黄金般光亮。为何如此？我们不妨用诗人李贺那句关于凌烟阁的诗来做注解：

> 请君暂上凌烟阁，若个书生万户侯？
>
> 《南园十三首》其五

凌烟阁如海市蜃楼般高高飘浮在初唐时代风气之上，沙场与初唐诗人之心，被它鼓荡得轰轰烈烈，斗志昂扬。

唐代诗人，尤其是安史之乱前的诗人，多有在沙场建功立业的理想。原因自然是对家国的热爱，"每愤胡兵入，常为汉国羞"，但"何知七十战，白首未封侯"（陈子昂《感遇诗三十八首》其三十四），落脚点还是在对现实人生的进取上。

唐代战事极多。从高祖李渊起兵太原起，到称帝长安，战争一直持续不断。薛举、薛仁杲、刘武周、王世充、李子通、窦建德、辅公祏、刘黑闼、徐圆朗、高开道、宋金刚等人的军队在李氏的铁蹄下被逐一消解。然而一统江山也不能令唐王在卧榻之上酣睡，从武德五年（622）开始，突厥屡屡侵边，先后犯太谷、雁门、朔州、幽州、关中、并州、定州、山东等地，唐代边塞战争，从此拉开序幕。

到了太宗时期，形势日益有利于大唐。李世民骁勇善战，雄心勃勃，亲自训练士兵，整顿武备，主动在边塞用兵。他先后率领王朝大军北征东突厥，西征吐谷浑、高昌、西突厥，东征高丽、百济，战马所及之处，边塞各

族势力无不望风而降，帝国版图由此扩而大之。

高宗李治虽失落帝玺于妇人之手，但在军事上颇具乃父之风，不但继续太宗的扩张性对外战争，还进一步扩大了规模。仅对朝鲜半岛，他就发动了九次征战，最终踏平百济，使高丽、新罗俯首称臣。而在此期间，吐蕃和突厥又频繁犯境。"寇""胡寇"一类字眼，常见于《旧唐书》中。李治决心痛打入侵者，曾一次发兵三十万讨伐突厥。

卢照邻的这首《战城南》就写于高宗对外用兵时期。

首联"将军出紫塞，冒顿在乌贪"，用的是旧典。关于"紫塞"，西晋学者崔豹在《古今注》中说，"秦筑长城，土色皆紫，汉塞亦然"，故称紫塞。将军出紫塞，是因为杀父自立的匈奴单于冒顿灭东胡，逐月支，征服丁零，侵入秦之河南（今内蒙古河套一带）地，势力强盛。西汉初年，匈奴开

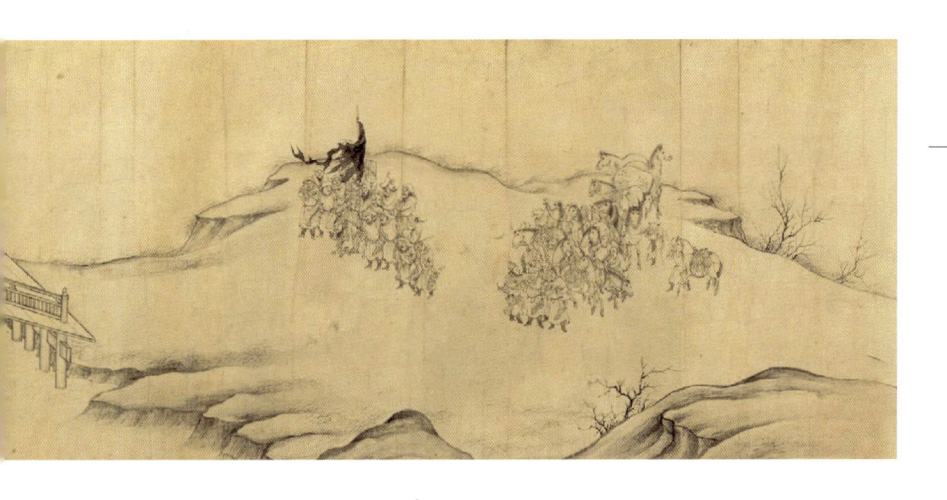

［辽］陈及之 《便桥会盟图卷》（局部）

始进一步南下侵扰,使西汉王朝坐立难安。无论是汉代,还是唐代,北方少数民族的侵略始终是汉民族心中的刺,唐代诗人往往借用汉代史实比喻当时的边事。

将军跨马出塞,一场场惨烈战事将在边塞发生。"笳喧雁门北,阵翼龙城南",写的是我军的气势。"笳"是匈奴乐器,即胡笳;"雁门"是关名,这里泛指戍守重地。胡笳已经旁若无人地在关北叫嚣,我军岂能容其放肆?不但迎头痛击之,还左右包围之,战阵如有力的两翼,已围拢"龙城南",就要直捣敌巢了。

在这场旷日持久的战争中,将士们"雕弓夜宛转,铁骑晓参驔",夜不释弓,晨不离鞍,随时跃上战马,与侵略者一决生死。

健儿们的气概是何等气吞山河,他们置生死于度外,所以才发出"应须驻白日,为待战方酣"的感慨。这一句,表明了初唐军力之雄伟,因为只有强大的一方,才会企盼太阳多照耀沙场一会儿,让将士们尽情享受奋勇杀敌、保家卫国、功名可待的快感。

不得不说,初唐诗中的沙场太动人了,太让人热血沸腾了。而那个时代的确也是个蒸蒸日上的时代。在一些诗人眼里,那时候的沙场甚至是美丽的:"牙璋辞凤阙,铁骑绕龙城"(杨炯《从军行》),多么壮美而又轻利的字眼!将士们辞别帝王与国都,以睥睨万物的姿态,将敌人包围消灭。即使真正的边塞情境是"冻水寒伤马,悲风愁杀人"(杨炯《战城南》),但仍然是"寸心明白日,千里暗黄尘"——对急于报效国家与君王、充满功名进取之心的诗人来说,那千万里路的艰苦,好像都不算什么。

事实上，卢照邻与杨炯笔下的沙场，更多的是出于诗人的幻想，或对前人诗中战争意象因袭性的拓展。他们大约只是在初唐光英朗练的天空上"神行"罢了。而岑参，则是一名真正履及边塞的诗人。

二、平明吹笛大军行

  轮台城头夜吹角，轮台城北旄头落。
  羽书昨夜过渠黎，单于已在金山西。
  戍楼西望烟尘黑，汉兵屯在轮台北。
  上将拥旄西出征，平明吹笛大军行。
  四边伐鼓雪海涌，三军大呼阴山动。
  虏塞兵气连云屯，战场白骨缠草根。
  剑河风急雪片阔，沙口石冻马蹄脱。
  亚相勤王甘苦辛，誓将报主静边尘。
  古来青史谁不见，今见功名胜古人。

岑参《轮台歌奉送封大夫出师西征》

这首近距离描摹沙场的诗被写出来的时候，中国历史上唯一的女皇帝武则天已经谢世，江山又重新回到李氏手中。经过唐中宗、唐睿宗时期的短暂政治动荡后，武则天的孙子李隆基在政治风云的曲折变幻中即位，是为唐玄宗。他励精图治，重用贤能，将这个国家的国力推到了顶峰，创造了辉煌的大唐盛世。本诗大约写于唐玄宗天宝十三载（754）至十四载（755）间。

所谓天宝，本出自王勃《滕王阁序》中的"物华天宝，龙光射牛斗之虚"之句。据说玄宗用此年号，颇有自诩之意。在经济上，唐朝社会"稻米流脂粟米白，公私仓廪俱丰实"（杜甫《忆昔二首》其二）；而军事上，为维持"天可汗"的荣光，玄宗不但平定了国内叛乱，更进行了三十多次对外战争。除了主动用兵南诏大败之外，对吐蕃、突厥、契丹等外族的讨伐还是军功辉赫的，不但加固了边防，还继续拓展了大唐的版图。

在这个时期，诗人们仍十分向往沙场杀敌，立功受封。成名略早且与岑参并称"高岑"的边塞诗人高适便说：

> 万里不惜死，一朝得成功。
> 画图麒麟阁，入朝明光宫。
> 大笑向文士，一经何足穷！
> 《塞下曲》

诗句凝练而又气势恢宏，与李贺的"请君暂上凌烟阁，若个书生万户侯"（《南园十三首》其五）有异曲同工之妙。麒麟阁是汉宣帝为纪念十一位名臣而建造，类似于唐代的凌烟阁。汉宣帝甘露三年（前51），匈奴归降，宣帝为纪念往昔辅佐有功之臣，便令人画他们的图像于麒麟阁，以为人臣荣耀之最。

风物篇

类似的表达还有很多:"将军献凯入,歌舞溢重城。"(刘知几《仪坤庙乐章》)"一朝弃笔砚,十年操矛戟。岂要黄河誓,须勒燕然石。"(崔湜《塞垣行》)"卒使功名建,长封万里侯。"(张宣明《使至三姓咽面》)……总之,这个时代的价值观是崇拜武功,不少人视人生的终极意义为投身沙场,封侯扬名。

在这样的社会背景下,作为安西北庭节度使判官的诗人岑参已是第二次出塞了,因此他建功立业的心情更加迫切。诗人相送的这位西征大将封常清,也曾是大将高仙芝军中的一名小判官,而今已官拜御史大夫了。

在崇尚军功的时代,唐代军中的上升渠道还是很畅通的。想必这也是诗人们急着想要奔赴沙场的原因之一。

回到岑参的诗中,当你细读,请你静听:汉代即存在的轮台古城在画角声中迎来了黎明。

我方还未出兵,象征胡人命运的旄头星就已先陨落。昨夜由羽书得知单于在金山之西,今晨在戍楼上远望,那个方向必定人杂马众,果然一片烟尘。

"射人先射马,擒贼先擒王"(杜甫《前出塞九首》其六),便是此次西征的目的所在。

封将军持旄节一声令下,军笛嘹亮,晨光熹微中大军向沙场雄行。"四边伐鼓雪海涌,三军大呼阴山动",气魄何等雄壮!场景何等撼人!如此军威严峻,军纪严明,让人不得不向这次西征的主将封常清礼敬。

健儿们随主将一声令下冲向沙场,直奔敌军而去。诗人于是记录道:"虏塞兵气连云屯，战场白骨缠草根。剑河风急雪片阔，沙口石冻马蹄脱。"

轮台地处天山南麓，在塔里木盆地北缘，现归新疆维吾尔自治区巴音郭楞蒙古自治州管辖，是古西域都护府所在地。诗题中所说的"西征"，史书并无记载，但从封常清的履历看，大约是在天山附近，诗人所写并不是虚指。

那里地势极为空旷，但两军相接的杀伐之气仍远逼云天。而这片古战场上，还遗留着往日战士的白骨。"北风卷地白草折，胡天八月即飞雪。……将军角弓不得控，都护铁衣冷难着。"（岑参《白雪歌送武判官归京》）苦战往往又逢上苦寒。吹面如割的冷风狂雪中，连石头都冻住了，马蹄都快要冻脱了。但一切的艰难困苦，都不能阻碍将士们奋勇杀敌的决心，"誓将报主静边尘""今见功名胜古人"，誓要平靖边地以报君主知遇之恩，而封将军的威名将要盖过古时名将卫青与霍去病。

这场征战的结果史料未载，但岑参在另一首诗《奉陪封大夫宴，得征字，时封公兼鸿胪卿》中似有通报：

西边虏尽平，何处更专征。
幕下人无事，军中政已成。
座参殊俗语，乐杂异方声。
醉里东楼月，偏能照列卿。

诗中说，西边的胡虏皆被伏诛，实在无可征伐。将军幕府中的判官们无事可做，因为军中已经政令清明，只要循规蹈矩即可。这是何等高明的奉承！因远在边城,座中许多人说着方言,音乐也异于中原。在封常清的宴席上,大家月下酌酒,俨然已承平日久。那诗中未写的征战结局,必定是"虏骑血洒衣,单于泪沾臆"(袁瓘《鸿门行》),捷书往奏未央宫。

事实上,"承平日久"四字,从来不能用来形容唐代。玄宗之前,抵御外侮和拓展版图的战争从未停歇。玄宗执政期间进行的各种战争比之前所有唐朝皇帝都要多。而玄宗之后,各种内乱与外侵,则生生拖垮了中华民族历史上最光明耀眼的时代。

三、殇为魂兮,可以归还故乡些

劳者且莫歌,我欲送君觞。
从军有苦乐,此曲乐未央。
仆居在陇上,陇水断人肠。
东过秦宫路,宫路入咸阳。
时逢汉帝出,谏猎至长杨。
讵驰游侠窟,非结少年场。
一旦承嘉惠,轻身重恩光。
秉笔参帷斋,从军至朔方。
边地多阴风,草木自凄凉。
断绝海云去,出没胡沙长。
参差引雁翼,隐辚腾军装。

> 剑文夜如水，马汗冻成霜。
> 侠气五都少，矜功六郡良。
> 山河起目前，睚眦死路傍。
> 北逐驱獯虏，西临复旧疆。
> 昔还赋余资，今出乃赢粮。
> 一矢殪夏服，我弓不再张。
> 寄语丈夫雄，若乐身自当。
>
> 李益《从军有苦乐行》

李益大约生于天宝九载（750），他童年时，盛唐就已走向了终点，因为天宝十四载安史之乱爆发时，他才六岁。

安史之乱，被公认为唐朝盛极而衰的转折点。所谓的"乱"，不仅指安禄山与史思明势力的反叛之乱，还指地方势力反叛以及党项等胡族的入侵之乱等。待这场由胡人发动的叛乱被平定之时，李唐王朝已经元气大伤了。

仅仅从《旧唐书》记载的户数变化来看，就足够令人吃惊。在唐灭隋的战争中，天下户数由八百七十万户锐减到唐初永徽三年（652）的三百八十万户；从唐初永徽三年到开元十四年（726）七十余年的时间，又恢复到了七百多万户；而到了天宝十三载（754），即诗人李益五岁左右的时候，已经增至九百六十多万户。

这是唐代人口最繁盛的时候。然而安史之乱被平定后的广德二年（764），十年之间户数骤降到二百九十多万户，比唐初还要少。也就是说，

风物篇

贞观之治、开元盛世在人口增长上做出的努力，已被这场旷日持久的战争消耗殆尽。人没了，盛唐在经济与军事上的积累，又所剩几何？

安史之乱终于结束，可是，藩镇割据又来了："大盗既灭，而武夫战卒以功起行阵，列为侯王者，皆除节度使。"（《新唐书·兵志》）此时，李益长成了少年。到了大历九年（774），青年李益西游凤翔，到凤翔节度使李抱玉幕府任职，参与了郭子仪、李抱玉、马璘、朱泚分统诸道兵八万的防秋军事行动，然后写下了这首《从军有苦乐行》。

这首诗虽然出自一名二十余岁的边塞诗人之手，但它的情调却是哀伤的，情感是萧瑟的，杨炯、卢照邻近乎狂热的激情，乃至高适、岑参雄浑有力的梦想，在这里都消失殆尽。

李益用将士口气弹唱了一首从军歌。他说，远离故乡的我居住在边疆，陇水的流淌声令人断肠。我为什么来到这里？因为帝王的青眼和嘉奖。我本是贵族子弟，因喜爱武功，过着仗剑游侠的生活，但从此之后，"一旦承嘉惠，轻身重恩光"。

根据钱穆《中国历代政治得失》中所得的结论，唐代府兵制规定："当时户口本分九等，根据各家财富产业而定。……据当时法令，下三等民户，是没有当兵资格的，只在上等中等之中，自己愿意当兵的，由政府挑选出来，给他正式当兵。"各地府兵都要到政府轮值宿卫，这些当宿卫的府兵家庭经济状态都较好，而穷苦家庭的子弟，根本不准当兵。这就解释了"秉笔参帷幕"，因为这样的人也多有机会受到教育，雅能属文。

在唐太宗时，这种士兵到中央宿卫，皇帝便与他们在宫廷习射，这就是所谓的"时逢汉帝出,谏猎至长杨"。总之是受到皇恩,所以甘愿"从军至朔方",到边境建功立业以报知遇之恩。

其实这首诗真正写沙场的只有以下四句:"边地多阴风,草木自凄凉。断绝海云去,出没胡沙长。参差引雁翼,隐辚腾军装。剑文夜如水,马汗冻成霜。"只是这里所说的边地沙场,完全是灰色的,不但没有"雕弓夜宛转,铁骑晓参驔。应须驻白日,为待战方酣"(卢照邻《战城南》)式的沙场杀敌的热情,也没有"古来青史谁不见,今见功名胜古人"(岑参《轮台歌奉送封大夫出师西征》)的自信,甚至连爱国之情都没有提起,只说曾经的都市少年、良家子弟,如今多少都"山河起目前,睚眦死路傍"。这真是悲哀。

而自己呢,"北逐驱獫狁,西临复旧疆",东征西讨,没有歇息的时候,唯一希望的,就是"我弓不再张"——过上和平的生活。

这反映了当时军制的又一弊病:老兵久久不能复员。政令松弛,人口凋敝,导致新兵后继乏力,老兵要想复员也复不成,于是两年三年地拖着,就如杜甫《兵车行》诗中说的:"一从十五北防河,便至四十西营田。去时里正与裹头,归来头白还戍边。"

又如钱穆在《中国历代政治得失》中所言:"这些兵本都是殷实之家的子弟,他们的衣服、马匹、兵器,都是自己置备制造随身携带去的。"自备的武装称身,武器是好的,诗中所谓"夏服"就是好行头的泛称。

钱穆又写道:"而且那些府兵,仍恐国家薪饷不够用,随身还要带点零用钱。唐代用绢作币,大家携带绢匹,到了边疆,边疆的营官说:你们的绢匹该交给我,存放在储藏室,待需要时再领取。于是故意叫士兵们做苦工,一天做八点钟的,要他们做十点钟,吃睡都不好,处处折磨他,希望他死了,可以把他存放的财物没收。这许多事,正史所不载,要在许多零碎文件中,才可看出。"

连这样的事都有,难怪军士们急着复员,而国家兵力如何,也就可想而知了。

何况在当时,藩镇割据已经越来越严重,沙场上激战的,不再仅仅是唐军与外敌。所谓"由是方镇相望于内地,大者连州十余,小者犹兼三四。故兵骄则逐帅,帅强则叛上;或父死子握其兵而不肯代,或取舍由于士卒,往往自择将吏,号为'留后',以邀命于朝。天子顾力不能制,则忍耻含垢,因而抚之,谓之姑息之政。盖姑息起于兵骄,兵骄由于方镇。姑息愈甚,而兵将愈俱骄。由是号令自出,以相侵击,虏其将帅,并其土地,天子熟视不知所为,反为和解之,莫肯听命"(《新唐书·兵志》)。

军阀之间互相争战、吞并以抢夺地盘,连皇帝也不敢制止,还要为他们做和事佬,兵卒们自然是白白为他们的野心而流血而牺牲了。

到了大历十二年(777)李抱玉去世后,李益赴渭北。其间可能到过灵武,后转回内地。建中元年(780)深秋或初冬,李益再次到灵武,依附朔方节度使崔宁。其间写下《从军夜次六胡北饮马磨剑石为祝殇辞》《夜上受降城闻笛》《军次阳城烽舍北流泉》《从军北征》《盐州过胡儿饮马泉》《塞下曲三首》等诗。

《从军夜次六胡北饮马磨剑石为祝殇辞》中有这样的句子:

诗词里的金戈铁马

170

风物篇

〔北宋〕李公麟 《临韦偃牧放图》（局部）

我行空碛，见沙之磷磷，与草之幂幂，半没胡儿磨剑石。
当时洗剑血成川，至今草与沙皆赤。
我因扣石问以言，水流呜咽幽草根，君宁独不怪阴磷？
吹火荧荧又为碧，有鸟自称蜀帝魂。
…………
风飘雨洒水自流，此中有冤消不得。
…………
年移代去感精魂，空山月暗闻鼙鼓。
…………
又闻招魂有美酒，为我浇酒祝东流。
殇为魂兮，可以归还故乡些。
沙场地无人兮，尔独不可以久留。

殇者，古代指不足二十岁便夭折的人，也指未成丧礼的无主之鬼。按古代葬礼，在战场上"无勇而死"者，照例不能敛以棺柩，葬入墓域，也都是被称为"殇"的无主之鬼。

在这里，空旷的沙场了无人迹，荒凉恐怖。诗人奠酒祈祷，愿所有死在异乡的灵魂，都可以归还故乡。

在这首诗完成之时，到哀帝李柷禅位（907）的一百余年里，唐朝的战斗力愈来愈弱。内有藩镇之间的互相撕咬，外有吐蕃等部族的不断蚕食。其中穆宗李恒到懿宗李漼的四十多年间，边境稍安，朝廷终于缓过劲儿来，开始了对藩镇的镇压。发展到僖宗李儇时，黄巢、王仙芝等揭竿而起，最终战争越演越烈，李唐王朝就这样画上了句号。

钱穆哀叹道："后方兵员枯竭，政府有钱有势，不在乎，临时买外国人当兵。边疆上逐渐都变成外国兵。安禄山、史思明，看他们名字是中国式的，而且是中国边疆大吏，寄付与国防重任的，实际上就都是外国人。打平安史之乱的李光弼，与郭子仪齐名，其实李光弼也就是外国人。这是唐代一个特殊现象。这因唐代武功太大，四围都成中国的下属，唐太宗已被称为天可汗，这如称皇帝的皇帝，唐代实在太富太强了，他们忽忘了民族界线，他们不懂害怕外国人，不懂提防外国人，大量使用外国人当兵作将，结果才弄得不可收拾。于是唐代的府兵一变而成为藩镇，军阀割据，胡族临制。那真是惊天动地的大变迁，那何尝仅仅是一种政治制度的变动呢？"（《中国历代政治得失》）

读之令人惊心。

沙场在唐人诗中，曾经无比激昂，最终却无比凄凉。是战之罪吗？

苏雪林在《唐诗概论》中说："战争固然是一件不必赞许的事，但汉族与夷狄之族在事实上不能两盛，……唐代武力极强，但边防偶一疏忽，那些游牧民族便蜂拥般侵了进来，……所以唐代对外用兵，实都是可赞美的民族自卫战争，而不是帝国主义对弱小民族的侵略战争了。这种民族自卫战争，不惟有促进民族向上的力量，而且有启发文艺灵源的功效。……虽然他们也感到战事的残酷而发为非战之论，如常建的'髑髅皆是长城卒，日暮沙场飞作灰'……以及其他征戍之苦，都是中晚唐以后之作，那时唐室离开这光荣时代早已远了。"苏雪林说的也很有道理。非战之罪，但是战争带来的痛楚又由谁负责呢？

（王颖）

燕歌未断塞鸿飞 战争诗中的边塞风光

诗中的边塞,流淌在我们的血液中。它是一种情结,一种理想,与我们一路同在。

一、边塞何在

每个人都怀有一个探寻边塞的梦。

这个梦,从童年时代起便扎根于我们灵魂之中,在我们的血脉里流淌,舒张,沸腾;这个梦,引领着成年后的我们向往用双手触摸、用双脚丈量遥远的戈壁滩、断石柱、黄沙、雪山……

那么,边塞何在?物换星移,沧海桑田。如今它们的名字列在教科书、地图册上,被唤作玉门、阳关、酒泉、阴山、雁门、蓟北、山海关……但我们所理解的边塞，还不止于此。那个不断震撼我们心灵，让我们为之神往的边塞，到底在哪里呢？

它在绵绵不绝的中华文化里，在那一首首壮美瑰丽的诗篇中。

文化是一个民族的血脉，是人类特有的精神家园。中国是诗歌的国度，我们每个人都是在诗歌的熏陶下成长、成熟的。当童年的我们吟诵那一首首诗歌时，诗中的边塞便存留在了脑海之中。我们也许并不知道所读所念的究竟是什么意思，但心中早已烙下深深印迹。这些烙印成为我们对边塞最初的认识。

少年时代，当我们走入课堂，接受熏陶时，课本里一首首优美的古诗词，总让我们如痴如醉。在吟诵的过程中，边塞风光一次次映入我们眼帘：从"大漠孤烟直，长河落日圆"（王维《使至塞上》）的壮阔，到"青海长云暗雪山，孤城遥望玉门关"（王昌龄《从军行七首》其四）的苍凉；从"落日照大旗，马鸣风萧萧"（杜甫《后出塞五首》其二）的雄浑，到"月黑雁飞高，单于夜遁逃"（卢纶《和张仆射塞下曲六首》其三）的肃杀……边塞的奇幻风光和沧桑变化，既开阔了我们的眼界，也放飞了我们的梦想。彼时喜好幻想的我们，时时渴望能成为"游侠儿"，驰骋于漫天风沙的茫茫戈壁上，游走在夕阳西下的幽幽雪山下。那是一种"朔方烽火照甘泉，长安飞将出祁连。犀渠玉剑良家子，白马金羁侠少年"（卢思道《从军行》）的感觉。

从那时起，边塞诗就把我们带到了边陲。后来，知识阅历的不断丰富，折射出目下生活的单调与乏味，高速发展的互联网络，更让我们目不暇接。

这时回想起诗中的边塞，那壮丽雄奇的自然风光是多么简单与美好！见惯了城市的霓虹闪烁、旅游景区的人潮攒动，偶然翻开古人的诗集，倏地发现，那才是不断震撼我们的边塞！

这就是我们的那个边塞梦。这个梦，被最优美的古诗词记录下来了。

二、胡天、羌笛与边草

边塞之美，首先就在于它简单却又富于诗意。

虽然边塞风光时常与苦难的战争联系在一起，但也丝毫掩盖不了它的诗情画意。这风光，简单到了极致，无外乎长河落日、枯草衰杨、飞沙走石、关垣戍楼；边民和戍人的生活，也简单到了极致，不过是放羊牧马、煮酪饮酒、吹笳奏笛、击斗敲鼓。但这些简单的元素，却孕育出了一丛丛绚烂缤纷、激荡人心的语言花朵——边塞题材的古诗词。

据专家统计，在《全唐诗》中，仅边塞诗就有两千余首。边塞诗在唐诗中自成一体，独树一帜。它熠熠生辉，融汇在初、盛、中、晚唐四个阶段。

唐以前，边塞诗初步发展，艺术水平有限。进入唐代之后，边塞诗大放异彩，成就辉煌。其所以如此，原因是多方面的：

其一，唐代是一个多民族融合的朝代，是一个大一统与多元化并存的开放盛世。当时首都长安城里居住着来自不同国家不同民族的人群，他们经常往来于不同国家。中原和边疆的隔阂因此被打破，为边塞诗的产生奠定了社会基础。

其二，唐代的版图幅员辽阔，朝廷为了守土护疆，不得不修筑长城和边关要塞以加强军事防卫，玉门关、居庸关、临洮、凉州、安西都护府等一系列重要的边塞地区由此而生。关注这些地方的，不仅有政治家、军事家，还有文人和作家。有唐一代边境战争频繁，加上藩镇割据、安史之乱以及晚唐农民起义，战争成为国家常态，因而诗人广泛地将其记录于诗歌当中。

其三，唐代有着一批创作热情高涨的边塞诗人，其中包括杨炯、高适、岑参、李颀、崔颢、王之涣、王昌龄、卢纶、李益等。他们多曾作为文官随军前去边塞，领略过奇异的边塞风光。苦寒的环境和惨烈的战争，为他们创作优秀的边塞作品提供了大量素材。他们通过对边塞风光的描写，抒发了自己的思乡之情与豪迈气概，因此形成了"边塞诗派"。

> 单车欲问边，属国过居延。
> 征蓬出汉塞，归雁入胡天。
> 大漠孤烟直，长河落日圆。
> 萧关逢候骑，都护在燕然。
>
> 王维《使至塞上》

这首诗对多数中国人来说，是耳熟能详的。只要谈到边塞诗，就绕不开它。这主要是因为它的颈联"大漠孤烟直，长河落日圆"所呈现的画面，太让人拍案叫绝了。明末诗学家徐增在《而庵说唐诗》中评此诗曰："'大漠''长河'一联，独绝千古。"清代大诗人王士祯在《唐贤三昧集笺注》中谈到此诗时也说："'直''圆'二字极锤炼，亦极自然。"王维在诗中用优美的意境、开阔的视野，形象地告诉我们塞上之美究竟是怎样的一种美。千载以后，每每读到此联，我们依旧回味无穷。

王维的诗具有"诗中有画"的特点，《旧唐书》本传记载，其诗"书画特臻其妙，笔踪措思，参于造化，而创意经图，即有所缺，如山水平远，云峰石色，绝迹天机，非绘者之所及也"。这首诗当然也不例外。

此诗颔联中的"汉塞"实指唐代边塞，"以汉代唐"是唐人创作惯用的手法。"胡天"，就是边塞之外更远的地方。胡天更加寥廓，也更加荒凉，更加苦寒，"野云万里无城郭，雨雪纷纷连大漠"（李颀《古从军行》）。自古鸿雁传书，胡天上空经常掠过大雁，断鸿之声阵阵，令听者唏嘘不已。

这首诗写于王维担任河西节度使判官出使凉州城的途中。"孤烟""落日"本是很平常的景物，但当它们的衬景是"大漠""长河"时，画面便倏地壮阔苍凉起来。在这种自然简单景物的搭配之下，观者体验到的是如释重负的轻松。

王维很善于描写边塞这种苍凉、壮阔之美。他的另外一首诗《送韦评事》在情感境界上与《使至塞上》大体肖似："欲逐将军取右贤，沙场走马向居延。遥知汉使萧关外，愁见孤城落日边。"诗人通过对边塞风光的描绘，表达了对友人出塞远行的关切之情。

盛唐时期，王昌龄作《从军行七首》描写塞外风景，气势恢宏，别开生面。《旧唐书》本传记载："王昌龄者，进士登第，补秘书省校书郎。又以博学宏词登科，再迁汜水县尉。……昌龄为文，绪微而思清。"他做过龙标尉，故世人又称其为"王龙标"。《从军行七首》系统地向我们展现了边塞的奇异风光和军人的复杂心绪。试看其中两首：

其一
烽火城西百尺楼，黄昏独上海风秋。
更吹羌笛关山月，无那金闺万里愁。

其二
琵琶起舞换新声，总是关山旧别情。
撩乱边愁听不尽，高高秋月照长城。

  这两首诗以哀景写哀情，画面开阔而格调苍凉，着重再现的并非边关风物，而是戍卒怀乡思亲的乡愁以及听乐观舞所引起的边愁。
  上引两作的主旋律，都落在"愁"字上，显示出盛唐气象的多声部。而诗中先后出现的"羌笛"和"琵琶"，又是唐代边塞诗中屡见不鲜的意象。
  在边塞诗里，"笛""羌笛""琵琶"一直都是高频词。比如王之涣《凉州词二首》其一："羌笛何须怨杨柳，春风不度玉门关。"王翰《凉州词二首》其一："葡萄美酒夜光杯，欲饮琵琶马上催。"李颀《古塞下曲》："琵琶出塞曲，横笛断君肠。"岑参《凉州馆中与诸判官夜集》："凉州七城十万家，胡人半解弹琵琶。"王维《陇头吟》："陇头明月回临关，陇上行人夜吹笛。"李白《塞下曲六首》其一："笛中闻折柳，春色未曾看。"杜甫《咏怀古迹五首》其三："千载琵琶作胡语，分明怨恨曲中论。"……诗人们将这几样西域特有的乐器用作诗歌意象,实际上是一种情感寄托。

羌笛也称羌管,是一种能够竖着吹奏并且音色清脆高亢的少数民族管乐器。琵琶原是天竺乐器,南北朝时经龟兹传入我国。隋唐时期,曲项琵琶已经成为很流行的乐器。唐代盛行琵琶演奏,白居易《琵琶行》中所描述的"大弦嘈嘈如急雨,小弦切切如私语。嘈嘈切切错杂弹,大珠小珠落玉盘",就展现了琵琶迷人的艺术表现力。

就像当今在内蒙古地区流行的马头琴和在新疆地区流行的热瓦甫,或者如各民族青年人喜欢的手风琴和吉他,便于携带和吹弹的羌笛和琵琶,成为唐时边塞胡人和军士在闲暇时候聊以娱乐、放松身心的好伙伴。

可以想象,戍边将士在"瀚海阑干百丈冰,愁云惨淡万里凝"(岑参《白雪歌送武判官归京》)的环境下,多么喜欢用饮酒、奏笛、弹琴的方式来消解情绪。边塞的军士就这样度过日升月落,看遍冬去春来。边地好乐的传统,也就这样延续了下来。

20世纪有"西部歌王"之称的音乐家王洛宾,耗费毕生精力在新疆地区搜集民间歌谣,编配成曲,感染了无数人。如果王洛宾生活在唐代,不知会有多少迷人的热曲劲歌被录存下来!

无论是北部边疆,还是西部边塞,在一年的春生时节,都是绿毡铺地、绿草如茵,远远看上去就像一幅大自然勾勒出的水墨画。于是边草也就成为诗人们经常拿来入诗的元素。

绿油油的边草一片连着一片,让人流连不去。李益在其诗作《塞下曲四首》其一中为我们描绘了这唯美的风景:"燕歌未断塞鸿飞,牧马群嘶边草绿。"天高云淡,大雁群飞,歌声飘荡在广袤的原野上,马群在绿草地里撒欢奔跑,一片蓬勃生气。这景象不禁使我们想到了北朝民歌《敕勒歌》:"天苍苍,野茫茫,风吹草低见牛羊。"

每当一年中最难熬的寒冬过去,绿意盎然的季节向人们敞开怀抱之时,诗人们便满怀喜悦情绪进行创作。"眼见风来沙旋移,经年不省草生时。莫言塞北无春色,总有春来何处知。"(李益《度破讷沙二首》其一)诗作呈现的就是大自然生机勃发的景致和诗人乐观放达的心态。

时间的流转总是显露在大自然的风物之中。秋冬之际,边草逐步开始发黄枯萎,预示着又一个酷寒季节即将到来。相比于今人,古人的生活节奏与大自然的节奏更为合拍,因而古人对于物候的变化,比现代人更为敏感。岑参《走马川行奉送封大夫出师西征》的"匈奴草黄马正肥",高适《燕歌行》的"大漠穷秋塞草衰",刘长卿《平蕃曲三首》其二的"茫茫塞草枯",都是描写枯草衰败之象的诗句。然而秋天的边塞虽然放眼都是枯草衰杨,却也别有一番风味。如麦浪般金黄的秋草地,也正是放马驰骋的好去处。中唐诗人韦应物曾描绘过这种独特景象:"胡马,胡马,远放燕支山下。跑沙跑雪独嘶,东望西望路迷。迷路,迷路,边草无穷日暮。"(《调笑令》)

想那时节,奉使出塞的旅人行进在漫漫征途之上,举步维艰,前路邈远,目睹枯萎的边草,飘转的飞蓬,便在联想到个体生命的渺小脆弱的同时,更心会了"士不可以不弘毅,任重而道远"(《论语·泰伯》)的意蕴。王维诗中"征蓬出汉塞,归雁入胡天"中的"征蓬",讲的也许就是这个意思吧。

三、玉门关、阳关与凉州城

  汉武帝时期，博望侯张骞"凿空"西域之后，"西北国始通于汉矣"（《史记·大宛列传》），举世闻名的丝绸之路就此开通。长安是它的起点，河西走廊是它的黄金地段，而西域则是它最为繁荣的区域。摊开丝绸之路地图，我们可以看到，这条古代的商业贸易之路，就像一条缎带，把沿途的各个古老居民点连接在一起，沟通了中原、西域、中亚以至欧洲。而我们熟悉的那些边塞城镇，悉数映入眼帘，引起我们的无限遐思。

  它们是凉州、酒泉、临洮、玉门、楼兰、安西……

  玉门关、阳关，是丝绸之路上最著名的边关要塞，都修筑于汉武帝时期。玉门关在北，阳关在南，就像两个壮实的汉子，扼守在河西走廊的最西端。距离玉门关和阳关不甚远的地方，有着名烁古今的敦煌古城。汉武帝时期开拓西域，汉宣帝时期始设西域都护府，统辖西域各国，玉门关同阳关一道同为连接中土与西域的重要关隘，出玉门关为北道，出阳关为南道。出了二关，便是西域地界，远离中原故土。因此，玉门关、阳关成了人们送别亲朋好友的"大站口"，成了戍守边地武将眼里的汉胡分界线，也成了历代迁客骚人吟咏的对象。试举几例：

> 臣不敢望到酒泉郡，但愿生入玉门关。
>
> 班超《后汉书·班梁列传》

> 青海长云暗雪山，孤城遥望玉门关。
>
> 王昌龄《从军行七首》其四
>
> 羌笛何须怨杨柳，春风不度玉门关。
>
> 王之涣《凉州词二首》其一
>
> 玉门关城迥且孤，黄沙万里白草枯。
>
> 岑参《玉门关盖将军歌》
>
> 愿得此身长报国，何须生入玉门关。
>
> 戴叔伦《塞上曲二首》其二

关于阳关最有名的诗，当属王维的《送元二使安西》："渭城朝雨浥轻尘，客舍青青柳色新。劝君更尽一杯酒，西出阳关无故人。""黯然销魂者，唯别而已矣"（江淹《别赋》），友人将要远赴西域，再见也许遥遥无期，所以诗人在诗中表达了极为深挚的不舍之情。

由于气候变化等原因，阳关在中唐以后逐渐被废弃。今日之阳关，旧址早已坍圮，只剩下结成土坯的一方黄土，终日挺立在肃杀严寒的荒漠之中，接受烈日的烘烤和劲风的吹打。在茫茫荒漠上茕茕孑立的一块石碑上，尚有"阳关旧址"四字，似在诉说着千年兴衰。

古凉州城（今甘肃武威市，汉称武威，唐称凉州）是丝绸之路上的又一边塞重镇。由于地理位置的特殊,从汉代起,凉州城就是中原朝廷与北部匈奴、南部吐蕃的必争之地。

在唐代,凉州城是河西节度府治所。文人将描绘凉州风物的诗歌文体,称作"凉州词",亦是盛唐和中唐时期非常流行的曲调名。诗人王之涣、王翰、孟浩然、张籍都曾写过凉州词。大量凉州词的出现,为后人研究唐代凉州城提供了重要资料。张籍的《凉州词》写道:"边城暮雨雁飞低,芦笋初生渐欲齐。无数铃声遥过碛,应驮白练到安西。"讲的是凉州城一带的自然风光和它在丝绸之路连东接西的地位。而描写凉州城最著名的诗作,则当属岑参的《凉州馆中与诸判官夜集》:

> 弯弯月出挂城头,城头月出照凉州。
> 凉州七城十万家,胡人半解弹琵琶。
> 琵琶一曲肠堪断,风萧萧兮夜漫漫。
> 河西幕中多故人,故人别来三五春。
> 花门楼前见秋草,岂能贫贱相看老。
> 一生大笑能几回,斗酒相逢须醉倒。

那时的凉州城汉胡杂居,无数商旅、军士都从这里经过、停留,使这里充满了浓厚的西域风情。诗人在凉州城担任幕府,许久未曾见到中原的家人和亲友。夜凉如水,孤月悬空,听闻一曲琵琶,不由生出无限感怀。此诗即此景此情的写照。

"夫天地者，万物之逆旅也；光阴者，百代之过客也。"（李白《春夜宴从弟桃花园序》）如今，千百年过去了，这些边关的实体有的尚在，有的早已湮灭，但它们的精魂却留了下来，铭刻于历代中国人创作和吟诵的诗词里，也幻化成很多中国人心中的边塞之梦！

四、长城与黄河

在古代，一提起长城，人们总要把它和战争联系起来。但事实上，对居住在那里的人们来说，那只是他们日常生活环境的一部分。他们世世代代生于斯，长于斯，只是由于身处不同文明、不同种族既相互摩擦又相互交融之地，才使得他们的生活状态，更多时候处于动荡之中。

长城是中国古代不同时期为抵御塞北游牧部落侵袭而修筑的浩大军事工程的统称，始建于春秋战国时期，断续修筑长达两千多年。今天所指的万里长城，多指明代修建的长城，东起山海关，西到玉门关。2012年，中国国家文物局宣布，历代长城总长度为21196.18千米。

曾有过一个流传颇广的说法："中国的万里长城是太空中能够看到的地球上唯一的人工建筑。"据说是美国宇航员讲的，并有照片为证。这个说法是否属实，是否有科学依据，尚待明辨，但有一点是肯定的：长城是人类迄今最大的建筑体和军事工程。

毛泽东曾说，中国人最值得骄傲的两件事，是修建了雄伟的万里长城和创作了不朽的《红楼梦》。

但长城从修筑的那一天起，就毁誉参半。一方面，它昂然屹立在中国的北部边疆，成为华夏文明与夷狄文明的分界线，在很大程度上保护了农耕文明下的汉民族，使他们得以休养生息。但另一方面，代代修筑长城，劳民伤财，不知丢掉了多少人的生命。正如"建安七子"之一的陈琳在其《饮马长城窟行》中所道："君独不见长城下，死人骸骨相撑柱。"

历代有关长城的诗歌，多用沉重的笔触诉说繁重徭役和频繁争战给百姓带来的苦难。长城是汉胡杂居的地方，也是汉胡交战的地方，诗人写道："黯黯长城外，日没更烟尘。胡骑虽凭陵，汉兵不顾身。古树满空塞，黄云愁杀人。"（高适《蓟门行五首》其五）长城内外烟尘四起，军号阵阵，"刀光照塞月，阵色明如昼"（崔国辅《从军行》），似乎难觅普通人的日常生活。而崔颢的《雁门胡人歌》则描绘了长城脚下普通胡人的另一番生活图景——在没有战争的日子里，田猎、捕鸟、饮酒等成为他们的生活常态："解放胡鹰逐塞鸟，能将代马猎秋田。山头野火寒多烧，雨里孤峰湿作烟。"

在古诗词里，长城经常和黄河联系在一起，构成了战争状态下的风景画。北朝民歌《木兰诗》里早就有"不闻爷娘唤女声，但闻黄河流水鸣溅溅。旦辞黄河去，暮至黑山头。不闻爷娘唤女声，但闻燕山胡骑鸣啾啾"的铺叙。李白也写道："岁落众芳歇，时当大火流。霜威出塞早，云色渡河秋。梦绕边城月，心飞故国楼。思归若汾水，无日不悠悠。"（《太原早秋》）再看李贺的《塞下曲》："胡角引北风，蓟门白于水。天含青海道，城头月千里。露下旗濛濛，寒金鸣夜刻。蕃甲锁蛇鳞，马嘶青冢白。秋静见旄头，沙远席羁愁。帐北天应尽，河声出塞流。"长城和黄河一起构成了画面的主干。

这种种波澜壮阔的自然风景和人文景象,难道只会留存于古人的诗句里吗?如果我们轻装简行,到黄河岸边,去长城脚下,追寻逝去的岁月,追忆古人的身影,凭吊残存的遗迹,那么边塞诗所承载的丰富文化信息,边塞诗作者们多姿多彩的审美情致,又将如何在我们的心中被重新解读并获得滋润今后的生命力呢?

五、梦回边塞

今天我们读到的边塞诗,让我们领略了大唐豪迈开阔的气魄,自由奔放的胸怀。唐代边塞的生活与风光,也被这些优美的诗歌记录下来,使得战争中的边塞带有几分迷人的魅力,甚至让现代人为之倾倒。

历史是一面镜子,作为艺术方式的文学,又是社会历史的"书记员",它为后人提供了解读历史的诸多可能性。依照这个可能性,后人才能清楚地了解到那严肃历史背后鲜活的东西。这鲜活的东西,就是人类改造自然和变革社会的具体情境。

毫无疑问,战争背景下的边塞是冷色调的,是和流血牺牲相联系的。但寒苦和杀伐,并非边塞历史的全貌。历史是由多种因素构成的,正史往往只诉说那滚滚车轮不断前进的图景,而文学却更关注车轮下的印痕,即战争背后的人。边塞诗就是这样,它记录了战争时代种种的人,种种的主动与被动、必然与或然、光荣与屈辱、欢乐与哀愁……从这一点上来说,"诗"比"史"更靠近人。

当回顾诗中的边塞时，我们不仅在打捞某种文化记忆，也在接受灵魂深处的不断呼唤，因为我们都曾在梦中，无数次地触摸过它。

草原、戈壁、孤烟、长河，永远存在于我们的心中。

（韩锐、刘炜评）

铁马秋风大散关

战争诗中的名关要地

每一座关口都是一部生动的历史,记录着王朝的征战兴衰,镌刻着将士的光荣和屈辱,亦流淌着民族悲欣交集的眼泪。司马光曾在虎牢关感叹:"徒观争战处,今古索然空。"(《虎牢关》)的确,烽烟散处,许多旧日关塞,早已城残垣毁,高台无觅。但诗中的关城,累积着追思、感喟与梦想,依然是我们文学史里鲜活的记忆。

孟子曰:"古之为关也,将以御暴。"(《孟子·尽心下》)雄关锁古道,路必经此而过,主要目的在于抵抗外敌入侵。关隘的两边便是两样天地,风物往往殊异;关隘,也是关键和转折,生死一瞬，成败一役，运数就此逆转，一夕之间已锁定盛衰。因此，关隘蕴含了多义哲思和诗性譬喻的种种可能，于诗家笔下，有实写实录，为历史的重要时刻立此存照。它从来不缺少兴发感动，还可以引发怀古虑今的深沉思考，更会让人生凸显出百味杂陈的情怀。

一、山河表里潼关路

关塞的安危连着万千生民的福祸，因此关隘的首要功能是防守，易守难攻的天险屏障是设关最重要的地理条件之一。

元人张养浩的小令《山坡羊·潼关怀古》历来为人称道：

> 峰峦如聚，波涛如怒，山河表里潼关路。望西都，意踌躇。伤心秦汉经行处，宫阙万间都做了土。兴，百姓苦；亡，百姓苦。

潼关，南依"峰峦如聚"的秦岭凤凰山，北临"波涛如怒"的黄河大拐弯，自古以来就是一个著名的天险屏障。古代洛阳与长安间有崤函古道连接交通。"崤"指崤山，"函"指函谷。东起崤山，在绝壁之下有一条狭长的深谷，"车不能方轨，马不得联辔"（《三国演义》卷十二），是为古代之函谷，取其"深险如函"之意。函谷之东，秦时设函谷关，凭此天险以拒六国。函谷西端，东汉末年设潼关，后经迁移，隋唐之际益发险固，替代函谷关成为长安东大门。

潼关卫戍京畿，举足轻重，是一座关系国祚的关城。唐太宗李世民在

《入潼关》诗中有"崤函称地险,襟带壮两京"之说,唐玄宗李隆基在《潼关口号》中也说它"河曲回千里,关门限二京",诗人崔颢的《题潼关楼》则说"山势雄三辅,关门扼九州",这些诗都从不同层面描述了潼关在军事上的重要地位。历朝历代的帝王将相和英雄豪杰围绕着这座关隘,展开了一次又一次的大规模争夺战。唐前,有曹操智取潼关,大胜马超;唐后,有朱元璋大破潼关而取陕西,传说中还有孙传庭打败李自成的潼关南原大战。但影响最大的还要数唐代安史之乱中的潼关之战。

天宝十五载(756)十一月,安禄山自范阳起兵,发动叛乱。其兵锋所

至,无人可挡。叛军在很短的时间内便占领了河北大片州郡,并迅速攻取了东都洛阳,直逼长安。但叛军虽一路势如破竹,却也无可奈何地被挡在了潼关的东面。潼关守将前有高仙芝,后有哥舒翰,他们坚持闭关固守,叛军久攻不下,双方陷入了战事胶着状态,这为唐朝政府赢得了宝贵的喘息之机,战争形势明显对唐朝一方有利。

然而,此时的玄宗朝将相失和,君臣猜疑,年老昏聩的唐玄宗在奸相杨国忠的鼓动下,先是枉杀了一向善战的高仙芝,之后又逼哥舒翰迅速开关迎敌,结果使得唐军在阵前大败,哥舒翰兵败被俘,潼关也很快失陷。

潼关失守使得关中大乱,京师震动。惊慌失措的唐玄宗匆匆踏上了逃亡之路,之后等待他的便是马嵬兵变、杨妃身亡、太子登基、大权旁落,辉煌的大唐盛世就此一步步走向衰落。诗人杜甫在乱中也携家人自京赴奉先避难,他在《北征》一诗中回忆说:

> 潼关百万师,往者散何卒。
> 遂令半秦民,残害为异物。
> 况我堕胡尘,及归尽华发。
> 经年至茅屋,妻子衣百结。
> 恸哭松声回,悲泉共幽咽。

山河破碎、逃亡被俘、亲人离散,想必让杜甫终生难忘。这当然不只是杜甫一人一家的遭遇,更是大唐帝国成千上万个家庭的共同遭遇。三年之

后,诗人途经潼关,写下《潼关吏》一诗:

> 士卒何草草,筑城潼关道。
> 大城铁不如,小城万丈余。
> 借问潼关吏,修关还备胡?
> 要我下马行,为我指山隅。
> 连云列战格,飞鸟不能逾。
> 胡来但自守,岂复忧西都。
> 丈人视要处,窄狭容单车。
> 艰难奋长戟,万古用一夫。
> 哀哉桃林战,百万化为鱼。
> 请嘱防关将,慎勿学哥舒。

诗中极言潼关之险:"窄狭容单车""艰难奋长戟"。又反复述其坚固:"大城铁不如,小城万丈余""飞鸟不能逾""万古用一夫"。而对于皇帝之过、失关之罪,甚至哥舒翰被安禄山俘虏后立刻投诚的为人皆不齿的污点等,作为这场劫难的亲历者,杜甫并没有太多析论和斥责。或许,在他的心中,怜悯多于愤怒,务实更胜问责。全诗在句首就发出"士卒何草草"的感叹,"草草"是劳苦之状,可见杜甫深解当兵之人的苦处,也可以看出他对将士的慰劳之心和嘉许之意,这慰劳中,也许还隐含着对过往那些败将的某些悲悯。"哀哉桃林战",是遗憾叹息而非责难。

诗人用了那么多篇幅来述说潼关之险之坚固，并用"慎勿学哥舒"作为结尾，就是希望守将大可放心这座天赐的险关，只要"胡来但自守"，何苦"百万化为鱼"呢？

潼关以东六十公里，便是函谷关。从战国到东汉，函谷关是关中通往中原的咽喉。东汉末年董卓时代，潼关被渐渐修建起来，到曹操时代，函谷关就被废弃了。所以东汉以前，人们言及关中东部地理形势，屡屡提及的都是崤山和函谷关（皆在今河南灵宝市），即"崤函之塞"；三国以后，更多提到的便是潼关了。

潼关天险，易守难攻，正如贾谊在《过秦论》中所言："秦孝公据崤函之固，拥雍州之地。"地点相近，情势没变。然而，地理之险和关城之固，都拿人心的曲曲折折没有办法。哥舒翰与杨国忠将相失和，用在诡计斗争上的心思远多于御敌，玄宗猜疑摇摆，武断失察，最后合力葬送了潼关，也葬送了各自的人生和大唐盛世，真如同"族秦者秦也，非天下也"（杜牧《阿房宫赋》），天宝年间的潼关之破，是历史悲剧的又一次重演。

宋人石介曾有《过潼关》一诗，表达"驱马过潼关，览古泪潸潸"的沉思。他以为"守国用三策"："上策以仁义"，"其次树屏翰"，"最下恃险固，弃德任智力"。石介将潼关之破的根源归为玄宗的"弃德任智力"，不修道德而"资形势""恃险固"，可谓发人深省。

安史之乱以前，表达过类似意思的人其实也不少。玄宗本人曾对潼关表示了轻飘飘的鄙夷，以为潼关虽险，但"所嗟非恃德，设险到天平"（《潼关口号》）。才华横溢的文坛领袖张九龄立刻会意，吟出"在德不在险，方知王道休"(《奉和圣制度潼关口号》),甚至还说"圣心无所隔,空此置关城"(《奉和圣制经函谷关作》)。然而知易行难,圣心道德不总是那么可靠。开元时的清明皇帝,随着承平日久,变得志得意满,在天宝时昏聩起来。难怪杜甫只好将希望寄托在城关的坚固上:"大城铁不如","胡来但自守"。潼关这样的京城大门,一旦在刀光剑影中洞开,总免不了上演生灵涂炭的悲剧。

二、雁门风色暗旌旗

名关要塞,多有激战与厮杀。据说,雁门关是中国关隘里历经战争最多的地方。或许因为这个原因,诗歌中的雁门关常常充满剑拔弩张的气氛、生死决战的勇气和建功立业的豪情。

雁门关得名于雁门山。《山海经》中说:"雁门山者,雁飞出其间。"雁门关东西两侧都是山岩陡峭,于绝顶之上置关,山间一条盘旋的小路,正如金人元好问《雁门道中书所见》说的那样:"盘盘雁门道,雪涧深以阻。"这里是千百年来古代中原政权与北方游牧民族政权争夺厮杀的一个主要战场。战国时代,赵武灵王胡服骑射,良将李牧在这里大破匈奴十万余骑。此后,秦汉与匈奴、西晋与鲜卑、隋唐与突厥、北宋与契丹,都曾在这里多次交锋。明代李贽《过雁门》追忆雁门关的历史说:

尽道当关用一夫,昔人曾此捍匈奴。
如今冒顿来稽颡,李牧如前不足都。

如果说诗中的潼关透露着诗人对国家安危、百姓疾苦的关注与思考，那么诗中的雁门关，更多的是作为一种象征，让诗人们倾吐生死决战的信心和建功立业的渴望。唐人庄南杰有《雁门太守行》一首：

旌旗闪闪摇天末，长笛横吹疙尘阔。
跨下嘶风白练狞，腰间切玉青蛇活。
击革摐金燧牛尾，犬羊兵败如山死。
九泉寂寞葬秋虫，湿云荒草啼秋思。

天阔地远，旌旗摇动，长笛横吹，战马嘶鸣，刀剑舞动，胡骑节节败退。在汉军驱除鞑虏的战争中，血光森森，白骨累累，因此雁门关上有浓重的死亡气息。不知道这位作者是否亲身到过雁门，但诗中所描述的战争如亲历一般生动，隐隐有阴森凄清之寒意。相比之下，卢照邻的《战城南》，结尾更为昂扬：

将军出紫塞，冒顿在乌贪。
笳喧雁门北，阵翼龙城南。
雕弓夜宛转，铁骑晓参驔。
应须驻白日，为待战方酣。

此诗遥想当年西汉大将与匈奴在雁门关上进行的一场声势浩大的对阵，

文思巧妙：激战正酣，将士们飞矢跃马，夜幕也该退避，让白日暂驻，光明即将到来的胜利。张扬的锐气和必胜的信心充天塞地，这其中当然不只是对昔日的追忆，更包含了诗人自己驰骋沙场的豪迈理想。或者说，这也正是国家强盛之时，中原文士面对外敌时充满必胜豪情的写照。

正是因为这样豪迈的气概，唐代诗人无不以雁门为建功立业之所。试看诗人陈去疾的《送韩将军之雁门》一首：

荒塞烽烟百道驰，雁门风色暗旌旗。
破围铁骑长驱疾，饮血将军转战危。
画角吹开边月静，缦缨不信虏尘窥。
归来长揖功成后，黄石当年故有期。

诗人在开篇即描绘了雁门关外艰苦恶劣的环境，对即将奔赴雁门的韩将军来说，奔赴雁门关就意味着殊死苦战，但同时也意味着功成名显，不负平生。长揖归庐的高情雅致也许只是一种人生风度，现实中的将军们百战之后绝少不了的是高官厚禄与衣锦荣归。

在以雁门关为背景的众多诗歌中，无疑以李贺的《雁门太守行》最负盛名：

黑云压城城欲摧，甲光向日金鳞开。
角声满天秋色里，塞上燕脂凝夜紫。

半卷红旗临易水，霜重鼓寒声不起。
报君黄金台上意，提携玉龙为君死。

这首诗是实写还是想象，读者历来莫衷一是。但其中紧迫的战争气氛与悲壮的情怀，在浓烈斑斓色彩的衬托与异样军乐的混响下扑面而来，甚至使人嗅到了刀剑的血腥气息。

虽然前六句晦涩多义，但最后两句的意旨却十分清晰：报君深恩，慨然赴死。封建社会，在伦理秩序和礼仪规范中，圣主之恩、明君之德，对很多士人而言，已经抽象为一种信念和理想，远远超越皇帝本人。因此报答君恩，也是对理想和信念的忠诚。

无论是为建功立业而战，还是为盛世明主而战，都无不充满着理想主义的激情。人生百年，大部分时间无感无痕，平淡而过，正如那遥远一隅的关塞，在历史的长河中默默静候，风过雁去，无人留意。只有激战骤起、刀光剑影的生死瞬间，关塞才会成为万众瞩目的焦点，其中将士也将经历惊心动

魄、永生难忘的分分秒秒，人生的存在感与关塞的意义都在这一刻被无限提升。或许，对胸怀大志、热血澎湃的唐代文人而言，无论功成与否，雁门关前生死一战、豪情一搏，本身就充满了力量与阳刚之美，满足了人生巅峰体验的渴望，是对生命力的最充分的张扬。

三、万里长城第一关

名关要塞的历史往往也是一个时代历史的缩影。兴建关城是百年大计的开端，一砖一瓦都为经营盛世的平安。但世易时移，不定转眼间就成了内忧外患、水深火热开闸口。末世的关城或许能拖延时间，却很难拯救败局，曾经牢不可破的大门，总会被历史的洪流冲开。

山海关，这座由大明开国名臣徐达所建的著名关隘，自其建成之日起，就有"两京锁钥无双地，万里长城第一关"的美称。一座山海关，就是数百年沧桑历史的缩影。

山海关是明代长城东北处最重要的关隘，在古代就有榆关。唐代高适的《燕歌行》里有"摐金伐鼓下榆关"之句，唐太宗即是从这里出征高丽的。明代洪武年间重修长城，在古榆关附近设关，因北依燕山，南临渤海，所以称山海关。山海关扼守蓟辽之咽喉，是内地通向东北的必经之道，明人称它是"幽蓟东来第一关"。清人纳兰性德《山海关》一诗说此处地势是"山界万重横翠黛，海当三面涌银涛"，也正是民谚所说的"山海关，关山海"之胜景。

明朝嘉靖年间，名将戚继光抗倭成功后，被朝廷特召，总理蓟州、昌平、保定三镇练兵事，总兵官以下悉受节制。在此后驻守山海关的十六年间，他曾在附近修筑北翼城、威远城，还重修了角山长城。

戚继光在此写过《出榆关》一诗：

前驱皆大将，列阵尽元戎。
夜出榆关计，朝看朔漠空。

"大将""元戎"都是大炮之名，排列关前，一定气势威武，足以震慑敌手。可以想见，当年山海关前的戚继光面对坚固的长城雄关时，内心有着满满当当的自信，出关远眺，朔漠上一无所有，逃离中原的元兵也早已不足为惧，大明君臣完全可以傲视北方。他很难想到，来自北方的另一种力量已悄然崛起在白山黑水之间，最终会越过这坚不可摧的关城。

1644年，满人八旗大军从此入关，开始了清朝统治中原的历史。虽然清军入关以前，李自成军已经占领北京，崇祯皇帝自缢，清军入关后，南明小朝廷还苟延残喘了十几年，但对大多数明朝子民而言，山海关之破，就是他们实质沦为异族臣民的开始，是一个意义更加重大的关键性转折。剃发易服，对于衣冠之族，更是空前未有的耻辱。"当年百战地，遗恨至今存"（王樸《榆关》），山海关之恨是明朝遗民的共同之恨。

大学者顾炎武就是明朝遗民之一。他亲身参与过多年抗清活动，失败后又多次拒绝仕清之邀，宁为布衣，不为清臣。在山海关之破数年后，顾炎武经过此地，感慨万千，写下了《山海关》一诗：

芒芒碣石东，此关自天作。
粤惟中山王，经营始开拓。
东支限重门，幽州截垠堮。
前海弥浩溔，后岭横峉崿。
紫塞为周垣，苍山为锁钥。
缅思开创初，设险制东索。
中叶狃康娱，小有干王略。
抚顺矢初穿，广宁旗已落。
抱头化贞逃，束手廷弼却。
骎骎河以西，千里屯毡幕。
关外修八城，指挥烦内阁。
杨公筑二翼，东西立罗郭。
时称节镇雄，颇折氛祲恶。
神京既颠陨，国势靡所托。
启关元帅降，歃血名王诺。
自此来域中，土崩无斗格。
海燕春乳楼，塞鹰晓飞泊。
七庙竟为灰，六州难铸错。

顾炎武将山海关二百余年的沧桑历史置于明朝由盛而衰的大背景之中，借咏关回顾朝代之兴亡衰败。诗歌由遥想徐达修关、关城如何雄伟的往昔辉煌开始,"抚顺矢初穿"以下,既是回顾明末山海关在与满人拉锯战中所经历的风雨,也是明朝覆灭史的特写记录。顾炎武在叙述山海关盛衰转折之间,插入"中叶狃康娱"一句,是批评明朝中期皇帝耽于游乐而王略有亏,也是将此看作后来山海关之败的根本原因。

  明朝初兴之时,名将徐达(后封中山王)便开始修建山海关,护卫明帝国东北部的安全,这大约也算是对朱元璋"高筑墙"思想的实践。山海关为后来的首都北京城建起一道坚固的屏障,也的确在明末与清军的对峙中发挥过非同寻常的作用。天启年间,辽东经略熊廷弼守山海关时,实际兵权在巡抚王化贞手中。王化贞用兵不当,被努尔哈赤攻下广宁,只好逃归,与熊廷弼军一道撤回山海关内,关外土地于是尽归女真人,但山海关也确实阻挡了八旗军队的脚步。后来,明末军事奇才孙承宗出关,收复了不少失地,与巡抚杨嗣昌等又在山海关重筑城防,更使满人无法觊觎,只能绕道而去。

  曾在山海关御敌的孙承宗,有《重登山海关城楼》一诗:

  甲胄诗篇少,乾坤戎马多。
  幻仍看海市,壮拟挽天河。
  塞上人先老,山头月奈何。
  群雄骄语日,一剑几经过。

  孙承宗曾为帝师、内阁大学士,入相出将,有军事天赋,在明末的纷乱硝烟中，苦撑多年，打下许多胜仗，但仍然不能挽回大明败亡的颓势。当李自成军攻入北京时，纵然神京颠陨，山海关尚在明将吴三桂之手。清军兵临城下，但关城坚固，"国势靡所托"，大明的希望仍在山海关间维系。可惜，腹背受敌的吴三桂没有山海关那样坚定，托不住大厦将倾，最后选择了与清军合作。

山海关门一开，李自成的大顺政权成为历史的一瞬，而礼葬崇祯皇帝的清廷也成为真正埋葬大明的最后赢家。明室七庙成灰，大好河山尽在异族铁蹄之下，所有当初的苦心经营，最后都付诸东流。

可笑的是，山海关的坚固最后可能只是为吴三桂的选择拖延一点时间、增加一点砝码罢了。

山海雄关本是为挡住北方铁马而设，当八旗铁骑跨越而过，成为中原之主时，它也就失去了战争堡垒意义，成为鹰飞燕栖之所。所以清人对包括山海关在内的长城关防不甚重视。康熙皇帝有《蒙恬所筑长城》诗，不无嘲讽地写道：

> 万里经营到海涯，纷纷调发逐浮夸。
> 当时费尽生民力，天下何曾属尔家。

其实对长城的这种看法，也不是什么新见。唐代诗人反思秦始皇筑长城之事的作品已经比比皆是：

> 祖舜宗尧自太平，秦皇何事苦苍生。
> 不知祸起萧墙内，虚筑防胡万里城。
>
> 胡曾《咏史诗·长城》

> 当时无德御乾坤，广筑徒劳万古存。
>
> 罗邺《长城》

> 秦皇无策建长城，刘氏仍穷北路兵。
>
> 赵嘏《送从翁中丞奉使黠戛斯六首》其六

不过唐人更多是从理论上探讨君主道德与关城实体孰重孰轻的问题，而康熙皇帝作为踏破长城防线的满族后裔，其祖先的历史经验和战功实绩，赋予了他傲视长城的资本和底气。康熙三十年（1691）五月，古北口总兵蔡元上奏："古北口一带边墙倾塌甚多，请行修筑。"康熙却断然否定："秦筑长城以来，汉、唐、宋亦常修理，其时岂无边患？明末我太祖统大兵长驱直入，诸路瓦解，皆莫敢当。可见守国之道，惟在修德安民。民心悦则邦本得，而边境自固，所谓'众志成城'者是也。"（《清圣祖实录》）

长城在明代反复加固，既为防御满蒙之入侵，也有分别华夷文化畛域之用，一旦关内关外连为一体，华夷同治，长城自然也就失去了存在的本来意义。

四、铁马秋风大散关

关隘为人所知,是因为它们和那些惊心动魄的历史时刻、叱咤风云的历史人物联系在一起。在诗歌中,它们也因此成为一个个被铭记、被咀嚼和被追忆的典故,成为能够容纳丰富意蕴的象征符号。

燕然,是一个传奇,也是一座胜利的丰碑。

东汉车骑将军窦宪,因为获罪而自请出击匈奴,以求免死。军出朔方,纵横驰骋,结果大破北单于,塞上"野无遗寇"(班固《封燕然山铭并序》)。凯旋之际,窦宪率众高登燕然山,封山作铭,刻石勒功,扬汉室威德。"燕然勒石"于是成为伟大胜利的象征,燕然也成为功勋和荣誉之地。

唐代国势强盛,士人也胸怀壮志,对于窦车骑的故事,生效法之心者比比皆是。陈子昂《送魏大从军》以"勿使燕然上,惟留汉将功"勉励从军友人;窦威《出塞》有"会勒燕然石,方传车骑名",向窦氏先辈致意;皇甫冉《春思》有"为问元戎窦车骑,何时返旆勒燕然"句,也是豪情满溢。

宋代士人依然延续着对燕然刻石的敬意。范仲淹的名作《渔家傲·秋思》中,就有"浊酒一杯家万里,燕然未勒归无计"之句。范仲淹曾为陕西经略副使,驻守延州,抗击刚刚立国的西夏。他戍边四年,治军有方,令西夏军畏惧,边境有民谣说:"军中有一范,西贼闻之惊破胆。"虽然如此,战事仍在继续,所以他曾有"将军了边事,春老未还家"(《城大顺回道中作》)的感叹。以宋朝的军力,取得窦宪那样的胜利几乎遥不可及,但范仲淹还是心向往之。虽然华发已生,思乡盼归,燕然之望,别生惆怅,但破敌之志不移，悲壮苍凉，仍是英雄本色。

秦岭西部的大散关，是南宋大诗人陆游的梦想之地和遗憾之所。晚年的陆游有《书愤》一诗：

> 早岁那知世事艰，中原北望气如山。
> 楼船夜雪瓜洲渡，铁马秋风大散关。
> 塞上长城空自许，镜中衰鬓已先斑。
> 出师一表真名世，千载谁堪伯仲间！

陆游出生不久即遭逢北宋覆灭，幼龄随家南迁，北定中原是他终生梦想，最后又成为终生遗恨。他戎马半生，亲身投入抗金之战，但有心杀贼，无力回天，个人不可能改变国家武备的积弱之势。两宋国富文兴，可惜先后被西夏、辽、金这样的军事强敌所迫，胜少败多，所以那不多的几次胜利就成了国人不断追忆的光辉岁月。"楼船夜雪瓜洲渡，铁马秋风大散关"，瓜洲渡和大散关就是两处见证宋军胜利的地方。

南宋建炎四年（1130），宋将吴玠、吴璘兄弟在大散关即陈仓故地附近，大败金兀术所率的金兵。绍兴三十一年（1161），金人大军南侵，在采石、瓜洲附近与宋军决战，结果战船被烧，完颜亮被部下所杀，金兵败退。陆游曾在抗金将领王炎幕下，一起筹划进兵长安，还曾在大散关遭遇金兵。本来渴望能在大散关重演昔日的胜利，无奈却是"良时恐作他年恨，大散关头又一秋"（《归次汉中境上》）。岁月蹉跎，王炎被调离，陆游只能无奈离去，最终是"三秦父老应惆怅，不见王师出散关"（《观长安城图》）。

　　大散关包含了陆游的复杂情感，是昔日的辉煌，却难以企及，是亲身经历的战场，却抱憾而终。欲说不能，只余铁马秋风的悲情感慨。

　　如果说大散关是隔开宋金的分界，那么比之更早、更为有名的玉门关则是春风不度的分界，也是回归文明化的界标。

　　西出阳关、远赴西域的将士或外交家，最怕埋骨荒外，即使是像汉代班超那样的英雄人物，也不例外。班超以一介书生投笔从戎，随大将窦固西征，又联合西域诸国抗击匈奴，在大漠经营三十余年，收获了边境的安宁，自己也得封定远侯，引后世许多文人艳羡。暮年将至，班超上书汉和帝说："臣不敢望到酒泉郡，但愿生入玉门关。"（《后汉书·班梁列传》）渴望回归故土，安享太平。战争本就残酷，"古来征战几人回"（王翰《凉州词》），而"生入玉门关"的愿望，使后来的征人每过此地，便更多了些悲凉之情。

　　当然，后来者中也有人表达了比班超更达观的胸襟和更豪迈的热情，那便是唐人戴叔伦，其《塞上曲二首》其二云："汉家旌帜满阴山，不遣胡儿匹马还。愿得此身长报国，何须生入玉门关。"

　　班超希望"生入玉门关"，主要是担心"孤魂弃捐"，胡曾却在一首《咏史诗·玉门关》中重新阐释：

　　　　西戎不敢过天山，定远功成白马闲。
　　　　半夜帐中停烛坐，唯思生入玉门关。

定远侯威震西域，大汉边城安宁，因为太平之下无用武之时，寂寞之中反而引发思乡愁肠。这种解释并非独有，岑参《玉门关盖将军歌》也有类似的思路：

> 玉门关城迥且孤，黄沙万里百草枯。
> 南邻犬戎北接胡，将军到来备不虞。
> 五千甲兵胆力粗，军中无事但欢娱。

南有犬戎，北有胡兵，将军陈兵列马，备而不战，"军中无事但欢娱"，因为强盛的帝国威加海内，无人敢犯。盛世之下，不战而威，远离中

原腹地的驻守士卒只有等待，同时也更加孤独。

　　唐人诗中的雁门、玉门、阳关、阴山、燕然等，有时是实写，有时是虚指，只是边境之地、汉胡分界的代称。但诗歌中的玉门关和阳关，比起其他地方来，更多了一份孤独荒凉。玉门关和阳关之外，便是游牧民族的天下，与中原腹地之间隔着一段长长的空白，杜甫《送人从军》就说"阳关已近天"，西去之路"累月断人烟"。这样一段人烟稀少的路途，音书不通，也难料归期，更让人忧心。唐诗中的玉门和阳关从来都是秋冬之景，这不但是自然气候的特征，也是诗人心中的印象。在许多诗人的眼中，玉门、阳关以内是中原故土、文明腹地，一旦出关，踏上异域土地，似乎就进入了蛮荒、孤独的所在。所以王维对西去的友人道一声"劝君更尽一杯酒，西出阳关无故人"（《送元二使安西》）。西出玉门、阳关的人，怕被战争吞噬，也怕被孤独包围，更怕被世人遗忘，这都让西去的征途倍添离别的忧伤。

（高淑君）

操吴戈兮披犀甲 战争诗中的古代兵器与军制

春秋时期思想家老子说:"兵者,不祥之器,非君子之器,不得已而用之。"(《道德经》第三十一章)唐代诗人李白在《战城南》中也化用其意说:"乃知兵者是凶器,圣人不得已而用之。"这里的"兵"虽是泛指战争,但也与兵器不无关系。今天,当我们在博物馆陈列的一件件古代兵器前驻足,脑中会闪过一幅幅怎样的画面?是乱世征战,还是腥风血雨?是妻离子散、颠沛流离,还是一将功成、尸横遍野?

虽然据现代考古发现,直到距今约四千六百年的新石器时代,才出现人被箭杀伤的证据——被骨镞射中的人骨,但兵器出现的年代肯定更为久远。或许可以说，兵器差不多是与人类的战争同时出现的。而在漫长的人类发展史上，兵器也经历了长久的发展和演变。

中外军事研究界习惯上把人类的战争史分为两个阶段：冷兵器时代和火器时代。火药被广泛应用于战争以前，战争使用的兵器称为冷兵器，火药武器则被称为热兵器。

《左传·成公十三年》云："国之大事，在祀与戎。"战争胜败对于一个国家或民族的兴衰存亡至关重要，历来最先进的技术，往往最先用于制造兵器，因而兵器的发展历程与生产力的进步息息相关。在史前时期，石器是人们的主要生产工具，因而兵器也以石制为主。金属冶铸业兴起后，兵器的主要材质就变成了青铜、钢铁等，并一直持续数千年之久。

众所周知，中国是最早发明火药的国家。隋代时诞生了由硝石、硫黄和木炭组成的三元体系火药，黑色火药则在晚唐时正式出现。到了北宋时期，火药开始用于兵器制造，此后便进入了冷兵器与火器并用的时代。火药传入西方，火器的运用得到了长足发展，并最终成为世界主要的兵器形式。随着科学技术和生产力的飞速发展，人类逐渐走进了杀伤力巨大的热核武器时代和电子兵器时代，现代战争变得更加残酷。

备战和作战离不开兵器，更不能少了军制。中国古代兵器和军制的有关情形，不仅记录在史书和兵书中，也反映在不少诗歌里。

一、短兵相接的冷兵器时代

相比较而言，在历史长河中，在华夏热土上，冷兵器使用的时间和范围都远远超过了热兵器。无论是君主帝王展示尊贵、将军士兵保家卫国、义军造反替天行道、侠客豪士路见不平,还是平民百姓壮胆防身,手中所持、腰间所佩的都是极具中国特色的冷兵器,刀、枪、剑、戟不一而足,斧、钺、钩、叉各显神威。

中国古代兵器种类堪称世界之最,后世也有十八般兵器的说法,通常指刀、枪、剑、戟、斧、钺、钩、叉、鞭、锏、锤、挝、镋、棍、槊、棒、拐、流星锤。实际上古代兵器种类远多于此,但作为冷兵器时代的一个整体概念,十八般武器还是成为中华武艺和武器的典型代表。

北宋仁宗年间编纂的《武经总要》是中国第一部规模宏大的官修综合性军事著作,对于研究宋朝以前的军事有很高的参考价值。其中有很大篇幅介绍武器制造,并附有兵器和营阵方面的大量图像,是研究中国古代兵器史极为重要的资料。

如前所述,中国古代兵器不只记录在专门的军事著作里,还记录在反映战争的诗歌里,诗人们不仅用各种笔墨描绘了广阔的战争场面,还有意无意地记录了许多著名的兵器,为我们了解古代兵器的种类发展和演变过程提供了重要资料。

(一)刀剑斧钺

远古之时,人们为了生存,把石头磨成薄片,在恶劣的自然环境之下,以其锋利的刃破开板结的泥土,刺伤凶猛的野兽,刀耕火种、狩猎捕鱼就是远古时期先民们生活的真实写照。

远古至今,刀始终伴随人类社会活动的方方面面。它不仅是被当作战争、防身的武器而传承，有时也寄托着人们的某种理想，有时作为一种礼仪，有时也是人们崇拜的对象。明代诗人李东阳在《送开州陈同知》中写道："贫怜范叔惟尘甑，贵识王祥有佩刀。"近代爱国女侠秋瑾也有"不惜千金买宝刀，貂裘换酒也堪豪"（《对酒》）之语。可见刀是气度与精神的象征。试想女侠精神昂扬，宝刀佩于腰侧，怎一个英姿飒爽了得！

作为贵族饰品，宝刀有时也可以彰显主人尊贵的身份。比如在河北满城的汉代中山靖王刘胜墓穴中出土的一把环首刀，套有髹漆木鞘，环首用金片包缠，颇为华美，是汉代藩王身份地位的标志之一。

汉代刘熙《释名》解释说："刀，到也。以斩伐到其所乃击之也。"谓刀是一种力求一击必杀的武器。刀虽不甚灵活，但它从远古至今，并没有退出战争历史舞台，一直发挥重要作用。很多地方地理环境复杂，车战不能展开，刀剑作为适合近战的短兵器开始凸显其实战能力。

秦汉以降，由于冶铁技术的进步，开始出现了以铁为主要材料制造的刀，更加轻便锋利。刀从此开始成为古代军队装备的主要格斗兵器之一。百炼钢和灌钢技术用于造刀之后，适合于劈砍的短柄钢刀成为步兵和骑兵的主要武器装备，开疆拓土，保家卫国，效用日益广泛。为了增强军队战斗力，刀的形制也开始有了变化，刀的劈砍斩杀军事功用不断被强化。

唐代西鄙人所作的《哥舒歌》云：

北斗七星高，哥舒夜带刀。
至今窥牧马，不敢过临洮。

全诗生动刻画了哥舒翰持刀跨马、连夜杀敌、威震敌军、无人可挡的英雄形象。持刀的将军会让人平添几分敬意，其威武之状也跃然纸上。再如卢纶《塞下曲六首》其三："月黑雁飞高，单于夜遁逃。欲将轻骑逐，大雪满弓刀。"同样刻画了持刀追赶敌军的勇士形象，与《哥舒歌》有异曲同工之妙。诗写敌军首领趁着风高月黑慌乱溃逃，唐军轻骑列队而出，准备乘胜追击之事。虽然天寒地冻，但将士们不惧严寒，个个斗志昂扬，信心十足。尤其最后"大雪满弓刀"一句，写出军队集结之时，大雪很快落满全身，遮掩了他们武器的寒光。天之冷、雪之大，更凸显出将士们的英勇。

俗语云："剑是君子所佩，刀乃侠盗所使。"剑作为古代最常见的兵器之一，属于"短兵"，素有"百兵之君"的美称。从屈原的"竦长剑兮拥幼艾，荪独宜兮为民正"（《九歌·少司命》），到阮籍的"挥剑临沙漠，饮马九野坰"（《咏怀八十二首》其六十一），再到李白的"抚剑夜吟啸，雄心日千里"（《赠张相镐二首》其二），中国历代对宝剑的歌咏不绝于耳。

在西周及春秋时期，王公贵族都追求佩带装饰性的宝剑，既体现尚武精神，又以剑显示威仪。秦朝时更规定官吏必须佩剑，以象征权力与威严。而后剑的用途渐渐走向多元，"意在沛公"的项庄拔剑起舞，勤奋的祖逖手持宝剑"闻鸡起舞"，失意惆怅的李白"拔剑四顾心茫然"（《行路难三首》其一），"天地为之久低昂"（杜甫《观公孙大娘弟子舞剑器行》）的公孙氏"一舞剑器动四方"，报国无门的李贺期盼"提携玉龙为君死"（《雁门太守行》），国恨家仇难平的辛弃疾"醉里挑灯看剑"（《破阵子》），渴望天下久太平的刘伯温说"先封尚方剑，按法诛奸赃"（《赠周宗道六十四韵》)……宝剑似乎早早走出了作为兵器用以杀敌的单一范畴,而被赋予了更多的文化内涵。

在中国古典诗词中,经常出现的宝剑有干将、镆铘、龙泉、太阿、龙渊、巨阙、鱼肠、湛卢等。这些宝剑的背后,往往都有一个或美丽或凄凉的故事,比如干将、镆铘两柄宝剑,是分别以铸剑师干将及其妻子镆铘命名的。据《吴越春秋》记载,干将"采五山之铁精,六合之金英"以铸铁剑,三月不成。镆铘"断发剪爪,投于炉中,使童男童女三百人鼓橐装炭,金铁乃濡,遂以成剑"。故事的真假姑且不论,单看宝剑的铸造过程,就足以看出古代铸造一柄优质宝剑何其不易,这也正是这些宝剑被珍视的原因。

唐代诗人李峤的《剑》写道:

> 我有昆吾剑,求趋夫子庭。
> 白虹时切玉,紫气夜干星。
> 锷上芙蓉动,匣中霜雪明。
> 倚天持报国,画地取雄名。

诗人笔下的昆吾宝剑,不仅锋利无比,可以切玉,而且放射出紫气,凌空干星。很显然,诗人是以昆吾剑自喻,表明自己报国的决心。

斧作为兵器,最早来源于人类的生产活动。《释名·释用器》中说:"斧,甫也,甫,始也。凡将制器,始用斧伐木,已乃制之也。"由此可知，斧子最先是作为伐木工具出现的。在旧石器时代，人们用石斧砍伐树木、猎杀野兽，当有外族部落进犯时，则用它御敌。

古人对斧子的威力崇拜有加，在创世神话中，人类的始祖盘古就是用一把斧子才凿开"混沌如鸡子"的天地，得到解脱。陶渊明喜欢的勇士也是挥舞大斧的："刑天舞干戚，猛志固常在。"（《读山海经十三首》其十）"干"是盾牌，"戚"是大斧。李白的《古风五十九首》其三十四也有"如何舞干戚，一使有苗平"之语。如此看来，只有孔武有力的人才适用这种比较沉重的兵器，因此后世文学作品中的李逵、程咬金等粗豪蛮勇之士，手里使用的都是大斧。

钺是加大加长的斧，看上去更加威风凛凛，加之它有作为刑具砍头的作用，渐渐就变成了象征权力的礼器，如唐诗中就有"寄崇专斧钺，礼备设坛场"（徐坚《奉和圣制送张说巡边》）的诗句。武丁的妻子妇好是位能征善战的女将，陪伴她长眠于地下的就是两把钺，象征她崇高的地位与权力。

（二）枪矛戈戟

相对而言，刀剑斧钺因其形制较为短小，在战争中需要近距离接触，而枪矛戈戟之类的兵器则在长度上比较有优势。

在中国古代兵器的大家族中，矛与枪在造型上比较类似，都可以算得上是老寿星了。原始时代的石矛一直发展，到人民革命战争时期就成为少先队员手中的红缨枪。经历数千年，石矛仍一直在格斗中效力，可以说立下了卓越功勋。

枪可以刺，收放自如，速度极快，令人防不胜防，可谓兵中之贼。贯休在《古塞下曲七首》其三中就写道："虏寇日相持，如龙马不肥。突围金甲破，趁贼铁枪飞。"古代军事将领善用枪者甚多，三国时期的张飞使用的就是"丈八蛇矛"，又称"丈八点刚矛"。张飞以此枪在敌阵中取敌将首级如探囊取物，有"三国第一枪"之说。《三国演义》中赵云使用的长枪是"涯角枪"，取"海角天涯无对"之意。北宋抗金名将岳飞所用之枪为"沥泉神枪"，相传为沥泉中大蛇所化。

相比于刀剑，枪更能显现出身份地位之外的个人魅力。李白《南奔书怀》有"櫰枪扫河洛，直割鸿沟半"之语。岑参在《东归留题太常徐卿草堂》中写道："顷曾策匹马，独出持两枪。"毛泽东也发豪言："今日长缨在手，何时缚住苍龙。"（《清平乐·六盘山》）

戈也是适合近攻的武器，比起斧钺的厚重，戈有倒钩，轻便且杀伤力强。《诗经·秦风·无衣》中就有"岂曰无衣，与子同袍。王于兴师，修我戈矛"之语。屈原在《国殇》中也写道："操吴戈兮披犀甲，车错毂兮短兵接。"可以想象，如镰刀一样的戈深入敌阵，像收庄稼一样收取敌人的头颅，使敌手猝不及防，不愧是战争中的利器。

说起戟，人们就会想起英勇无敌的吕布，一边是玉颜华服、美人相伴，一边是手持四十多斤的方天画戟，冲锋陷阵。而戟作为兵器，在战场上使用的时间似乎并不久，至少早在汉代就已经渐渐变为仪仗兵器了。西汉武帝时的东方朔本是一介文人，史载"武帝坐未央前殿，天雨新止。朔持戟在殿陛遥指独语"（《汉书·东方朔传》），足见这里的戟已经失去了武器的作用。皇帝也常将棨戟作为礼物，赠予大臣以示恩宠。

风物篇

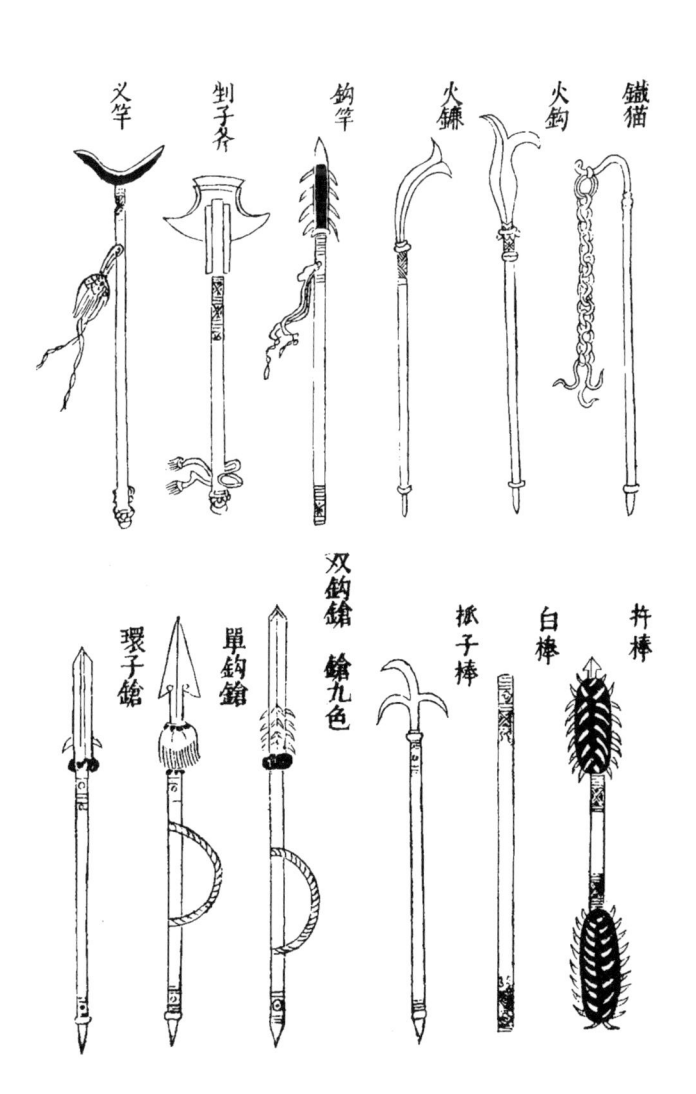

219

义竿　刲子斧　钩竿　火镰　火钩　铁猫

环子鎗　单钩鎗　双钩鎗 鎗九色　抓子棒　白棒　抨棒

《武经总要》中的兵器

大约到南北朝时期，戟已经完全退出了实战领域，但作为仪仗仍发挥着重要应用。在唐太宗李世民的诗中频频出现戟，如《元日》："霜戟列丹陛，丝竹韵长廊。"《正日临朝》："组练辉霞色，霜戟耀朝光。"后来的玄宗李隆基也在《过王濬墓》中留下了"长戟今何在，孤坟此路傍"的感慨。善写乐府的张籍则在《关山月》中写道："军中探骑暮出城，伏兵暗处低旌戟。"他笔下节妇的良人也是"执戟明光里"（《节妇吟》）。很显然，这里的戟都是作为军中的仪仗，作用略同于旌旗，而不再是战场厮杀的武器。

除枪矛戈戟以外，不需要近距离接触且更有威慑力的武器是弓箭。弓箭是人类社会出现最早的兵器之一，中国远古就有后羿射九曜的传说。在冷兵器时代，它也是最厉害的致命武器。

弓箭诞生于人类狩猎的过程中。中国古代最早的歌谣《弹歌》云："断竹，续竹；飞土，逐宍。"描绘了一幅中国古代先民制作弹弓追逐猎物的场景。中国古人认为"弓生于弹"（《吴越春秋·勾践阴谋外传》），先民们在捕猎的实践中逐渐摸索出制作、使用弓箭的方法。恩格斯说："弓、弦、箭已经是很复杂的工具，发明这些工具需要有长期积累的经验和较发达的智力，因而也要同时熟悉其他许多发明。……弓箭对于蒙昧时代，正如铁剑对于野蛮时代和火器对于文明时代一样，乃是决定性武器。"（《家庭、私有制和国家的起源》）如此评价弓箭，仍显不足。因为即使到后来的"野蛮时代"，也没有任何一种青铜或钢铁兵器（包括铁剑），能与弓箭之作用相匹敌。可以说，火器诞生之前，弓箭是最能决定战争胜负的武器。

风物篇

〔元〕赵雍《挟弹游骑图》

二、热兵器时代

从科技角度而言，热兵器的发明和发展，无疑是人类历史上的伟大进步；但从其破坏力而言，热兵器在战争中的广泛运用，又无疑给战争中的广大将士和平民百姓带来了更大的灾难。硝烟起处，生灵涂炭，只留下满目疮痍和累累白骨。这就是科学技术的两面性。

北宋时期制造的火炮已经具有强劲应敌制敌的效用。到了南宋，火器制造技术进一步发展成熟，突火枪、霹雳炮、炮车、火箭等火器，在各类史料中均有记载。尤其火箭武器，在战争中发挥了重要作用。

宋高宗建炎四年（1130），南宋大将韩世忠以大海舟遮击金将兀术于江中，兀术令善射者乘轻舟向宋军投射火箭，一时烟焰蔽天，宋军大败，金兵乘胜渡江。这是金人以火箭取胜的例子。

宋高宗绍兴三十一年（1161），宋军将领李宝在胶州海口陈家岛用火箭射击金军战船，烧毁其战船数百艘，斩杀敌将数人，降其众三千余人。这是宋军以火箭大胜金兵的例子。

元代时，蒙古族凭借强大的骑兵入主中原，建立了自己的统治，并不断开疆拓土，使疆域面积超越前代。但火器在元代并没有太大的进步，因为"蒙古军之所以能称霸欧亚者实全恃其骑射之精"（周纬《中国兵器史稿》）。

而相比之下，火器传入欧洲以后，在欧洲国家得到了十足重视和迅速发展，成为此后欧洲各国称雄世界的利器。

风物篇

明清时期，中国的火器一方面在原有基础上有所发展，另一方面则引进外国先进火器。比如明神宗万历、光宗泰昌、熹宗天启、思宗崇祯时，都曾用红夷（红夷即对葡萄牙等国人之称谓）大炮或佛朗机（佛郎机即葡萄牙之音译）大炮防边防海，并发挥了重要作用。清康熙十三年（1674），传教士南怀仁奉命主持制造红衣大炮；光绪四年（1878），江南制造总局仿照英国大炮，制造出了中国最早的钢炮。但由于明清时期，中国科技发展的速度逐渐落后于西方，所以从鸦片战争开始到清朝灭亡，中国在与各国的战争中基本上处于劣势。

近代诗人黄遵宪在《冯将军歌》中，描写了1885年中法战争中，老将冯子材在镇南关大胜法军的英勇事迹。诗的中间部分叙述中法军队的激战场面和清军将士得胜后的激动之情：

> 五千人马排墙进，绵绵延延相击应。
> 轰雷巨炮欲发声，既戟交胸刀在颈。
> 敌军披靡鼓声死，万头窜窜纷如蚁。
> 十荡十决无当前，一日横驰三百里。
> 吁嗟乎！
> 马江一败军心慑，龙州拓地贼氛压。
> 闪闪龙旗天上翻，道咸以来无此捷。

毫无疑问，在这场战争中起决定作用的已不是冷兵器时代的刀枪剑戟，而是"轰雷巨炮欲发声"的新式武器。

三、古代军制和军官

(一)军制

比较严整的军制出现在世界上,已有五六千年的历史。中国自夏朝初期产生军制,至今也已四千余年。中国历史悠久,经历了众多朝代更迭,军制变化甚大。

自公元前221年秦朝统一中国,到公元1840年的鸦片战争,在两千多年的漫长岁月里,历代王朝都建立过符合自身特点的军事制度。

殷商时代,国家军队分为左师、中师、右师。西周有禁卫军和宿卫军。春秋时各大国都有上、中、下或左、中、右三军。秦始皇统一六国以后,沿袭战国时的郡县征兵制,规定适龄男子无论贵贱,都必须服兵役两年。西汉时,汉武帝取从军死难者子孙养在羽林,教五兵,号称"羽林孤儿"。汉朝军队的虎贲诸郎,羽林左右骑,也都是父死子继,固定为汉制。自此,"羽林"一词便频频出现于历代诗歌当中,以至于直接被当作了诗名,如唐人孟郊的《羽林行》:"翩翩羽林儿,锦臂飞苍鹰。挥鞭快白马,走出黄河凌。"写羽林郎臂擎苍鹰、胯骑快马,驰骋于边塞之上的威武形象。

又如唐人朱庆馀的《羽林郎》,写的是羽林郎因功勋卓著而备受皇帝礼遇的荣耀之感:

紫髯年少奉恩初,直阁将军尽不如。

酒后引兵围百草，风前驻旆领边书。
宅将公主同时赐，官与中郎共日除。
大笑鲁儒年四十，腰间犹未识金鱼。

三国时期，魏国曾实行世兵制，又称军户制、士家制。这种制度在后来的元明时代得到发展和完善。世兵制的主要内容是强制部分乡民世代当兵，男丁终身为兵，父死子承，兄终弟及。在这种制度下，国家可以获得固定充足的兵源，士兵世代从军，也有利于提高兵员质量。将一些游民和流民举户依附于国家，通过终身当兵和家属屯田解决生计，更有利于社会稳定与发展。

府兵制原起于北魏时期鲜卑人当兵、汉人务农的政策。到了北周后期，汉人也被募充做府兵。成为府兵后，全家可以免除赋役。该制度最重要的特点是兵农合一。府兵平时为耕种土地的农民，农隙训练，战时从军打仗，自备参战武器和马匹。府兵制历北周、隋至唐初期而日趋完备。初唐四杰之一的卢照邻在乐府诗《上之回》中写道：

回中道路险，萧关烽堠多。
五营屯北地，万乘出西河。
单于拜玉玺，天子按雕戈。
振旅汾川曲，秋风横大歌。

此作描绘了府兵制下兵农合一的生活。府兵制在唐太宗时期达到鼎盛，后来由于战事频繁、防御线延长、兵役繁重，在唐玄宗天宝年间停废，国家开始实行募兵制。

募兵制是封建时代兵制的一大变革。它由国家招募丁男当兵，供给衣食，免征赋役。士兵以当兵为职业，这就减轻了农民的兵役负担，有利于生产的发展，国家也得以建立一支强有力的军队。杜甫的"召募赴蓟门，军动不可留"（《后出塞五首》其一）和李益的"幸应边书募，横戈会取名"（《赴邠宁留别》）等诗句，描绘的就是募兵制下士兵响应国家号召，奔赴边关的场景。不过，在募兵制下将领长期统帅一支军队，兵将之间有了隶属关系，容易导致军阀的形成。

清朝在袁世凯小站练兵以前，有过三种军制：最早的是"八旗制度"和"绿营"，到了曾国藩组织乡团后，其所领导的湘军、淮军统称为"勇营"。八旗制度起源于女真族的狩猎组织——牛录。明万历四十三年（1615），努尔哈赤为适应满族社会发展的需要，在原有牛录制的基础上，创建了八旗制度，具有旗籍的家族人员称为旗人。所谓的八旗指的是正黄、正白、正红、正蓝、镶黄、镶白、镶红、镶蓝。这一制度规定：每三百人为一牛录，五牛录为一甲喇，五甲喇为一固山，一固山即为一旗。旗人平时从事耕作、狩猎等活动，战时则应征为兵。八旗制度为清王朝统治全国、发展和巩固多民族统一国家、防止外来侵略等都做出了重要贡献。但随着清军的入关，八旗子弟与原来的游猎驯牧生产逐渐疏远，加上长时间缺乏训练，军队素质急剧下降。到了晚清时期，关内的八旗军队已彻底丧失了战斗力，成为战场上的花架子。由于旗营、绿营都已腐朽至极，而勇营也只是昙花一现，清廷在甲午战后开始按照西方的军事制度编练新军。自此，中国的军制逐渐与西方接轨。

（二）军官

在军队的职官方面，古代中国也形成了自己的一套比较严密的制度，并不断发展、完善。

汉语"元帅"一词最早出现在公元前633年的春秋时期，其名源于《左传·僖公二十七年》所载晋文公的"谋元帅"（即考虑中军主帅人选）。晋国名将先轸在城濮之战与崤之战中屡立战功，成为我国历史上第一位有元帅头衔并有元帅战绩的军事统帅。不过当时元帅只是表示对将帅之长的称呼，还不是官职名称。从南北朝起，元帅逐渐成为战时统军征战的官职名称。如北周宣帝任命其叔父宇文盛和宇文招为行军元帅，率军作战。唐太宗李世民在继承皇位以前曾担任过西讨元帅。作为军事指挥者的"帅"对战争的胜利与否起着决定性作用。要想取得战争胜利，必须选择绝佳的军事统帅，"帝思元帅重，爰择股肱良"（徐坚《奉和圣制送张说巡边》）；要想赢得战争，也必须击溃敌军主帅，"一矢毙酋帅，馀党号且惊"（柳宗元《韦道安》）。

春秋时代以卿统军，故称卿为将军。一军之帅称将军，到战国时代始为正式官名。汉置大将军、骠骑将军，位次丞相；车骑将军、卫将军、前后左右将军，位次上卿。俗话说："千军易求，良将难得。"拥有良将的军队才能打胜仗，拥有良将的民族才能定国安邦。"但使龙城飞将在，不教胡马度阴山。"（王昌龄《出塞二首》其一）有了李广这样的良将，外敌才不敢

诗词里的金戈铁马

风物篇

229

〔明〕佚名 《出警入跸图》

进犯。"大将筹边尚未还，湖湘弟子满天山。"（杨昌浚《恭颂左公西行甘棠》）有了左宗棠这样的良将，中国才守住了自己的西北边疆。

校尉也是中国历史上重要的武官官职之一。此官职可能在战国末期已经出现，秦朝时为中级军官，到汉朝时达到鼎盛时期，其地位仅次于各将军。汉武帝时，名将霍去病在受将军职前曾因战功被封为嫖姚校尉，时年仅十八岁。唐代王维在《出塞》中言道："护羌校尉朝乘障，破虏将军夜渡辽。"歌颂霍去病马踏匈奴的神威。李商隐亦有《梓州罢吟寄同舍》诗："不拣花朝与雪朝，五年从事霍嫖姚。君缘接座交珠履，我为分行近翠翘。"借霍去病颂扬友人。

其他重要的武官还有都督、提督之类。三国时期著名将领周瑜就曾任东吴水师都督。宋代诗人戴复古在《赤壁》诗中写道："千载周公瑾，如其在目前。英风挥羽扇，烈火破楼船。"热情赞扬周瑜大破曹军的丰功伟绩。在清代，各省绿营最高主管官称提督，管辖一省陆路或水路官兵。晚清抗法名将、民族英雄冯子材曾任广西提督，在他的带领下，清军大败侵略中国边境的法军，取得镇南关大捷。回顾冯老将军的赫赫战功，黄遵宪在《冯将军歌》一诗结尾不无感慨地说道：

得如将军十数人，制梃能挞虎狼秦。
能兴灭国柔强邻，呜呼安得如将军！

矢志报国，不在官位大小，哪怕去做一个小小的百夫长，也能杀敌立功,成就人生意义。在这个世界上,兵器无论多么锋利有力,也会在对付敌人的同时给己方带来灾难;军制无论多么健全周密,也只能加剧敌对双方的纷争。我们的祖先虽然手握利器,但心中始终向往和平。正如老子所说:"兵者,不祥之器",所有明智的人,都不可不慎用之。化剑为犁,化干戈为玉帛,才是人类通向美好生活的唯一途径。

(陈楠、王彦龙)

事件篇

"人生自古谁无死，留取丹心照汗青！"回肠荡气的《过零丁洋》，感动着古往今来的无数读者。文天祥以四十七年坚苦卓绝的奋斗，谱写了一曲惊天地泣鬼神的生命浩歌，诠释了"士不可以不弘毅，任重而道远。仁以为己任，不亦重乎？死而后已，不亦远乎？"的崇高本义。

在中国数千年的历史长河中，像文天祥这样的英雄志士，代不乏人，尤其是在国家生死存亡之秋。重读历代战争题材诗作，我们无数次向一个个坚挺的背影致敬——李广、班超、颜真卿、郭子仪、岳飞、韩世忠、辛弃疾、陆秀夫、张世杰、俞大猷、戚继光、史可法、顾炎武、夏完淳、郑成功、林则徐、关天培、冯子材、邓世昌、丘逢甲、徐锡麟、秋瑾……日月经天，江河行地；英烈精魂，光耀古今；人间道义，必有继者！

不可沽名学霸王　楚汉之争

公元1977年，日本《小说新潮》杂志开始连载一部题为《汉风楚雨》的长篇小说。小说刊载后，很快引起轰动，引来无数读者。连载两年四个月后，此小说由出版社推出单行本，并改名为《项羽与刘邦》。很快，这本书在日本家喻户晓，也成为日本史上最畅销的小说。一直到公元1987年，这一记录才被村上春树的《挪威的森林》打破。

这部小说的作者司马辽太郎（1923—1996）是当代日本著名作家，原名福田定一，因仰慕司马迁及其《史记》，便改名为司马辽太郎，取"远不及司马迁之太郎"意。《项羽与刘邦》一书的成功，是他对司马迁《史记》深刻理解与大胆创新的结果。

由此可见，项羽和刘邦的故事，流传何其远哉。

一

秦二世元年（前209）七月，陈涉等在大泽乡起义，拉开了天下灭秦的序幕。不久后，项羽和刘邦分别在会稽和沛县举兵反秦。这一年，项羽二十四岁，刘邦四十八岁。

公元前206年，项羽在关东聚歼秦军主力，刘邦乘隙攻破咸阳，先行入关接受秦王子婴的投降，并与关中父老约法三章，广泛地赢得了民心。数日后项羽亦率军而至，意欲攻打刘邦。此时项羽率诸侯军多达四十万，刘邦军不足十万。刘邦拉拢项伯，游说项羽。项羽设下鸿门宴，刘邦仅率百余人前往。席间谋士范增数次暗示项羽诛杀刘邦，然刘邦前有项伯相帮，后有樊哙协助，顺利脱逃。

鸿门宴是项刘斗争的分水岭。从此以后，项王开始走下坡路，而沛公打天下的事业，日益顺风顺水。

鸿门宴后，项羽凭借实力，自立为西楚霸王，封刘邦于汉中。刘邦用张良计，烧毁所过栈道，借防备诸侯兵的袭击为名，向项羽表示再无东回的意思。前206年八月，刘邦明修栈道，暗度陈仓，以迅雷不及掩耳之势，消灭了关中三王，占领了关中全部地区，并趁项羽率兵北上攻打齐王田荣的时机，率领不服项羽的五路诸侯兵马共五十六万人，挥兵东进，攻战彭城。项羽急领精兵三万回师，刘邦惨败，退守荥阳。刘邦的妻子吕雉和父亲为项羽所俘。范增建议一举拿下荥阳，刘邦使计离间项羽与范增，范增出走而亡。

公元前205年，刘邦派韩信与彭越联合燕军迂回包抄项羽，计激成皋守将曹咎，大破楚军。公元前203年八月，楚军粮尽，刘邦派人与项羽和谈，双方订立和约"中分天下"，以鸿沟为界，河东归楚，河西属汉，并成功说服项羽归还其父亲与妻子。九月，项羽遵约东撤，刘邦亦欲西返。张良、陈平建议趁楚兵疲累食尽之机攻打项羽。公元前202年，刘邦率大军追击项羽，项羽兵败于垓下，乌江自刎，爱姬虞姬相随。项羽死的时候，年方三十一岁。

共同灭秦的前三年里，项羽和刘邦是统一战线的盟友。而当项王分封天下以后，他们就是当时天下第一组对手了。

在长达四年多的楚汉战争中，项羽曾经占尽先机，却最终落得自尽而亡的下场，万里江山归了刘家。这其间的是非曲直，令多少人既感慨不已，又深长思索。

两千多年来，很多文人用不同的文字嗟叹项羽曾善始而未能善终的人生。如宋人黎廷瑞《大江东去·题项羽庙》写道：

鲍鱼腥断，楚将军、鞭虎驱龙而起。空费咸阳三月火，铸就金刀神器。垓下兵稀，阴陵道隘，月黑云如垒。楚歌哄发，山川都姓刘矣。

悲泣呼醒虞姬，和伊死别，雪刃飞花髓。霸业休休虽不逝，英气乌江流水。古庙颓垣，斜阳老树，遗恨鸦声里。兴亡休问，高陵秋草空翠。

通惯全词的，尽是英雄"其兴也勃焉"、"其亡也忽焉"（《左传·庄公十一年》）之叹。垓下困斗之时的西楚霸王，纵有豪气万丈，虎龙神威，却也是兵稀道隘，英气随流水。多少大好机会，都从指缝流走。山川最终姓了刘，只留下斜阳老树，高陵秋草，空记当年般般事。

此类感叹盖世英雄走向穷途末路的诗作很多。比如唐朝诗人储嗣宗的《垓城》："百战未言非，孤军惊夜围。山河意气尽，泪湿美人衣。"

虽然兵败垓下，王事空流，但项羽在人们心目中绝不失为一个大英雄。毕竟他平生七十余战，无一败绩。四面楚歌，仅剩数骑，仍能"大呼驰下，汉军皆披靡"（《史记·项羽本纪》）；濒临绝境，遇见故人，仍能谈笑而应，自赠首级。其勇武精神，谁也不能无视。宋代陈淳《西楚霸王庙二绝》其一便毫不犹豫地夸赞：

气压关河力拔山，绝人武勇更无前。
若于今代当戎寄，子弟何须用八千。

陈淳是南宋人，朱熹晚年的得意弟子。诗后两句的夸张性设想，当然和呼唤抗金英雄有关——若是项羽出生在宋代，一人可敌万人，何用八千子弟收复旧山河？

历史固然与假设无关，但人间的很多经验和教训，未必不可以从假设中总结出来。后世一些人设想过，如果项羽当时选择横渡乌江，就还有卷土重来的机会。比如谙熟兵书谋略的杜牧便说："胜败兵家事不期，包羞忍耻是男儿。江东子弟多才俊，卷土重来未可知。"(《题乌江亭》)宋代李新的《项羽庙》一诗结尾也表达过同样的意思："自古功业有再举，何不隐忍过乌江？"这样的看法，自然是有一定道理的。古往今来，谷底反弹、东山再起的例子太多了。

  这种种或相同或相近的评说，都体现了"不以成败论英雄"的历史价值观，值得肯定，但如果仅止于此，对楚汉历史的认识则未免流于偏颇、失于浅薄。对于项羽的失败，北宋政治家王安石，有着独立思考后的见解：

百战疲劳壮士哀，中原一败势难回。
江东子弟今虽在，肯与君王卷土来？
《叠题乌江亭》

  王安石认为，尽管项羽带领着八千江东子弟兵身经百战，所向披靡，但至垓下被围之时，"百战疲劳"的壮士，见惯了项王的残暴偏执，内心已经凉透了。在四面楚歌中，即使项羽当时下定决心引舟东渡，可是部下还会觉得他是顶天立地的英雄，还会义无反顾地跟着他继续干下去吗？

  重读《史记》，我们就会认识到，王安石的这种诘问所透散着的见识，堪称深刻、卓越。

二

  《史记·项羽本纪》介绍项羽的家世："其季父项梁，梁父即楚将项燕，为秦将王翦所戮者也。项氏世世为楚将,封于项,故姓项氏。"高贵的出身,在某种程度上造就了他"少时,学书不成,去;学剑,又不成"的纨绔习性,同时也使他不满足于普通人的人生追求,从小树立了学剑要"学万人敌"的高远理想。他的"力拔山兮气盖世"(《垓下歌》)的勇力,可能主要源于先天的遗传,而不是后天学习所得。他不屑于学书、学剑的人生态度,是此后在战场上疏于谋略、不谙兵法的根本原因,也为他的最终失败埋下了伏笔。

紧接着,司马迁有意分别为项羽和刘邦第一次见到秦始皇安插一笔。

> 秦始皇帝游会稽,渡浙江,梁与籍俱观。籍曰:"彼可取而代也。"梁掩其口,曰:"毋妄言,族矣!"梁以此奇籍。籍长八尺余,力能扛鼎,才气过人,虽吴中子弟,皆已惮籍矣。
>
> 《史记·项羽本纪》

"彼可取而代也"这句话里,夹杂着刻骨仇恨、无比羡慕、年轻气盛和野心勃勃。难怪其叔父项梁一方面被惊吓得紧紧捂住了侄儿的口,一方面却从此对这个毛头小伙子刮目相看了。

接下来的事实的确证明,他的一切行动,都是奔着那个万人之上的帝王宝座去的。带着复仇、复国和"夺了鸟位"的热忱,他跟着叔父造反了,后来成了秦王朝的头号克星。

出身低微的刘邦也对高高在上的社会地位垂涎三尺。他在关中服徭役时,看到秦始皇的仪仗鱼贯而过,不禁喟然太息:"嗟乎,大丈夫当如此也！"（《史记·高祖本纪》）从这两句话里，我们丝毫感受不到"楚虽三户，亡秦必楚"（《史记·项羽本纪》）的仇恨；跃动在泗水亭长心头的，尽是卑微者对于高贵者的由衷羡慕，还有对于有朝一日成为高贵者的由衷向往。

不得不说刘邦说"嗟乎"的时候，已经开始做皇帝梦了。那时的他，还只是一个领着一拨乡党为暴秦出苦力的"基层干部"。但刘邦绝对是胸有大志的汉子，内心潜藏着干一番大事的激情。

古往今来，许多成大事者都总是将自己内心的情感和想法掩藏得很深，喜怒不形于色。刘邦是这样，懂得该说的说，不该说的绝不说。而项羽不是这样，一开始便口无遮拦，将自己的心志暴露无遗。

在此后的征战生涯中，项羽和刘邦的所作所为更是相去甚远。项羽凭借着天生神勇和家族威望，一路攻城略地，所向披靡，很快便"威震楚国，名闻诸侯"，成为当时最强的一支军事力量。尤其是在巨鹿之战中，"项羽乃悉引兵渡河，皆沉船，破釜甑，烧庐舍，持三日粮，以示士卒必死，无一还心。于是至则围王离，与秦军遇，九战，绝其甬道，大破之，杀苏角，虏王离"，破釜沉舟、背水一战的决心和勇气及其所换来的胜利，更使"项羽由是始为诸侯上将军，诸侯皆属焉"。（《史记·项羽本纪》）

但是，在一路高歌的胜利和虚荣不断得到满足的过程中，项羽的人格缺点渐渐暴露出来。他生性残暴，不能体恤下属，因为个人喜怒，便将麾下将士杀头问斩，对于敌军和俘虏，尤其不讲人道。在新安之战中，他率楚军"夜击坑秦卒二十余万"，入关以后，更是"引兵西屠咸阳，杀秦降王子婴，烧秦宫

室，火三月不灭。收其货宝妇女而东"。（《史记·项羽本纪》）

　　人或说项王曰："关中阻山河四塞，地肥饶，可都以霸。"项王见秦宫室皆以烧残破，又心怀思欲东归，曰："富贵不归故乡，如衣绣夜行，谁知之者！"说者曰："人言楚人沐猴而冠耳，果然。"项王闻之，烹说者。
　　　　《史记·项羽本纪》

　　尽管项羽一心想要取始皇帝而代之，可一旦他称霸一方，首先想到的竟然是衣锦还乡，向家乡父老炫耀自己。有人揭穿他这种"沐猴而冠"的虚荣心理，他便马上翻脸，对其痛下杀手。
　　汉二年（前205）冬，因封侯不当，田荣自立为齐王，起兵反叛，项羽率兵平定叛乱以后，"遂北烧夷齐城郭室屋，皆坑田荣降卒，系虏其老弱妇女。徇齐至北海，多所残灭"，造成的结果是"齐人相聚而叛之"。（《史记·项羽本纪》）
　　这样的例子不胜枚举。
　　残暴的杀戮，是导致项羽失去民心的一大缘由。他毕竟只是一介武夫，而不是一个杰出的政治家，不懂得得人心者方能得天下，大好江山也不只是从马背上打下来，更要从天下百姓和麾下士卒的口碑中换来的道理。秦朝因为暴政二世而亡，即使项羽可以像秦始皇一样凭借武力统一天下，谁能保证他的政权不会像秦王朝那样短命而亡呢？宋人钱舜选就认定，假如项羽拥有

了天下，一定会重蹈秦人的覆辙："项羽天资自不仁，那堪亚父作谋臣？鸿门若遂樽前计，又一商君又一秦！"（钱舜选《项羽》）

三

相比之下，刘邦的所作所为，则显得仁慈聪明许多。

刘邦出身普通，在重视光环和背景的人们心中，显得极其黯淡。但刘邦自有一套，极善于不断拔高自己，自比为信陵君，模仿信陵君的处世方式，为自己的性格添加情商和理性，他的人生不断得到提高和完善，他自己也因此受到下属的拜服和敬重。

刘邦也确实从信陵君那里学到了很多优秀品质，尤其在笼络人心方面。刘邦并无殊才和专能，其麾下却能人济济，萧何、韩信、陈平等一大批武将谋臣皆忠诚效命，连自视甚高的张良也对人夸赞刘邦的本事："沛公殆天授。"（《史记·留侯世家》）试想，一个平民出身的"浪子"，身边却团结着一大批顶尖人才为之效力，岂是一般手段所能达到的？

与项羽"诸所过无不残灭"（《史记·高祖本纪》）之举相反，刘邦做事较有分寸。以至于楚国长老皆赞曰："沛公，长者也。"不管是内心确有仁慈敦厚的善端，还是纯属作秀之态，"长厚"用在政治领域，就多能结出善果。

汉元年十月，沛公兵遂先诸侯至霸上。秦王子婴素车白马，系颈以组，封皇帝玺符节，降轵道旁。诸将或言诛秦王。沛公曰："始怀王遣我,固以能宽容,且人已服降,又杀之,不祥。"乃以秦王属吏,遂西入咸阳。

《史记·项羽本纪》

对于已经投降的秦王子婴,刘邦敢于力排众议,赦而不杀,为自己赢得仁厚美名。而项羽入秦以后,却不顾他人反对,杀死子婴,烧秦公室,怎能不引起秦人的反感甚至仇恨呢?

刘邦入关后,从樊哙、张良谏,封秦重财物于府库,不取分文。并当众宣布:"父老苦秦苛法久矣,……凡吾所以来,为父老除害,非有所侵暴,无恐!"(《史记·高祖本纪》)他把自己打扮成救世主的样儿,派人到各县乡村广而告之,为自己做足了政治广告。秦人闻之无不喜出望外、奔走相告,一个个主动献上牛羊酒食犒劳沛公军士,沛公又故意推辞不受:"仓粟多,非乏,不欲费人。"(《史记·高祖本纪》)这样秦人自然更加高兴,唯恐沛公不为秦王。对于沛公的所作所为,聪明的范增看得十分清楚:"沛公居山东时,贪于财货,好美姬,今入关,财物无所取,妇女无所幸,此其志不在小。"(《史记·项羽本纪》)刘邦本是贪财好色之辈,但为了实现宏伟目标,赢得民众支持和拥戴,却能够坚决克制自己。这又与项羽每攻城略地后遂"收其货宝妇女"(《史记·项羽本纪》)形成鲜明对比。

两千多年以后,现代作家郁达夫还以此事将刘邦和项羽做了对比,他首先赞美刘邦"大度高皇自有真,入关妇女几曾亲"的优秀品质,继而发出"虞歌声里天亡楚,毕竟倾城是美人"(《咏史三首》其二)的感慨,后两句表面上是说美色倾国，实际上是指责项羽每逢胜利便占有妇女的贪婪纵欲，毫无节制。

就智略的运用而言，项羽和刘邦在鸿门宴上的表现，差着好几个重量级。刘邦通过张良结交项羽的叔父项伯，并与他结为姻亲，请项伯在项羽面前代为陈情；刘邦亲率百余骑前往鸿门拜见项羽，无比谦卑地对项王释嫌；刘邦掐算好时间，留下张良应场子送项王礼物，自己则借如厕之机和樊哙等随从从便道一溜烟回到驻地……而一向自以为是又极好面子的项羽竟优柔寡断，一再错过杀死刘邦的机会。

宋代黄庚《项羽台》明确指出项羽在鸿门宴上一着棋错，导致满盘皆输：

失计鸿门恨未消，一生霸业亦徒劳。
当时漫筑台千尺，争似歌风地步高！

为了做成大事，刘邦常能忍受痛苦，做出惊人之举。楚汉荥阳对峙时，项羽欲烹刘邦之父以迫其退兵，刘邦竟说："吾与项羽俱北面受命怀王，曰'约为兄弟'，吾翁即若翁，必欲烹而翁，则幸分我一杯羹。"（《史记·项羽本纪》）这种连项伯都说"为天下者不顾家"（《史记·项羽本纪》）的举动，反倒让本来居于主动地位的项羽不知所措起来，其要挟计划也因之破产。

四

鸿门宴以后，骄横跋扈的项羽引兵西进，屠戮咸阳，诛杀子婴，尊怀王为义帝，并分封诸侯，自立为西楚霸王。他分封各路诸侯及属下将领，完全不按功劳大小，而是以亲疏为序。为了抑制刘邦势力，他将刘邦封为汉王，封国于秦岭以南的汉中地区，又将关中地区一分为三，分别封秦朝降将章邯等三人为王，以牵制刘邦。

刘邦兵力较弱，只好忍气吞声。经过一段时间的韬光养晦，终于在公元前206年，在汉中拜韩信为大将，引兵偷渡陈仓，击溃汉中三王，控制了关中地区。此后，刘邦便以关中为根据地，与项羽争霸四年。在此期间，刘邦虚与委蛇，一面自己亲率军队与项羽周旋，吸引其主力，一面命令由彭越和韩信所统帅的两部兵马从侧翼发展实力。虽然刘邦屡次被项羽打败，但彭、韩两军却不断取得重大胜利。彭越在梁地往来游击楚军，截断楚军粮道；韩信则攻下燕、齐等地，从东方给楚军以巨大威胁。与此同时，刘邦又成功地策动了项羽的大将英布背楚归汉。双方的形势逐渐发生变化，汉军越来越占据主动地位，而楚军的处境渐趋不利。

公元前204年，在"汉兵盛，食多，项王兵罢，食绝"（《史记·项羽本纪》）的情况下，刘邦前后两次主动向项羽请和，双方约定以鸿沟为界，鸿沟以西属汉，以东属楚。项羽遂"归汉王父母妻子"，自己则引兵东归。但狡诈的刘邦并没有遵守承诺，而是听取了张良、陈平勿要"养虎遗患"的建议，趁项羽松懈之际突然进兵，追击项羽到阳夏，使双方又形成对垒之局。此时，手握重兵的诸侯彭越和韩信却坐山观虎斗，两不相帮。为了集中力量击败项羽，刘邦采纳谋臣张良的建议，封韩信为齐王，彭越为相国。两人遂改变态度，引兵合攻楚军。公元前202年一月，项羽垓下被围。

形势至此，定局已然。西楚霸王的末日到了。

> 项王军壁垓下，兵少食尽，汉军及诸侯兵围之数重。夜闻汉军四面皆楚歌，项王乃大惊曰："汉皆已得楚乎？是何楚人之多也？"项王则夜起，饮帐中。有美人名虞，常幸从；骏马名骓，常骑之。于是项王乃悲歌慷慨，自为诗曰："力拔山兮气盖世，时不利兮骓不逝。骓不逝兮可奈何，虞兮虞兮奈若何！"歌数阕，美人和之。项王泣数行下，左右皆泣，莫能仰视。
>
> 《史记·项羽本纪》

这一段描写，被后来的稗官野史和小说家们大肆渲染，形成了两个妇孺皆知的历史故事，一个是"四面楚歌"，一个是"霸王别姬"。此刻，不可一世的西楚霸王还在感慨着自己的英勇神武，而将失败归结为"时不利兮"，丝毫没有意识到自己最缺少的其实是"人和"。随后，他已经感觉到"不得脱"的危机感，但还是向士卒表示"此天之亡我，非战之罪也"。（《史记·项羽本纪》）

甚至穷途末路之时，他还不忘再向属下表演一回个人的拿手好戏：

事件篇

　　汉军围之数重。项王谓其骑曰："吾为公取彼一将。"令四面骑驰下，期山东为三处。于是项王大呼驰下，汉军皆披靡，遂斩汉一将。是时，赤泉侯为骑将，追项王，项王瞋目而叱之，赤泉侯人马俱惊，辟易数里。与其骑会为三处。汉军不知项王所在，乃分军为三，复围之。项王乃驰，复斩汉一都尉，杀数十百人，复聚其骑，亡其两骑耳。乃谓其骑曰："何如？"骑皆伏曰："如大王言。"
　　《史记·项羽本纪》

　　无论再怎么做困兽斗，毕竟寡不敌众。杀得了一两个汉军将领都尉和上百汉卒，又怎能奈何得了数十万汉军？
　　不知道垓下的项王，在为他的虞姬"泣数行下"的同时，是否想起了他的亚父范增，还有很多早先跟了他后来又弃了他的能人。两年前，陈平使出离间计，项羽傻乎乎地配合，竟然怀疑范增的忠心。范增愤然辞官归里，途中病死。可以说，范增是被项羽的不争气气死的。
　　后人每念及此，未尝不既为范增也为项羽叹惋：

　　三杰同归汉道兴，拔山余力尔徒矜。
　　泫然垓下真儿女，不悟当从一范增。
　　曾巩《垓下》

　　八千子弟已投戈，夜帐犹闻怨楚歌。

诗词里的金戈铁马

248

〔明〕刘俊 《汉殿论功图》

> 学敌万人成底事，不思一个范增多。
>
> 　　陈洎《过项羽庙》

从司马迁的记载看，项羽死到临头，并没有反省自己的不是。想必那时的他，也想不到范增和其他人。

这样一个至死都没有弄清楚自己究竟败在哪里的人，即使听从了乌江亭长的劝说东渡乌江，也是白搭。王安石不愧为杰出的政治家，具有高瞻远瞩的非凡眼光，他坚定地判断，对落到这步田地的项羽来说，天下的政治军事舞台，已经没有他的戏份了。

公元前202年二月，刘邦在山东定陶汜水之阳正式即皇帝位，定国号为汉，初都洛阳，一个月后迁栎阳，不久正式定都长安，史称西汉。

项羽死后，刘邦再一次表现了大度胸襟，以鲁公之礼厚葬了项羽。

五

北宋诗人梅尧臣的五言《项羽》写道：

> 羽以匹夫勇，起于陇亩中。
> 遂将五诸侯，三年成霸功。
> 天下欲灭秦，无不慕强雄。
> 秦灭责以德，豁达归沛公。
> 自矜奋私智，奔亡竟无终。

梅尧臣主要评说项羽，也捎带评说了刘邦，看法不偏不倚，认为前者胜在有"勇"而败在"奋私智"，后者胜在有"德"和"豁达"。

多年间，笔者读过十多遍《史记·项羽本纪》和《史记·高祖本纪》。但初次读和后来读，粗泛地读和精细地读，对两位主人公的感受和评价，有过不小的变化，尤其是对项羽。

"因为向往大开大合、大起大伏、大喜大悲的人生，所以很欣赏项羽；因为讨厌装模作样、装神弄鬼、装美掩丑的人生，所以不喜欢刘邦。"这是年轻时的笔者在课堂上讲给学生们听的话。当时就是那么想的。

"但我们不要忘了，衡量历史人物的是非、直曲、功罪，主要的尺子还是善和恶。所以，我现在认为，刘邦更值得喜欢，但不讨厌项羽。"这是笔者中年时的话，还是说在课堂上，自己过去的看法，自己修正了。

在历代名人中，项羽属于典型的"圆形人物"，其人格构成和生平作为具有复杂性和多面性，很难"一言以蔽之"。比如，项羽在很多小事情上大大咧咧，不屑计锱较铢，但在大事情上却往往很抠门。正如高起、王陵所述："妒贤嫉能，有功者害之，贤者疑之，战胜而不予人功，得地而不予人利。"（《史记·高祖本纪》）。又比如韩信曾亲见过项羽"见人恭敬慈爱，言语呕呕，人有疾病，涕泣分食饮"（《史记·淮阴侯列传》）的一面，可是蔡东藩的谴责也不为过："唯观于项王之坑降卒，杀子婴，弑义帝，种种不道，死有余辜！"（《前汉演义》第三十一回）

太史公写项羽，很了不起的一点，就在于没有把传主扁平化。

阅读《史记》，总能感觉到，司马迁察量项羽的眼神，是既爱且恨的。爱的眼神，多属于文学家的司马迁；恨的眼神，多属于史学家的司马迁。所以一方面，司马迁将项羽列入"本纪"，以饱满热情和生花妙笔叙写其传奇生平，并在《史记·项羽本纪》结尾激动地为传主轰轰烈烈的人生热烈点赞：

> 吾闻之周生曰"舜目盖重瞳子"，又闻项羽亦重瞳子。羽岂其苗裔邪？何兴之暴也！夫秦失其政，陈涉首难，豪杰蜂起，相与并争，不可胜数。然羽非有尺寸，乘势起陇亩之中，三年，遂将五诸侯灭秦，分裂天下，而封王侯，政由羽出，号为"霸王"，位虽不终，近古以来，未尝有也！

但另一方面，司马迁控制住了文学家感性的热情，转而以史学家的冷峻口吻为传主盖棺定论。以下论议，直承上段：

> 及羽背关怀楚，放逐义帝而自立，怨王侯叛己，难矣。自矜功伐，奋其私智而不师古。谓霸王之业，欲以力征经营天下。五年卒亡其国，身死东城，尚不觉寤，而不自责，过矣。乃引"天亡我，非用兵之罪也"，岂不谬哉！

司马迁认为，项羽最后几年的作为，可以说是一连串的败笔，把自己一步步推到了绝境。他认为项羽犯了四个错误："自矜功伐"——居武功而自傲;"奋其私智"——逞性子做事;"不师古"——不知师法古人经验;"以力征经营天下"——事事全仗武力解决。这四个方面,都说到了点子上。

站在今天的立场上评说项羽,我们应该比太史公更全面一些。

总的说来,项羽是一个功过参半的真英雄、大英雄,一个十足的悲剧人物。项羽的悲剧,主要不是命运悲剧,而是英雄悲剧,亦即性格悲剧。具体而言,其悲剧性主要表现有四:没落贵族子弟的悲剧,复仇主义者的悲剧,尚武主义者的悲剧,个人英雄主义者的悲剧。

重温楚汉相争这一段历史,我们会发现,项羽的短板和盲区,往往正是对手刘邦的长项。

其一,项羽生性残暴、不恤生灵,所过处烧杀掳掠,无所不为,一次次失掉民心。而刘邦如毛泽东所言,"比较熟悉社会生活,了解人民心理"(《毛泽东评点古今人物》)。刘邦既继承了秦朝的中央集权制和郡县制,又废除了秦朝的严刑峻法。每到一地,与民约法三章,努力减轻百姓负担,因而深得民心。项羽也有"仁"的一面,却是韩信说的"妇人之仁",即小圈子里的仁,而不是大仁,即超越了小团体的仁。项羽有时候大方,却夹杂着不真实成分,而《史记·高祖本纪》一开始就说刘邦"仁而爱人,喜施,意豁如也"。"豁如"就是大度豪爽,强调给了别人好处后,心里绝不嘀咕。所以才有了后来韩信"假齐王"为真齐王的精彩一幕。

其二,苏洵曾说:"项籍有取天下之才,而无取天下之虑。"(《项籍》)项羽勇力有余而智慧不足,目光短浅,胸无城府,只想以武力经营四方,而昧于得人心者得天下之理。所以,他只适合做一个旧时代的破坏者,却未能成为一个新时代的建构者。与项羽相反,刘邦却是一位不同凡响的智者,最善于审时度势,几乎在所有的大事上都能深谋远虑地予以措理,特别是在关键时刻,能从大局出发,调动各方面的积极因素,上下齐心协力,和衷共济,最终取得胜利。

《史记·项羽本纪》中记载过项羽和刘邦的一段对话:

> 楚、汉久相持未决,丁壮苦军旅,老弱罢转漕。项王谓汉王曰:"天下匈匈数岁者,徒以吾两人耳,愿与汉王挑战决雌雄,毋徒苦天下之民父子为也。"汉王笑谢曰:"吾宁斗智,不能斗力。"

这是一个有趣的细节。当沛公和项王的较量演变为个体的"智"和"力"的比拼之时,孰高孰低,孰胜孰负,自是一目了然。

其三,毛泽东说:"汉高祖刘邦比西楚霸王项羽强,他得天下一因决策对头,二因用人得当。"(《毛泽东评点古今人物》)项羽刚愎自用,不能广纳贤才,遂使诸多才德之士背项投刘。陈平解释项羽"去楚"原因时说:"项王不能信人,其所任爱,非诸项即妻之昆弟,虽有奇士不能用,平乃去楚。"(《史记·陈丞相世家》)而刘邦善于用人。他后来在总结"吾所以有天下者何,项氏之所以失天下者何"时曾经说道:"夫运筹策帷帐之中,决胜于千里之外,吾不如子房;镇国家,抚百姓,给馈饷,不绝粮道,吾不如萧何;连百万之军,战必胜,攻必取,吾不如韩信。此三者,皆人杰也,

吾能用之，此吾所以取天下也。项羽有一范增而不能用，此其所以为我擒也。"（《史记·高祖本纪》）

可以说，决策得当、善得民心和重用人才，是刘邦事业成功的三大法宝。

"天若有情天亦老，人间正道是沧桑。"（毛泽东《七律·人民解放军占领南京》）人间正道先是唾弃了嬴秦，后又淘汰了项羽，最后则选择了刘邦。

人间正道是无情的，又是有情的。个人在选择时代，时代在选择个人，历史就是在这样的双向选择中前进的。

（刘炜评、王彦龙）

渔阳鼙鼓动地来　安史之乱

安史之乱是唐代兴盛与衰败的分界点，随着那一声紧似一声的渔阳鼙鼓，烈火烹油、繁花似锦的大唐盛世渐渐无奈远去。它的高大背影直到今天仍然依稀可见，但已经无法触及，只留下无数华美的诗歌在世间供人们吟咏传唱。这些诗歌成为我们与大唐沟通心灵的纽带，让千百年后的我们依然能感受到那场山河巨变中惊心动魄的前前后后。

一、日绕龙鳞识圣颜

至德二载（757），大唐皇帝李隆基经由蜀道，重返长安，行至剑门，兴致勃勃地写下一首五律：

剑阁横云峻，銮舆出狩回。
翠屏千仞合，丹嶂五丁开。
灌木萦旗转，仙云拂马来。
乘时方在德，嗟尔勒铭才。

李隆基这首题为《幸蜀西至剑门》的诗，后来入选《千家诗》。诗中他把自己的仓皇逃窜说成"出狩"，含蓄委婉。晚清西太后逃窜西安也称"西狩"，可见玄宗说辞影响深远，以致后人也用这个词来掩盖自己出逃的仓皇。中间两联景象壮丽，仍不失盛唐气象。即使烽烟四起，三郎李隆基依然活在自己的梦中，不愿醒来。

公元710年六月，李隆基联合太平公主发动唐隆政变，诛杀韦后，推其父李旦为帝，是为唐睿宗。公元712年，李旦禅位，李隆基登基，是为唐玄宗。玄宗在掌握国家大权后，果断赐死威胁其皇位的太平公主，稳固自己的政治地位。接着，他励精图治，任用贤臣，整个国家气象更新，迎来了历史上著名的"开元盛世"。

有人说，这盛世出现危机并最终崩溃，是因为杨贵妃的出现。其实，在

事件篇

〔唐〕李昭道 《明皇幸蜀图》

这个女人出现之前，唐明皇就已经志得意满，不思进取了。

安史之乱，祸根源自节度使的任命。这便不得不提及李林甫。《资治通鉴》评价李林甫说："自处台衡，动循格令，谨守格式，百官迁除，各有常度。"能得到这样的评价，实因李林甫的政治能力并不输张九龄等贤相，而且，由于李林甫也不像张九龄那样老唱反调，这让唐明皇放心安心，于是李隆基把帝国的政权统统委于李宰相一身，自己乐得逍遥。

掌权期间，李林甫延续了开元盛世，也酝酿了安史之乱。因为他的建议，唐玄宗重用胡人将领担任边疆节度使；因为他的专权，忠谏之路被堵死，让晚年的唐玄宗更加昏聩。有人说，只有他能有效控制各地的节度使，这其中就包括安禄山；更有人说，如果不是李林甫，安禄山早就反了。

但李林甫有才归有才，本质上确实是个奸相。种种弄虚作假，足以让他遗臭历史，他虽然激化了社会矛盾，仍有能力守住最后一层窗户纸。然而，他的继任者杨国忠就没有这么好运了。天宝十一载（752），李林甫结束了他将近二十年的宰相生涯，大唐王朝的腥风血雨也即将来临。

二、姊妹弟兄皆列土

安史之乱上半场有五大主角：李隆基、杨国忠、安禄山、史思明、杨玉环。杨妃是唯一的女主角，也是曾经千人所指的祸乱之源。也许她的过错并不在于美貌倾国，舞柳迷心，而在于其家族对政权的渗透。

杨玉环是如何集三千宠爱于一身的，毋庸赘述。值得注意的是，白居易的《长恨歌》代表了唐人对李隆基老年无为的普遍看法，他们并没有十分怪责皇帝和贵妃。即使是晚唐杜牧的《过华清宫绝句三首》，流露出的也是深深的惋惜和无奈。相传，李隆基的銮驾重返长安时，仍有大量老百姓热泪盈眶，山呼万岁，他们依然爱戴着这个辉煌盛世的缔造者。

天宝十四载（755）十一月初九，安禄山借口"忧国之危，奉密诏讨伐杨国忠以清君侧"，在范阳发动叛乱。他率二十万大军誓师蓟城，对唐王朝发动进攻。既然安禄山要杀杨国忠，我们不妨说说这位在玄宗朝显赫一时的杨国舅。

杨国忠其人，本是杨玉环堂兄。杨国忠的得势，与贵妃的得宠有着必然联系。杨家的亲戚不止杨国忠一个，杨国忠能够成为天子的红人，并最终坐上宰相位子，自然要有非常才能和非常手段。他原名杨钊，在剑南投军时，深为长官剑南节度使章仇兼琼所器重。杨妃得宠后，章仇兼琼便将杨妃的这位堂兄推荐给皇帝。在几次交往与游玩之后，李隆基很快发现杨钊有着出色的运算能力，称赞他是个好支度郎。不久，杨钊就担任了度支员外郎一职。在其理财期间，朝廷收入大增，国库充实，唐明皇对其大为欣赏，故而特赐名"国忠"。

李林甫死后，杨钊即杨国忠立刻取代他成为右相。但他的掌控能力不如李林甫，与朝臣的关系也较李宰相更为紧张。此时的安禄山也是玄宗的重要宠臣，而且手握重兵，身兼三镇节度使。安与杨，无论从何种角度讲，最终都不可能相安无事。安禄山进京不是认贵妃做干娘，就是鼓着肚皮大跳胡旋舞，"霓裳一曲千峰上，舞破中原始下来"（杜牧《过华清宫绝句三首》其二），唐玄宗与杨贵妃简直乐开了花。杨国忠惧怕安禄山与其争宠，不停地告诫皇帝此胡儿有二心，安禄山则不停地自证清白。玄宗高高在上，以为俩人不过是争宠罢了。殊不知，杨国忠谈不上"忠"，安禄山亦是逆臣。俩人既有嫌隙，安禄山举兵时，把讨伐杨国忠以清君侧作为借口，也就顺理成章了。

当然，罪魁祸首还要归咎于自以为是的皇帝，他深信安禄山不会谋反，也深信杨家人都是"好"的。

> 虢国夫人承主恩，平明骑马入宫门。
> 却嫌脂粉污颜色，淡扫蛾眉朝至尊。
>
> 张祜《集灵台二首》其一

《旧唐书·杨贵妃传》记载，杨贵妃的大姐封韩国夫人，三姐封虢国夫人，八姐封秦国夫人，"并承恩泽，出入宫掖，势倾天下"。张祜的《集灵台二首》写的就是虢国夫人承宠时的景象。

太平天子坐昆山，一荣俱荣；渔阳鼙鼓动起来，一损俱损。

三、此日六军同驻马

安禄山起兵后，伪称奉密诏诛杨国忠，叛军所到之处，各地官员大都弃城逃窜，甚至不战而降。叛军打到洛阳时，大肆烧杀劫掠。

李白在《扶风豪士歌》里写道：

> 洛阳三月飞胡沙，洛阳城中人怨嗟。

天津流水波赤血，白骨相撑如乱麻。

李白《古风五十九首》其十九里的"俯视洛阳川，茫茫走胡兵。流血涂野草，豺狼尽冠缨"，更为人们所熟悉。

流血涂野草，白骨如乱麻，流的是谁的血？撑的是谁的骨？

"疾风知劲草，板荡识诚臣。"（《贞观政要·论忠义》）国难当头之际，有贪生怕死者，就有挺身而出者。在玄宗极度失望的时候，颜之推六代孙、颜师古五代孙颜真卿、颜杲卿兄弟站了出来，勇敢地与叛军做斗争。玄宗闻之大喜："朕不识颜真卿作何状，乃能如是！"（《资治通鉴·唐纪》）

安史之乱初起时，颜杲卿任常山（今河北正定西南）太守，颜真卿任平原太守（今山东陵县）。颜杲卿不断在河北招罗义士，推为盟主，主持军事。已经攻打到潼关的安禄山听说河北发生了变故，被迫还军，抽调兵力平定后方。第二年，即天宝十五载（756）春天，安禄山在洛阳登基，僭称大燕皇帝。

> 常山义旗奋，范阳哽喉咽。
> 明雏一狼狈，六飞入西川。
> 哥舒降且拜，公舌膏戈铤。
> 人世谁无死，公死千万年。

这是南宋爱国诗人文天祥的五古诗《颜杲卿》，讲述的是颜杲卿英勇抗贼、壮烈牺牲的故事。诗句洋溢着的敬仰，是那样炽热。

颜杲卿在河北起义后，迅速得到响应，极大地牵制了敌军进攻长安的脚步。安禄山命史思明回军平定河北，在付出了巨大代价之后攻陷常山，颜杲卿被俘。面对安禄山，颜杲卿留下了照耀青史的千古一骂："我世为唐臣，禄位皆唐有，虽为汝所奏，岂从汝反邪！我为国讨贼，恨不斩汝，何谓反也！臊羯狗，何不速杀我！"（《资治通鉴·唐纪》）

常山失守，颜氏一门死于刀锯者三十余人。颜真卿的著名行书字帖《祭侄文稿》里所追悼的颜季明，即是颜杲卿的儿子。

常山失守后，河北诸郡很快再落贼手。玄宗极力调兵遣将，甚至扬言亲征："朕在位垂五十载，倦于忧勤，去秋已欲传位太子；值水旱相仍，不欲以余灾遗子孙，淹留俟稍丰。不意逆胡横发，朕当亲征，且使之监国。事平之日，朕将高枕无为矣。"（《资治通鉴·唐纪》）在杨国忠、杨贵妃、虢国夫人等杨家人的劝说下，已过盛年的李隆基才放弃了这一想法。

虽安禄山一军兵锋正盛，但唐军并不是没有扭转战局的可能。在河北，安禄山后院起火；在西边，唐军还牢牢掌握着潼关天险。潼关是长安的东大门，地势险要，易守难攻，而镇守者正是当年令吐蕃人闻风丧胆的哥舒翰。起初他的任务就是防守，每日燃放平安火，告知皇帝。然而，郭子仪、李光弼在中原战场一时的得利，使玄宗误判了形势，他命令哥舒翰出关击敌，这倒给了焦急万分的安禄山一个千载难逢的机会。此前，郭、李二人一再告诫潼关守军，千万不要出关。哥舒翰也坚持防守反击的战术，认为不宜出击。杨国忠却不这么认为，皇帝也恨不得早些将安禄山押赴长安，碎骨胡狗，重塑天威。

　　重重压力之下，哥舒翰被迫出关迎敌。结果，二十万大军一败涂地，潼关瞬间失守，主帅被俘。可怜哥舒翰当年夜带刀，如今年事高，一战而兵败如山倒，威名尽失。世人大都把这次潼关失守的责任推给这位鬓发苍苍、满心无奈的老将军，然而真的全都是他的过错吗？

　　天宝十五载（756）六月九日，平安火不再燃起，潼关失守的消息传入长安。唐玄宗急得团团转，杨国忠默然立在一旁，开始打他自己的如意算盘。"不如移驾蜀中？"杨国忠试探道。"呜呼，天不佑我大唐，竟遭此一劫，只好如此。"唐玄宗表示同意。

　　十三日夜，唐明皇仅携皇子皇孙和几个杨家人，在大将陈玄礼及禁卫军的护送下悄悄打开了禁苑西门……

　　皇帝出逃的消息，传遍了长安，霎时间全城躁动。众多公子王孙乱作一团，茫然西行。有些百姓则跟定皇帝的銮驾，他们认为皇帝去的地方肯定是安全的。

　　十四日，玄宗来到马嵬坡。此时士兵哗变，斩杀了杨国忠，然后他们将皇帝住处重重包围，要杀杨玉环。唐明皇心一横，玉环被下令赐死，结束了三十八岁的生命。

　　京剧《贵妃醉酒》是名剧，戏词"金色鲤鱼在水面朝"道出杨妃的倾城倾国貌。文人多情，怜香惜玉，无论是《长恨歌》《长生殿》，还是《贵妃醉酒》，都对杨妃不贬似褒，并且深信明皇与太真是真心相爱。但李商隐的《马嵬二首》其二却对玄宗的"爱"表示怀疑。诗的后四句说：

此日六军同驻马，当时七夕笑牵牛。
如何四纪为天子，不及卢家有莫愁。

后来有人分析酿成马嵬士兵哗变的间接因素有很多，但最为直接的幕后主使是太子李亨。我们无从分辨此事真假，但太子素与杨国忠不合的确是真，而且安禄山打的也是清君侧的旗号。看来杨国忠是自作孽，不死也难。

经此变故，唐玄宗一心要去成都，如果太子真是这次兵变的主谋，自然不会同玄宗入蜀。皇帝出于个人安危和军国大事两方面考虑，更是铁了心要将太子留下御敌。一个愿走，一个愿留，父子俩各忙各的，已成必然。

中原战场的朔方节度使郭子仪、河东节度副使李光弼听说长安失守，便放弃河北。李光弼退守太原，郭子仪驻兵灵武。天宝十五载（756）七月十二日，太子李亨在朔方军大本营灵武登基，改元至德，是为唐肃宗，其父玄宗由此被推上了太上皇的位置。

四、兵戈既未息，儿童尽东征

至德二载（757）正月，气数未尽的大唐迎来战略转机。叛军内部发生动乱，安禄山被自己的儿子安庆绪送上黄泉路，叛军阵营内部顿时乱成一团。

二月，唐肃宗李亨来到凤翔，谋划收复长安。

是年三月，杜甫目睹了长安沦陷后的萧条零落，满怀凄怆地写下了后来被广为流传的《春望》。诗中的"感时花溅泪，恨别鸟惊心"一联所包含的感情极度悲切，亡国之痛无过于此。

同年四月，杜甫从长安城金光门逃出，直奔凤翔。后来，诗人回忆逃出时的情景说："此道昔归顺，西郊胡正繁。至今残破胆，应有未招魂。近侍归京邑，移官岂至尊。无才日衰老，驻马望千门。"（《至德二载甫自京金光门出，间道归凤翔。乾元初从左拾遗移华州掾，与亲故别，因出此门，有悲往事》）通往凤翔的路上到处是胡兵，曾经的冠盖满京华，瞬间变成胡人满京华，怎能不叫人心惊胆战？

五月，杜甫官拜左拾遗。九月，郭子仪率军向长安推进。唐军与叛军在香积寺附近展开大战，昔日清门净地，一时血染残旌。经过苦战，叛军终于被击败，唐军趁势收复长安。

十月，肃宗还京，入主大明宫，郭子仪收复东都洛阳，安庆绪逃往河北，史思明一度投降。这一年，太上皇李隆基也回到久违的长安城。

皇帝回来了，那些变节的贰臣该如何处置？他们的结局大不相同。王维幸免于难，据说是因为他的弟弟王缙立了大功。后来的文学史很少提王维变节一事，似想给田园诗人留个清白名声。李华与储光羲就没那么幸运了，贬官流放在所难免，储光羲甚至客死岭南。李白是个特殊罪人，他是内斗的牺牲品。长安收复后，李白被流放夜郎，后遇赦，没过几年便去世了。

公元758年，唐肃宗改年号为乾元。乾，指天；元，意味着重新开始。与民更始，新一任皇帝太想恢复元气。

李唐政权似乎转危为安了，随新皇及太上皇还朝的臣子们很是兴奋，梦想着跟随皇帝走入新常态。这年开春，中书舍人贾至和同僚们一起早朝，兴致勃勃地写了一首七律：

银烛朝天紫陌长,禁城春色晓苍苍。
千条弱柳垂青琐,百啭流莺绕建章。
剑佩声随玉墀步,衣冠身惹御炉香。
共沐恩波凤池上,朝朝染翰侍君王。

《早朝大明宫呈两省僚友》

如果不顾写作背景,初读这首诗还以为是盛唐年间上朝的景象。"千条弱柳垂青琐,百啭流莺绕建章",没有一点战火未熄、百废待举的迹象。两省(中书省、门下省)的僚友们情绪本来就甚是昂扬,这首诗又让大家的情绪更为高涨,于是大家的创作热情被点燃,纷纷提笔拿出和作来。今天我们能看到的是左拾遗杜甫、右补阙岑参和太子中允王维的诗。这种类似应制的唱和诗一般难有佳作,然而贾、杜、王、岑的这几首诗,都写得非常漂亮,其中王、岑的诗入选了清人蘅塘退士所编而后又家喻户晓的《唐诗三百首》。

王维《和贾至舍人早朝大明宫之作》的颔联"九天阊阖开宫殿,万国衣冠拜冕旒"和岑参《和贾舍人早朝》的颔联"金阙晓钟开万户,玉阶仙仗拥千官",都抓拍出了"中兴"的景象,足见劫难后的平安出现了久违的有序,着实让官员们喜悦不已。杜甫后来寓居西南时作的"日绕龙鳞识圣颜"(《秋兴八首》其五)一句,不知是否也得助于此次切磋。

乾元元年(758)六月,杜甫被贬为华州司功参军,远离了政治中心。而武将郭子仪、李光弼在收复两京后,又继续挥军北上。唐肃宗没有像唐明皇那样用人不疑,派宦官监视牵制郭、李。战败的安庆绪一路退回邺郡(河南安阳），郭、李率大军围攻安庆绪，胜利在即。但第二年正月，史思明归降后不久再次叛变，与安庆绪遥相呼应。由于史思明的援助，唐军再次全线溃败。郭子仪退守河阳（河南孟州），并四处抽丁以补充兵力。

乾元二年（759），杜甫弃官，从华州到秦州、同谷，最终到达成都，在友人严武的帮助下，安顿在万里桥西。

这年秋天，由于随军的宦官嫉恨、肃宗猜忌，战败的郭子仪被迫交出兵权，回到长安。好在老天眷顾李唐，叛军又发生了内讧，史思明杀了安庆绪，收编了安的部队。从乾元二年（759）至上元元年（760），史思明不断侵犯河北、河南，并重新占领东都洛阳，谋划再次攻占长安，大唐即将陷入新一轮的磨难。

唐肃宗急于收复洛阳，也过于低估了史思明的实力。上元二年（761）春，李光弼接到敕令，不得已出兵洛阳，结果大败，丢掉了河阳、怀州等军事要地。经此一役，李光弼也被解职。史思明乘胜进攻陕州，唐王朝再次危机重重。

意想不到的事情又一次发生，史思明被其子史朝义杀死。叛军这次注定气数将尽。史朝义即位后，叛军互相残杀，唐肃宗又重新起用郭子仪、李光弼，以河东之事相委托，安史叛军大势已去已成定局。

安史之乱接近尾声，李隆基回到长安后，起初居住在南内兴庆宫，后被软禁于西内太极宫。"西宫南内多秋草，落叶满阶红不扫。"《长恨歌》此二句，便是想象老皇上最后的凄凉。开元盛世的雄图霸主，在内乱外患之间也只能颓寂于深宫内院，与秋草落红为伴。

公元762年四月，李隆基驾崩，随后唐肃宗李亨亦崩。唐代宗即位，改年号为宝应，这一年是为宝应元年。十一月，长安收到捷报，唐军大败史朝义，一举收复包括洛阳、郑州、汴州在内的河南、河北等地。

公元763年春天，在官军的联合夹击下，史朝义走投无路，自缢而死。叛军部将纷纷投降，史朝义首级传至京师，长达七八年之久的安史之乱终于宣告结束。

远在剑南道的杜甫闻讯后，写下了"生平第一首快诗"《闻官军收河南河北》：

> 剑外忽传收蓟北，初闻涕泪满衣裳。
> 却看妻子愁何在，漫卷诗书喜欲狂。
> 白日放歌须纵酒，青春做伴好还乡。
> 即从巴峡穿巫峡，便下襄阳向洛阳！

"初闻涕泪满衣裳"与"漫卷诗书喜欲狂"是这首诗里最为动人的两句。安史之乱发生时，杜甫四十四岁，写这首诗时已年过半百。杜甫曾赠诗于李白："文章憎命达，魑魅喜人过。"（《天末怀李白》）"文章憎命达"一句用在他自己身上同样合适。从出逃长安被捉回，写出《哀江头》，到再次逃出长安，写出《春望》；从随肃宗返回长安，与贾至、王维、岑参在大明宫唱和，到被贬华州，写出"三吏""三别"……如今，历经跌宕起伏之后的杜甫写下了这首《闻官军收河南河北》，从中我们自能体会老诗人

"初闻涕泪满衣裳"的心情,而"漫卷诗书喜欲狂"更见出诗人多年漂泊、国破家亡后的难得开怀。

可叹的是,诗人"即从巴峡穿巫峡,便下襄阳向洛阳"的愿望,到死也未能实现。

七月,唐代宗改元广德。病来如山倒,病去如抽丝。国家经历多年战乱,短时间内很难恢复元气,正如几年后杜甫在白帝城所看到的:"戎马不如归马逸,千家今有百家存!"(《白帝》)

四海重归一统,当然要广纳贤能、以德治国,广德的年号起得好,这不禁又让人想起了李隆基的那句"乘时方在德"(《幸蜀西至剑门》)……

(李滨)

中流以北即天涯 宋金对峙

泱泱大国，瓜剖豆分，中原走胡兵。洙泗弦歌地，万落千村狐兔行。江南断鸿声里，多少仁人志士，剑匣空作鸣。旧京父老询使者："几时收复？"涕泗纵横。

一、长淮咫尺分南北

南宋淳熙十六年（1189）十二月，著名诗人杨万里以南宋使臣的身份，奉命北上迎接金国贺正使。注目满眼含泪的老百姓、满目疮痍的旧国土，他泪血难收，按捺不住心中的悲愤，写下《初入淮河四绝句》。

诗题中的淮河，是宋高宗时期"绍兴和议"所规定的宋金分界线，淮河以北的广大中原地区全部被割让给金国。所以,作为南宋使臣的杨万里,只能在淮河南岸等待趾高气扬的金国使者到来。

船离洪泽岸头沙,人到淮河意不佳。
何必桑乾方是远,中流以北即天涯。

　　这是《初入淮河四绝句》的第一首,写诗人初至淮河时的心情。前两句交代了诗人自己的出使行程和一路抑郁的心情,为组诗奠定了悲愤基调。洪泽湖在淮河下游,尚属于南宋地界,可一进入淮河,作者的心绪就烦乱骚动起来,这种"不佳"之"意",究竟是一种怎样的心情?诗人没有直接说明,但通过后面的两句,读者即可一窥究竟。

　　"桑乾"是指永定河上游的桑乾河,在今山西北部与河北西北部地区,唐朝时,这里曾是中原地区与北方少数民族的交界处。唐代诗人雍陶《渡桑乾水》一诗有"南客岂曾谙塞北,年年唯见雁飞回"之句,说明过了桑乾河才是当时的塞北之地。另一位唐代诗人刘皂的《旅次朔方》中也有"无端更渡桑乾水,却望并州是故乡"的感慨。可如今,别说桑乾以北,就是淮河以北的地方,也已经不再是南宋的领土。今昔对比,面对山河沉沦景象,除了"读书人一声长叹"(张可久《中吕·卖花声·怀古》)以外,诗人似乎也找不到什么排解的法子,所以干脆自我解嘲——何必要到遥远的桑乾河才算是天涯?而今淮河以北不就是天的尽头了?

　　靖康之难以后,徽宗、钦宗二帝被俘,皇后、嫔妃、皇子、公主等皇室成员和机要大臣、宫廷乐师等都被金人俘虏北上。康王赵构在临安（今杭州）称帝，与金朝东沿淮水（今淮河）西至大散关为界，宋金对峙的局面由此形成。在相当长一段时间里，南宋充当了金朝藩属国的角色。

宋高宗赵构在位初期年轻力壮，尚有意收复大片河山，重用主战派大臣李纲、宗泽等人主持抗金大事。在此期间，南宋曾多次大败金兵。但时过不久，赵构对抗金朝的决心便消解。他先是罢免了李纲、宗泽等人，又宠信秦桧等奸臣，以莫须有的罪名杀害了著名的抗金将领岳飞，把宋军防线由黄河南移至淮、汉、长江一线，向金国纳贡称臣，做起了东南半壁江山的"维持会长"，宋金之势从此逆转。故而杨万里在《初入淮河四绝句》第二首里说：

刘岳张韩宣国威，赵张二相筑皇基。
长淮咫尺分南北，泪湿秋风欲怨谁？

刘锜、岳飞、张俊、韩世忠四位名将，都是力主抗金的股肱之臣，在沙场上屡建功勋；赵鼎和张浚二位丞相也都颇有作为。但是大宋皇帝却自毁长城，将这些功臣或杀戮，或贬谪不用，如今造成这"长淮咫尺分南北"的局面，怪谁呢？

南宋的第二位皇帝孝宗赵昚可以说是南宋最想有所作为的君主，也是南宋唯一一位志在复国的君主。他即位第二个月就为岳飞案平反，并任用一批主张北伐的大臣，比如一度遭废黜的张浚、张焘、辛次膺、胡铨、王十朋等人。但总的来看，孝宗在位二十七年间，北伐事业并没有取得大的进展。

他即位第二年（1164）腊月，也就是杨万里写这组诗前二十多年，张浚北伐失败，宋金签订了"隆兴和议"。张浚不久后病死，宋金变为"叔侄"关系，金为叔，宋为侄，金改诏表为国书，宋改岁贡为岁币，并割让秦州及商州等地给金国。

就这样，宋金之间才暂时保持了短暂的和平局面。渐渐地，宋孝宗也不再积极支持北伐，正如林升所写的那样："山外青山楼外楼，西湖歌舞几时休。暖风熏得游人醉，直把杭州作汴州。"（《题临安邸》）

作为一国之主的赵宋皇帝逐渐习惯于以叔侄之礼俯首于金国皇帝，年年纳币输银，自甘于偏安，不思收复失地，而作为弱国子民的普通百姓，除了忍辱偷生，或者于无人处一洒悲泪以外，又能怎样？

与杨万里同时代的爱国诗人陆游，一生满怀报国热忱，至死还在梦想着"王师北定中原日，家祭无忘告乃翁"（《示儿》）。同样，那淮河以北正在忍受金人奴役的劳苦百姓，碰见了自南宋来的使者，也不免热泪盈眶地问一句："几时真有六军来？"（范成大《州桥》）

一道淮河，本来可以小舟轻渡，而今却如同隔着千山万水，阻断多少人浓郁的乡愁。这边的人过不去，那边的人回不来，"只余鸥鹭无拘管，北去南来自在飞"（《初入淮河四绝句》其三）。那么，就让这自由来去的鸟儿给对岸的亲朋好友带个信儿吧。可惜的是，"却是归鸿不能语，一年一度到江南"（《初入淮河四绝句》其四），鸿雁可以按照时令一年一度北飞南归，可它们又怎会理解背井离乡之人的故园之思？

诗词里的金戈铁马

事件篇

275

（南宋）刘松年 《中兴四将图》

二、中流击楫何人是

一勺西湖水,渡江来,百年歌舞,百年酣醉。回首洛阳花世界,烟渺黍离之地。更不复,新亭堕泪。簇乐红妆摇画舫,问中流,击楫何人是?千古恨,几时洗!　　余生自负澄清志。更有谁,磻溪未遇,傅岩未起。国事如今谁倚仗,衣带一江而已!便都道,江神堪恃。借问孤山林处士,但掉头,笑指梅花蕊。天下事,可知矣!

文及翁《贺新郎·游西湖有感》

此词的作者文及翁,生卒年不详。但据现有的一些史料可知,他于宝祐元年(1253)中一甲第二名进士,为昭庆军节度使掌书记。后历任秘书省正字、校书郎、秘书郎、著作佐郎、著作郎等。德祐初,官至资政殿学士、签书枢密院事。元兵将至,弃官遁去。入元以后,累征不起。

这首词当作于南宋灭亡以后。词的上阕可以看作是对南宋一百五十余年兴衰荣辱的总结;下阕虽是重在叙说个人由满腹雄心壮志到最后退隐山林的人生历程,实际上写出了当时一大批报国无门的有识之士的人生境遇。比如张元幹、胡铨、陆游、张孝祥、辛弃疾、陈亮、华岳、谢翱……

辛弃疾出生时,北宋沦亡已十三年,而他的家乡济南府历城县(今济南市历城区)更早为金人所占。在这片饱经金人蹂躏的土地上,辛弃疾从小便目睹了家国沦亡的屈辱,也从祖父和父亲那里继承了矢志报国的雄心壮志。

二十一岁时，他便组建了一支抗金义军，后又率部投归另一支抗金义军首领耿京，任义军掌书记。这一时期，他度过了一段"壮岁旌旗拥万夫"（《鹧鸪天》），"醉里挑灯看剑，梦回吹角连营"（《破阵子·为陈同甫赋壮词以寄之》）的军旅生涯，这些满怀豪情壮志的人生经历，后来时常被回忆，也时常被写进他踌躇满志的词里。为了争取更多的抗金力量，辛弃疾决定南下归宋，以谋取更好的抗金机会。可是到了南宋以后，尽管他曾先后呈奏《美芹十论》《九议》等，条陈战守之策，表现出深挚的爱国热忱与卓越的军事才能，但由于其"归正人"的尴尬身份，一直没有得到重用。辛弃疾南归后的前二十年，辗转于江淮两湖一带任地方官，担任过湖北、江西、湖南、福建、浙东安抚使等职，并没有到过宋金战争前线。

　　文韬武略过人的辛弃疾奋其智勇效力抗金大业，到头来却不得不隐居田园，过起闲云野鹤般的村居生活。当他自叹"追往事，叹今吾，春风不染白髭须。却将万字平戎策，换得东家种树书"（《鹧鸪天》）时，心中究竟埋藏了多深的郁闷纠结？

　　但可以肯定的是，那首著名的写给陈亮的《破阵子·为陈同甫赋壮词以寄之》才是他的理想，他向往的快意人生。

　　　　醉里挑灯看剑，梦回吹角连营。八百里分麾下炙，五十弦翻塞外声。沙场点秋兵。　　马作的卢飞快，弓如霹雳弦惊。了却君王天下事，赢得生前身后名。可怜白发生！

与辛弃疾一样，陆游也是一位赤胆忠心昭日月的热血男儿。他在由南郑调往成都时曾自嘲说："此身合是诗人未？细雨骑驴入剑门。"（《剑门道中遇微雨》）既然不满足于做诗人，那么他想做什么呢？《金错刀行》便是他的心声：

> 黄金错刀白玉装，夜穿窗扉出光芒。
> 丈夫五十功未立，提刀独立顾八荒。
> 京华结交尽奇士，意气相期共生死。
> 千年史册耻无名，一片丹心报天子。
> 尔来从军天汉滨，南山晓雪玉嶙峋。
> 呜呼！楚虽三户能亡秦，岂有堂堂中国空无人！

年岁虽已知天命，忠心不改报国恩，面对金人铁蹄，历经无数挫折，诗人依然雄心不已，"逆胡未灭心未平，孤剑床头铿有声"（《三月十七日夜醉中作》），矢志不渝坚持着自己的复国梦想。

近代大学者梁启超高度崇仰陆游的精神人格，公元1899年戊戌变法失败后出走日本期间，有感于世态时局士风，作《读陆放翁集四首》，抒发读陆诗引起的感慨。梁启超既盛赞陆游的诗洋溢着火热的军旅情怀："诗界千年靡靡风，兵魂销尽国魂空。集中什九从军乐，亘古男儿一放翁。"又悲叹陆游不能施展抱负："辜负胸中十万兵，百无聊赖以诗鸣。谁怜爱国千行泪，说到胡尘意不平。"

陆游一生"位卑未敢忘忧国,事定犹须待阖棺"(《病起书怀二首》其一),征战沙场、扫平胡虏是他的梦想,所以怎会甘心以诗人终老?

然而可惜的是,在一个埋没英雄的时代,陆游无法得到重用。他一生最得意的时期,应该是在南郑度过的短暂的军旅生涯。孝宗乾道八年(1172)三月,陆游被四川宣抚使王炎聘为幕宾,时年四十八岁。他扬鞭奋马、满怀激情来到南郑,并度过了一生中极为宝贵的八个月的戎马生活。

在王炎麾下,陆游的抗金谋略有了施展的机会。他"为炎陈进取之策,以为经略中原必自长安始,取长安必自陇右始。当积粟练兵,有衅则攻,无则守"(《宋史·陆游传》),体现了他卓绝的识见。沙场征战,戎马倥偬的经历,让他从一介文人转变为抗金战士。对他来说,抗金从此不再只是纸上谈兵,而是切切实实的行动。军旅生涯彻底激发了他的爱国诗情,大量爱国主义诗词涌出笔端,风格也随之变化。

当年十一月,宋孝宗诏王炎回京,旋罢免其职,汉中宣抚使幕府被撤,陆游不得不离开南郑。在《驿亭小憩遣兴》中,诗人发出了"汉水东流那有极,秦关北望不胜悲"的嗟叹。

从此以后,陆游再也没有到过抗金前线。目睹"和戎诏下十五年,将军不战空临边。朱门沉沉按歌舞,厩马肥死弓断弦"(《关山月》)的现实,胸怀"遗民泪尽胡尘里,南望王师又一年"(《秋夜将晓出篱门迎凉有感》)的期待,诗人心头积攒着无尽的沮丧与忧愁。

晚年的陆游,深深眷恋意气风发、闪展腾挪的"壮岁",更叹息大好光阴无奈虚度,报国理想付诸东流。其《谢池春》写道:

壮岁从戎，曾是气吞残虏。阵云高、狼烟夜举。朱颜青鬓，拥雕戈西戍。笑儒冠自来多误。　　功名梦断，却泛扁舟吴楚。漫悲歌、伤怀吊古。烟波无际，望秦关何处？叹流年又成虚度！

作家王充闾曾说，在中国历史上，"宋朝是这样一个特殊的时代，它兼为古代中国修文之高峰与武备之谷底。这和立国以来一直奉行重文轻武、'守内虚外'的统治政策有直接关系"（《陈桥崖海须臾事》）。说其"重文轻武"，似乎不如"轻文忌武"准确。因为宋代统治者对于军事和武将的态度，并不是轻视，而是忌惮和畏惧。因为害怕臣下也会像当年自己的先祖一样拥兵自重，重导重演"陈桥兵变""黄袍加身"的历史活剧，所以格外注意控制武将的权力和军队的数量。乃至有宋一代都实行着抑武政策，武将们的自主权极其有限，不能放开手脚驰骋疆场。

然而赵宋皇帝们机关算尽，却不曾料到历史的发展常与个人的意愿大相径庭。正如秦始皇当年唯恐诗书乱政，儒生造反，乃惨无人道地焚书坑儒，却不曾想到"坑灰未冷山东乱，刘项原来不读书"（章碣《焚书坑》）。赵匡胤为"杯酒释兵权"而满心欢喜之时，也决然不曾料到，自己苦心抑制武将、全力削减军队的政策，竟是赵家王朝灭亡的因由！

所谓"黄钟毁弃，瓦釜雷鸣"（屈原《楚辞·卜居》），像岳飞、韩世忠、辛弃疾、陆游这样的人物备受猜忌或得不到重用，而庙堂之上那些谄媚逢迎、屈膝求和之人却一个个春风得意，怎能不令志士们心寒？也难怪像文及翁这样曾满腔热血、一心报国之人最终也不得不心灰意懒、退隐山林。

三、山河破碎风飘絮

宋宁宗开禧元年（1205），韩侂胄任平章军国事以后，积极主张北伐，并取得一些进展。同年五月宁宗下诏伐金。但正式宣战后不久，南宋各路军队即节节败退，韩侂胄不得不遣使向金请和。开禧三年（1207），史弥远等人谋杀韩侂胄，夺得朝廷大权。嘉定元年（1208），史弥远按照金的要求，凿开韩侂胄的棺木，割下其头颅，送给金朝，与金订立了"嘉定和议"，两国关系由"叔侄"改为"伯侄"，宋贡献岁币及绢由二十万增至三十万，并赔偿金国三百万军费。

公元1214年，宋宁宗采纳真德秀的奏议，决定不再向金贡纳岁币。此时，金已遭受蒙古的打击，被迫由燕京迁都至开封。为了扩大疆土以弥补被蒙古侵占的地域，金以宋不再纳岁币为名，出兵南侵，南宋则与蒙古联手抗击金军。

公元1232年，南宋攻下被金占领的郑州及唐州等地。金哀宗在汴京失守后逃往归德，再逃至蔡州。哀宗向宋理宗提议联手抗蒙，向理宗说明"唇齿相依，唇亡齿寒"的道理。但即位不久的理宗皇帝和南宋群臣，在国家及民族的仇恨和耻辱面前，并没有理会其请求，而是继续伐金。公元1234年，金国蔡州被宋蒙联军攻陷，金哀宗自缢，金国灭亡。

灭金以后，宋蒙之间失去了金朝这个屏障，南宋面临比金更强大的威胁。

公元1235年，蒙军首次南侵，被宋击退。蒙军并不甘心失败，之后又连续发动了两次南侵，但由于宋军奋勇作战，两次均挫败了蒙军渡江南下的企图。而后，南宋军民又在抗蒙将领孟珙、余玠等人的指挥下，多次击败蒙军，使其不得不企图绕道而行。

公元1267年，忽必烈下令攻打南宋重镇襄阳。守将吕文德、吕文焕兄弟坚守城池近六年。由于奸臣贾似道当权，其人"专恣日甚，畏人议己，务以权术驾驭，……由是言路断绝，威福肆行"（《宋史·贾似道传》），对于前线战事不闻不顾，导致襄阳城内物资紧缺，宋朝援兵迟迟不来，吕文焕艰难到了"撤屋为薪，缉麻为衣，每一巡城，南望恸哭"（刘一清《钱塘遗事》卷六《襄樊失陷》）的地步。宋末爱国诗人汪元量在其《醉歌》中写道：

吕将军在守襄阳，十载襄阳铁脊梁。
望断援兵无信息，声声骂杀贾平章。

可见国难当头之时，内贼比外敌更为可恨。

公元1273年，元军攻克樊城，屠戮全城，襄阳彻底成为一座孤城，元世祖忽必烈降诏谕吕文焕："尔等拒守孤城，于今五年，宜力尔主，固其宜也。然势穷援绝，如数万生灵何？若能纳款，悉赦勿治，且加迁擢。"（《宋史纪事本末·蒙古陷襄阳》）为了全城百姓免受屠戮，吕文焕最终不得已献城投降。

元代白朴《天籁集》有一首为吕文焕写的祝寿词，称赞吕文焕抗元期间"金汤固守，精诚贯日，衣冠不改，意气横秋"，以及降元以后"便急流勇退，黄阁难留。菟裘。喜遂归休。着宫锦、何妨万里游"。（《沁园春·十二月十四日为平章吕公寿》）他认为吕文焕是一个识大体、知进退的时代英雄，并不是因为贪生怕死或贪恋荣华富贵而投降的叛将。

　　但自宋元以至现代，和白朴看法相同的人并不多。有的人对吕文焕表示了一定程度的理解，如刘一清谓其"独守孤城，降于六年之后，岂得已哉"（《钱塘遗事》卷六《襄樊失陷》），谢枋得也认为不当苛责其人："文焕守襄六年，古无有也，势穷援绝，遂失臣节。议者遽加以叛逆之名，今沿江诸郡有能守六日者乎？"（《昭忠录·谢枋得传》）而另一些人则视其为国家罪人、民族败类。据文天祥《指南录》记载，德祐二年（1276）文天祥代表宋朝与元左丞相伯颜谈判时，当面痛斥吕文焕为"乱贼"，吕文焕说："丞相何故骂焕以乱贼？"文天祥说："国家不幸至今日，汝为罪魁，汝非乱贼而谁？三尺童子皆骂汝，何独我哉！"吕文焕说："襄守六年不救。"文天祥说："力穷援绝，死以报国可也。汝爱身惜妻子，既负国，又隳家声。今合族为逆，万世之贼臣也！"吕文焕面有愧色。文天祥后来还作诗嘲讽吕氏："虎头牌子织金裳，北面三年蚁梦长。借问一门朱与紫，江南几世谢君王？"（《纪事》）

　　设身处地而想，平心静气而论，也许可以用十个字总评吕文焕的一生：守城建奇功，大节终有亏。从近六年苦守襄阳的表现来看，吕文焕对国家是有重大贡献的。在确实无力抵抗元军之时，为了保全襄阳城百姓的性命，吕氏开城降敌，也合乎委屈求善原则。但吕文焕降元后，并没有如白朴说的那样"急流勇退",而是扮演了为虎作伥的角色。他于当年四月觐见忽必烈,主动为元朝策划攻打南宋鄂州,自请为先锋。从次年二月开始,吕文焕跟着元将伯颜征讨南宋,屡立功劳。直至至元二十三年(1286)正月,才请老归乡。

吕文焕生卒年不详,但至少活到了元成宗大德二年(1298)是可以肯定的。这也就是说,从咸淳九年(1273)襄阳失守降元到退休的十四年间,吕文焕并没有闲着,而是积极地为"新政权"效力;退养的十多年间,则享受着新朝的"高干"待遇,所以活得滋润长寿。

和吕文焕一类人物相比,文天祥那样知行合一、舍生取义者,还有千千万万誓死不做亡国奴的南宋军民,才是最值得敬仰和缅怀的"民族的脊梁"。

金庸武侠小说《神雕侠侣》中郭靖夫妇坚守襄阳的故事,即是以吕文焕兄弟为原型的。而郭靖"侠之大者,为国为民"的名言,也正是抗蒙将士们保家卫国英勇精神的真实写照。不过《神雕侠侣》小说结尾并没有写到南宋灭亡,而是在某一次大退元兵以后即见好就收,也许,如果情节再往下发展的话,纵然聪明如金庸大师也不知道该如何结尾了吧。

德祐二年(1276)正月,元左丞相伯颜率大军云集临安城下时,宋恭帝赵㬎(1271—1323)年仅六岁,实际主持朝政者是太皇太后谢道清(1210—1283)。谢道清任命文天祥为右丞相兼枢密使与元军和谈。文天祥被伯颜扣留。谢道清无奈,只得向伯颜奉上传国玉玺和降表,开城降元。同年二月,元军进入临安。三月,宋恭帝与南宋降臣们被北押大都。后来忽必烈封恭帝为瀛国公,太皇太后为寿春郡夫人。七年后的公元1283年,七十四岁的谢道清病死于异国他乡。忽必烈至元二十六年(1289),十八岁的宋废帝瀛国公赵㬎出家去了西藏萨迦寺,在西藏生活了三十五年,翻译了不少佛经,成为一代佛学大师。

  苦熬了七十四个春秋、默默老死于大都的赵宋太皇太后谢道清,远赴西藏为僧、活到五十三岁的赵宋末代皇帝赵㬎,在他们作为亡宋遗民、蒙元臣民的日子里,在他们告别茫茫尘寰之际,曾有过怎样的心情?

  谢道清是非常能干的女政治家,六十五岁被尊为太皇太后。时恭帝年仅五岁,经"大臣屡请"而垂帘听政。谢道清胸怀豁达,顾全大局,善于用人,但也无力回天。在南宋江山飘摇、大厦将倾之时,谢道清曾在朝堂上张挂榜文,悲愤和无奈溢于言表:"我国家三百年,待士大夫不薄。吾与嗣君遭家多难,尔小大臣不能出一策以救时艰,内则畔官离次,外则委印弃城,避难偷生,尚何人为?亦何以见先帝于地下乎?"(《宋史·后妃》)她多次号召各地起兵"勤王",命令相关部门对官员严加赏罚:"凡在官守者,尚书省即与转一次;负国逃者,御史觉察以闻。"(《宋史·后妃》)

  但激昂悲呼也好,赏罚分明也罢,都已改变不了社稷将覆、人心浮动的局面。苦撑危局如文天祥者有之,怕死偷生的官员也不在少数。南宋王朝就这样进入了天塌陆陷的倒计时。

  元军兵临城下前夕,谢太皇太后安排陆秀夫等旧臣携部分宗主出逃海隅,指望赵氏一脉还能延续下去。恭帝降元后,陈宜中、张世杰、文天祥、陆秀夫等人连续拥立了两位幼主,在温州、福州东南沿海一带建立行朝,企图东山再

诗词里的金戈铁马

286

〔元〕刘贯道 《元世祖出猎图》

起。但元军对小皇帝穷追不舍,以至于文天祥在海丰兵败被俘,张世杰战船沉没,陈宜中流亡暹罗。走投无路的南宋残余势力终于在公元1279年三月十九日随着崖山海战失败、陆秀夫背负刚满八岁的小皇帝跳海而死而彻底消亡。

与吕文焕兵败降元而做了新贵完全不同,和陆秀夫、张世杰并称为"宋末三杰"的状元宰相文天祥的一生,与壮烈的民族存亡战争相始终。他看到了宋廷"守内虚外"政策之深弊,在山河将坠的时代,力主加强地方武装力量以对抗外侮,派人到各地招兵筹饷。历史将文天祥推到了政治军事的风口浪尖之上,他经年率军勤王,苦战东南,出使元营,虽战败被俘,但最终从容殉国,以取义成仁之精神为爱国者树立了高大典型。他的"人生自古谁无死,留取丹心照汗青"(《过零丁洋》),"文武道不坠,我辈终堂堂"(《白沟河》),成为华夏大地代代相传的古训。

文天祥不仅是一位忠贞的爱国志士和出色的政治家,还是一位杰出的诗人。文天祥的诗词,既是其传奇人生经历的实录,又是其辉日耀月人格的写照。《文山诗集》中的作品,有论议昂扬者,如《正气歌》《酹江月·驿中言别友人》;有纪事翔实者,如《高沙道中》《金陵驿二首》《二月六日,海上大战,国事不济,孤臣天祥,坐北舟中,向南恸哭,为之诗曰》;有韵致可人者,如《八月十六日见梅》《辟山寄朱约山》;有格调沉郁者,如《题碧落堂》《感兴》。他的平生作为和他的文学作品一起,是中华民族优秀精神文化的宝贵财富。

文天祥被俘后数年间,张弘范、王积翁等元朝命官多次对他劝降;在燕京的三年里,朝廷为其设居所,侍员殷勤,陈设奢豪。应当说,忽必烈及其臣僚，对这位英雄的态度是敬重的。但文天祥丝毫不为"善劝"和"优待"所动，心如磐石，死志已定。

至元十九年（1282）十二月初九，天色阴惨，朔风凛冽，文天祥从容就义：

> 天祥临刑殊从容，谓吏卒曰："吾事毕矣。"南乡拜而死。数日，其妻欧阳氏收其尸，面如生，年四十七。其衣带中有赞曰："孔曰成仁，孟曰取义，惟其义尽，所以仁至。读圣贤书，所学何事，而今而后，庶几无愧。"
>
> 脱脱等《宋史·文天祥传》

就连为他作传的元朝官僚史家，也就是他的敌人，也不得不景仰他的人格：

> 论曰：自古志士，欲信大义于天下者，不以成败利钝动其心，君子命之曰"仁"，以其合天理之正，即人心之安尔。……宋至德祐亡矣，文天祥往来兵间，初欲以口舌存之，事既无成，奉两孱王崎岖岭海，以图兴复，兵败身执。我世祖皇帝以天地有容之量，既壮其节，又惜其才，留之数年，如虎兕在柙，百计驯之，终不可得。观其从容伏质，就死如归，是其所欲有甚于生者，可不谓之"仁"哉？宋三百余年，取士之科，莫盛于进士，进士莫盛于伦魁。自天祥死，世之好为高论者，谓

科目不足以得伟人，岂其然乎？

脱脱等《宋史·文天祥传》

文天祥是儒家精神哺育出来的正大人物，他用一生坚苦卓绝的奋斗，谱写了一曲大善大美的生命浩歌，诠释了"修齐治平"，"忠孝节义"，"士不可以不弘毅，任重而道远。仁以为己任，不亦重乎？死而后已，不亦远乎"（《论语·泰伯》），以及"富贵不能淫，贫贱不能移，威武不能屈，此之谓大丈夫"（《孟子·滕文公下》）的崇高本义。正如毛泽东所赞："岳飞、文天祥、曾静、戴名世、瞿秋白、方志敏、邓演达、杨虎城、闻一多诸辈，以身殉志，不亦伟乎！"[1]

（王彦龙）

---

[1] 《读〈新唐书〉批语》，见中共中央文献研究室编：《毛泽东读文史古籍批语集》，中央文献出版社1993年版，第237页。

连舟航海斩妖魑 抗倭战争

明中叶以后,倭寇侵袭日趋频繁。面对残暴狡猾的海上凶贼,俞大猷、戚继光诸人担当使命,智勇抗敌,屡立奇功,终成一代名将。更有才情秀特的徐文长等书生、布衣或效力于帷幄,或挥剑于沙场。

他们的情怀,他们的身影,他们的功勋,他们的吟唱,都镌刻在我们民族的记忆之中。

一、但愿海波平

中国古代战争题材诗歌中,涉及抗倭的作品,特别引人瞩目。它们属于一个特定时代,也许谈不上文采华丽,也许未必脍炙人口,但在这些诗歌里,镌刻着一段

事件篇

保家卫国的历史，跃动着一群勇敢善战者的身影。

这一类诗歌，和我们的一个邻国有关，它的名字叫日本。

从两国的地理位置上来说，中日两国隔海相望。从中国的上海到日本的长崎不到八百公里，从中国台湾到日本的那国岛更是只有一百一十公里，真可谓是一衣带水的邻邦。从文化传统来说，两国同属东亚文化圈，在生活习俗和文化信仰上有高度相似性，甚至在现代日语中能见到相当程度的中国汉字遗留。

照理说，"远亲不如近邻"，但明清以来日本对中国发动的多次大规模的战争，以及各种大大小小的冲突，让两国关系充满对立与隔阂。

公元1522到1566年，历史上为明朝嘉靖年间。某一日，明朝军队的杰出将领俞大猷遇到自己的至交好友，即席成诗一首：

> 匣内青锋磨砺久，连舟航海斩妖魑。
> 笑看风浪迷天地，静拨盘针定夏夷。
> 渊隐虬龙惊阵跃，汉飞牛斗避锋移。
> 捷书驰报承明主，沧海而今波不澌。
> 《与尹推府》

诗人述说自己磨砺青锋利刃，等待乘舟出海大战妖魑。面对滔天巨浪而不惧怕，指挥若定，笑迎强敌。他以"飞将军"李广作比，决心擒住虬龙，安定沧海，向明主驰书报捷。整首诗充满着必胜信心和大无畏的英雄气概。

　　诗中提到的妖魑,指的是由日本的武士、浪人和海盗商人组成的武装集团。中国人对他们有一个特定的称呼——倭寇。

　　日本人被称为"倭",最早源于中国汉朝。《后汉书·东夷传》记载,公元前100年左右,日本岛有一百个左右的小国。其中有一个小国向汉朝派遣使臣,东汉光武帝刘秀很高兴,就封日本小国王为"倭王",并向他们授以印信,使之成为中国的附属国。"倭"字本是丑陋、矮小、琐碎之意,之所以封日本人为倭王,一是由于当时的日本使者相对于汉人又黑又小,二是当时的中原君主对周边少数民族有居高临下的优越感。

　　公元589年,隋王朝统一中国。日本圣德太子开始向中国派遣使节及留学生、学问僧等,从此两国使节往来络绎不绝。进入唐代,中国经济文化高度发展,成为东亚乃至整个亚洲的文明中心,日本也因此不断加快学习中国的步伐。日本历史上著名的"大化革新",就是效仿唐朝进行的改革。自公元630年至894年的二百六十余年间,日本政府共任命遣唐使达十九次。许多遣唐使、留学生及学问僧来华修业一定时期后,学术造诣和艺术修养达到很高境界,甚至让不少中国读书人折服。

　　五代、两宋时期近四百年间,中日之间没有正式国交,民间交往时断时续,来往最多的是佛教界的僧人和做生意的商人。

　　元代忽必烈于公元1268年命高丽特使赴日提出与日建交,实际上是勒令日本称臣朝贡,结果被执政的镰仓幕府拒绝,双方因此交恶。公元1274年和1281年,忽必烈两次组织由元人和高丽人组成的强大军队攻打日本,第一次两万五千人，第二次竟达十四万人，却都在总攻前遭遇强海风，导致全军覆没。可以说在那个年代，宋朝和日本都是蒙古入侵的受害国。

然而从16世纪中叶开始，情势发生了转变。当时日本处于南北分裂时期，在内战中失败的武士以及一部分浪人和商人得到西南部一些封建诸侯和大寺院主的资助，经常驾驭海盗船只到中国沿海武装掠夺骚扰。明朝立国初期国力强盛，朝廷重视海防设置，因而未酿成大的祸患。到了明朝中叶嘉靖年间，嘉靖帝沉迷炼丹、崇信道教、宠信奸臣，致使朝政腐败，奸佞横行，军备松弛，危机四伏。

从公元1552年开始，大批的日本浪人与武士开始连年侵扰中国东南沿海地区，中国守军接连败退，无数无辜百姓遭受祸害。这场始于嘉靖三十一年（1552），结束于嘉靖四十三年（1564）的祸患，在明史上称为"倭寇之乱"。

于是，有识的爱国将领们率领广大军民掀起了轰轰烈烈的抗倭战争。十二年间，抗倭战争从被动防御转到主动歼灭，经历了曲折艰苦的过程。当时南直、淮扬、浙江、福建、广东的人民都受到倭寇疯狂的屠杀掳掠，付出了巨大的牺牲，也因此激起了中国人民保家卫国的斗争热潮，涌现出许多反侵略的英雄战士，他们挥洒热血捍卫国家民族利益，与倭寇进行了长期搏斗。名将俞大猷和戚继光、杰出的文学家军事家徐渭等，都是抗倭军民中的杰出代表。他们既是抗敌斗士，又是爱国诗人，留下了许多大义凛然、慷慨悲壮的抗倭诗篇。

二、背水阵奇战士功

倚剑东冥势独雄,扶桑今在指挥中。
岛头云雾须臾尽,天外旌旗上下翀。
队火光摇河汉影,歌声气压虬龙宫。
夕阳景里归篷近,背水阵奇战士功。

这是俞大猷的《舟师》,酣畅淋漓地描绘了明军水师与倭寇的激战情景。倚剑独雄,气压虬龙,波澜壮阔,气势雄伟,字里行间洋溢着气吞山河的豪迈气概,是中国古代最早描写海战的佳作之一。

俞大猷(1503—1579),字志辅,又字逊尧,号虚江,晋江(今福建泉州)人。明代抗倭名将,军事家。他也是一位军旅诗人,所作诗词被后人汇编成《正气堂集》。

作为一名武将,俞大猷有着文人士大夫心忧天下的责任感,是嘉靖一朝少有的能臣志士之一。他祖籍凤阳府霍邱县(今属安徽凤阳),始祖俞敏跟从朱元璋打天下,以开国功臣袭泉州卫百户官,于是俞家迁移至晋江。弘治十六年(1503),俞大猷生于晋江濠市。在他二十岁的时候,父亲不幸逝世,因为家庭贫困,被迫弃儒就武,袭世职百户官。俞大猷年轻时先后拜王宣、林福、赵本学等人为师,学习《易经》与兵书,得三家所长,深谙行兵作战之道,稍后又拜师李良钦习剑术,武艺大长。俞大猷还坚持学习儒家经义，并注重向名师好友虚心请教，相互切磋，即使在蒙冤入狱的日子里，仍与狱友相互赋诗，讲理言事。

嘉靖十四年（1535），俞大猷三十三岁，中武举人，被任命为千户，守御金门。当时倭寇屡屡作乱，俞大猷于是上书给监司，却反被监司革职。直到嘉靖二十一年（1542），蒙古军大举攻略山西，皇帝下诏选举天下勇士，俞大猷才又有机会施展军事才能。此后八年间，俞大猷在平定边乱、匪乱、民乱等方面屡立战功。

嘉靖三十一年（1552年），倭寇进犯浙东一带，明世宗下诏调俞大猷等前往征剿。从此俞大猷全力以赴投入抗倭战争中，一次又一次重创敌军。

嘉靖一朝政治的腐败，俞大猷是深有体会的。虽然他战功累累，却经常被弹劾而遭到免职，甚至多次被他人冒领军功。但他不计个人得失，一门心思治军抗倭。

俞大猷目睹了底层人民的苦难生活，迫切要求改变这种状况。面对倭寇侵扰、战乱频仍的现实，他矢志以武扶义，解民水火。"丈夫不逆旅，何以济苍生"（《秋日山行》）之句，便是他的心声流露。即使在平日操练之时，他心头也时刻涌动着建功立业、抗敌御侮的热望："笑将龙种骋中庭，捷巧何施缓步行。待看流沙遥万里，须臾踏破古丰城。"（《观千里马或令于甬道试行》）

在与倭寇的交战过程中，俞大猷认真总结了倭寇的长处与短处，提出了"大洋虽哨，而内港必防；内港虽防，而陆兵必练；水陆俱备，内外互援"（《正气堂集·恳乞天恩亟赐大举以靖大患以光中兴大业疏》）的战略思想。他发现倭寇虽多为海盗，擅长的却是陆战而非海战，于是招募训练水师与倭寇在海上作战，并在战术上重视以我军大船制敌军小船，以我之大铳攻敌之小铳。此法一施，屡败对手。

嘉靖三十三年（1554），倭寇据守普陀。俞大猷奉命率军攻击，大败倭寇于王江泾。新增援的倭寇乘战船三十余艘突破青村所，与南沙、小乌口、浪港诸路贼人汇合，进犯苏州陆泾坝，直逼娄门。俞大猷与副使任环大败倭寇于陆泾坝，烧毁敌船三十余艘。紧接着，他又在三丈浦对企图从海上逃走的倭寇予以拦击，击沉敌船七艘，迫使倭寇退往三板沙停泊。不多时，另外一支倭寇进犯吴江，俞大猷与任环又在莺月豆湖处伏击，大败来犯之敌，倭寇逃往嘉兴。

三板沙的倭寇掠夺民船企图逃跑，俞大猷又追击到马迹山，擒获倭寇头目，焚毁敌船五艘。江阴蔡港倭寇也企图逃走，官军在马迹山、马图、宝山分别与敌作战，战斗时正值飓风掀起，海盗船沉没不少。柘林的倭寇亦遭官军攻击，共计击沉敌船二十余艘，倭寇被迫退回岸上。稍后，他们又乘船企图向海外逃窜，俞大猷与金事董邦政分路攻击，俘获敌船九艘。在大风的袭击下，敌人又损失战船三艘，剩下的三百多人回头登岸，逃到华亭陶宅镇驻守。

入夜，倭寇屯驻周浦永定寺，遭到官军四面合围。此时柘林遭风暴袭击的九船倭寇屯集于川沙洼，并纠合其他失散倭寇船只共计四十余艘。而周浦倭寇亦乘夜色掩护，窜至川沙洼，双方汇合。但在各路官军的日夜攻击下，川沙洼的倭寇难以抵挡，烧掉营地乘船出海。俞大猷带副使王崇古入海追击，在老鹳嘴赶上敌人，焚毁倭寇大船八艘，杀伤无数，残余倭寇狼狈逃往上海浦东。此次战役，俞大猷先后斩杀倭寇四五千人，取得重大胜利。

倭寇为患东南，凡有识之士皆凭拳拳爱国之心，参与抗倭战争，与侵略者做殊死决斗。俞大猷的朋友李季春也投身到了这场爱国斗争之中。俞大猷闻讯，欣喜异常，挥笔写就一首赠友怀人诗《勉李季春》：

夜读阴符晓未休，壮心欲系单于头。
腰间带血雌雄剑，谈笑觅封万里侯。

诗中只字未提及两人的友谊，只是反复强调忠君报国，剿灭贼虏。在诗人的笔下，爱国与友情是一致的，在为国建立功勋的共同事业中，友谊才会更加彰显魅力。

俞大猷与戚继光并称"俞龙戚虎"，其死后被追谥为武襄。他不仅善于用兵，也善于总结用兵经验，著有《兵法发微》《剑经》《洗海近事》《续武经总要》等军事作品。俞大猷文武兼备，作诗甚多，诗风明朗雄放，一如其人。他用执剑之手挥洒文翰风流，写出属于那个时代的强音！

三、未敢忘危负岁华

小筑惭高枕，忧时旧有盟。
呼樽来揖客，挥麈坐谈兵。
云护牙签满，星含宝剑横。

> 封侯非我意，但愿海波平。
>
> 戚继光《韬钤深处》

他出身将门，从小就立志疆场，保国卫民，十七岁袭父职任登州卫指挥佥事，二十五岁被提升为署都指挥佥事，负责山东全省沿海防御倭寇事务，取得了令人瞩目的成绩。

他，就是戚继光（1528—1588），字元敬，号南塘，晚号孟诸，卒谥武毅。山东蓬莱人，明朝抗倭名将、军旅诗人。

如果说俞大猷是倭寇的劲敌，那么戚继光就是倭寇的克星。这个家喻户晓的民族英雄、杰出的军事家是那个时代最耀眼的将星。他组织和率领戚家军抗倭十余年，历经大小战役八十余次，所向披靡，为扫平倭寇，保卫东南沿海做出了突出贡献。倭寇在他面前闻风丧胆，称他为"戚虎"。戚继光也是一位文人，在戎马倥偬之际，写成《纪效新书》《练兵实纪》等军事著作，留下了《止止堂集》等诗文篇章。《四库全书总目提要》称赞其诗"格律颇壮""近燕赵之音"。清代诗坛领袖王士祯将其列入古今名将能诗的十一人之一。

明嘉靖四十一年（1562）八月，戚继光奉命率部来闽清剿倭寇。戚家军从浙江温州出发由水道抵平阳，改旱道过分水关来到宁德。行军途中，他有感而发，写了一首题为《晓征》的七言绝句：

> 霜溪曲曲转旌旗，几许沙鸥睡未知。

笳鼓声高寒吹起，深山惊杀老阇黎。

此诗状写戚家军军容振肃、英勇善战的风貌。戚家军行军时急步轻声，连睡着的鸥鸟都不会被惊醒；然而在黎明时分冲向敌阵时，战鼓声与喊杀声响彻天际，连远在深山古寺里的老僧都能听得真切而感到害怕。

嘉靖四十一年（1562），盘踞在云淡门的倭寇攻陷宁德县城，在城中烧杀淫掠，无恶不作。次年，戚继光率戚家军收复宁德。此时城中早已疮痍满目，惨不忍睹。戚继光感慨万千，写下一首题为《宁德平》的七绝感怀诗：

孤城已复愁还剧，草合通衢杂藓痕。
废屋梁空无社燕，清宵冷月有悲魂。

诗用白描手法写作者眼里宁德县城的劫后凄凉，无声胜有声地谴责了倭寇惨绝人寰的暴行，以此激发将士同仇敌忾、为民报仇的决心和斗志。后来，戚继光赶赴天台，途中，在寄给宁邑诗人林尹的诗束里，提到了宁德劫后重建家园的情景：

乱后遗黎始卜家，春深相与事桑麻。
绿云万顷无闲地，浪说河阳一县花。
《天台道中柬林尹》

诗词里的金戈铁马

事件篇

301

〔明〕仇英 《抗倭图卷》（局部）

哀悯与欣慰，流溢在全诗字里行间。一场兵燹过后，"存者且偷生，死者长已矣"（杜甫《石壕吏》），生活还得继续。那些侥幸活下来的老百姓，掩埋了亲人的尸骨，擦干冰冷的泪水，又默默地开始了耕种。他们善良而勤劳，很快就让处处荒野长满了庄稼。目睹此景，诗人悲欣交集。

嘉靖四十一年（1562）八月，戚家军攻克横屿后，凯旋回师，在宁德县城暂事休整。当时正逢中秋佳节，戚继光和全军将士一起赏月，共庆横屿大捷。军中无酒，无以助兴，戚继光即席口授《凯歌》一章，教给将士们唱和，以歌代酒，激励士气：

万人一心兮，泰山可撼。
惟忠与义兮，气冲斗牛。
主将亲我兮，胜如父母；
干犯军法兮，身不自由。
号令明兮赏罚信，赴水火兮敢迟留？

这首《凯歌》慷慨激昂，浑厚有力，抒发了剿灭倭寇、得胜回还的喜悦之情，彰显了戚家军团结一心、纪律严明的优良作风。

戚继光是明代最有海防意识的军事家，他高度重视海防建设。在山东任职之时，就提出了自己的海防构想。在《过文登营》一诗中写道："水落尚存秦代石，潮来不见汉时槎。遥知百国微茫外，未敢忘危负岁华。"前两句感慨江海边秦汉时的礁石犹在而不见秦汉时的木船踪影，暗指国家的海上优势今不如昔。后两句说想到海上邻国甚多，潜藏着冲突和战争，所以平生"未敢忘危"。后来的事实证明了他的先见之明的难能可贵。清末中国落后挨打，被列强欺压，从1840年的鸦片战争到1894年的甲午中日战争，中国的多次惨败，不都与海防力量弱小有关吗？

近代杰出的启蒙思想家郑观应将俞大猷、戚继光与古今中外军事大家并列，高度赞扬他们"经文纬武，谋勇双全"，"如春秋时之孙武、李牧，汉之韩信、马援、班超、诸葛亮，唐之李靖、郭子仪、李光弼，宋之宗泽、岳飞，明之戚继光、俞大猷等诸名将，无不通书史、晓兵法、知地利、精器械，与今之泰西各国讲求将才者无异"。（《盛世危言》）

四、别却家门守城去

在轰轰烈烈的抗倭战争中，徐渭是比较特殊的一个。他并非武将军士，而是一介布衣，却能凭借满腹韬略赢得直浙总督胡宗宪的充分信任而出任幕僚。在抗倭战争中，面对纷繁复杂的乱局，他冷静地为胡宗宪提出了"先定大局，谋而后动"的指导方针，出奇计大破倭寇徐海，制服倭寇头目汪直[2]，为赢得抗倭胜利做出了突出贡献。

徐渭（1521—1593），绍兴府山阴（今浙江绍兴）人。初字文清，后改字文长，号天池山人，明代著名的画家、文学家之一，与解缙、杨慎并称"明代三大才子"。

从嘉靖三十一年接到战争动员令，到嘉靖四十二年（1563）脱离军队，徐渭一直奋

---

[2] 汪直，本中国徽州人，既是海上贸易商人，又是海盗巨枭，长期与帮众勾结从事走私活动，自称"徽王"。

斗在抗倭前线，其文学创作也成为当时抗倭题材的一流作品。

抗倭战争初期，各地官府腐败无能，军备废弛，又未发动人民组织武装自卫，仅仅依靠少数文官武将抵抗，因而节节失利，丧师失地，东南沿海各地居民惨遭屠杀掳掠，苦不堪言。嘉靖三十二年（1553），徐渭参加绍兴府城守城徭役，面对官府官多而兵少、被动防御、弃居民于不顾的状况，愤而写下了《海上曲》五首，其中一首写道：

> 云隐城月高，使君梯楼坐。
> 悬缇讯谍士，但自苦城破。
> 问贼一何多？数百余七个。
> 长矛三十六，虚弓七无笴，
> 腰刀八无余，徒手相右左，
> 转战路千里，百涉一无舸。
> 发卒三千人，将吏密如果。
> 贼来如无人，猝至使君下。

这是一首叙事体的讽刺诗，隐含着强烈的不满和愤慨。先写地方大官僚（"使君"）审讯倭寇探子时得知敌情，原来对手不过百余人，武器简陋且少，又长途跋涉而来，不仅疲劳已极，连小舟也没有了。接着写使君派了三千人去扫荡，其中军官极多。哪知倭寇战斗力超强，一会儿就打到使君门口了。全诗运用白描与对比手法，一针见血地指出疏于调研、盲目轻敌、练军无方等是抗倭初期官府众不敌寡、一触即败的主要原因。

此时,江浙人民为保卫家园,纷纷组织民兵抵制倭寇,更有一些青年书生投笔从戎,参加抗倭战争。徐渭的诗歌《赠吕正宾长篇》正是在此背景下写给他的即将参军的同学吕光午的:

> 海气扑城城不守,倭奴夜进金山口。
> 铜签半傅䴗鵒膏,刀血斜凝紫花绣。
> 天生吕生眉采竖,别却家门守城去。
> 独携大胆出吴关,铁皮双裹青檀树。
> 楼中唱罢酒半矄,倒着儒冠高拂云。
> 从游泮水践绳墨,却嫌去采青春芹。
> 吕生固自有奇气,学敌万人非所志。
> 天姥中峰翠色微,石榻斜支读书处。

全诗热情赞扬吕光午英勇参军、保家卫国的英雄义举和壮士气概。结尾部分则口气一转写道:冲锋陷阵杀敌立功并非吕生的志向所在,只是希望早日平定倭寇,天下太平,然后能够自在地享受天姥山的秀丽景色,安心读自己的书。如此既写出了吕生从戎为国为民而不为个人升官发财的高尚人格,又说明了秀才当兵是不得已之举,是被倭寇之祸逼迫的选择。

嘉靖三十三年(1554),倭寇萧显从松江攻乍浦,在钱塘江被俞大猷的水师截击,此后在慈溪被歼灭。俞大猷善于水战,使得倭寇对浙东的侵犯常受打击，俞大猷到绍兴谒见上级时，徐渭联合众同学向俞大猷致敬慰问，呈上七律《赠俞参将公》：

孤城一带海东悬，寇盗经过几处全？
幕府新营开越骑，汉家名将号楼船。
经春苦战风云暗，深夜穷追岛屿连。
见说论功应有待，寇恂真欲借明年。

全诗雄浑豪迈，气势非凡，真切表达了对俞将军的赞美与期待。首句的"孤城"指的是浙江东部的舟山群岛，末句的"寇恂"是东汉光武帝时期的著名将领、开国功臣。诗人以寇恂比俞大猷，认为他一定可以助朝廷剿灭倭寇，安定天下。

嘉靖三十四年（1555）冬，倭寇在浙江温州登陆，进犯奉化、余姚，入四明山，复窜至上虞，渡曹娥江，绍兴大震。巡抚胡宗宪从浙西赶回，指挥地方军队在瓜山、三界、五婆岭大战敌军。胡宗宪驻兵龛山与倭寇相持，徐渭随军参战。当时的总兵卢镗借口士兵疲劳不肯出战，胡宗宪将地方军交会稽典史吴成器指挥，自己带兵与倭寇死战，经过围攻，将倭寇百余人全部歼灭。

徐渭根据这次实战经历，写成了《龛山凯歌》五首。他描写英勇杀敌的抗倭战士："红袖连战碧山坳，金簇无光入土消。冷雨凄风秋几度，定谁拾得话今朝。"又赞扬官职卑微却不畏强敌的吴典史："旗裹金创碎朔风，军中吮卒有吴公。更教厮养眠营灶，自向霜草喂铁骢。"借用战国时期军事家吴起为士卒吮脓疮的典故称道吴典史爱兵如子,与士卒同甘共苦,同仇敌忾。

嘉靖三十六年(1557),胡宗宪设计擒拿了倭寇大头目汪直,汪直之子当时在岑港率众据守反抗。胡宗宪调集俞大猷、戚继光等进攻,倭寇用火器射击,前线伤亡甚大,久攻不克。嘉靖帝降旨督责,胡宗宪又组织进攻。至十月,倭寇移驻柯梅,始将岑港收复。

岑港之战期间,徐渭非常关心战事进展,曾写《拟上督府书》,提出自己的建议。他分析敌人的发枪火器施放后需要装药才能再施放,火力射击有间歇性,应当先诱引敌人发射火力,然后再乘机进攻。他认为练兵和实习作战最为重要,应当用沙盘说明地形及进攻方法,军队经过训练然后才能实行攻击。戚继光在总结岑港之战的时候也认为,"兵无节制,卒鲜经练,士心不附"(《戚少保年谱·卷一》)是岑港之战未能歼敌的主要原因,并由此提出:"诚得浙士三千,亲行训练,比及三年,足堪御敌,可省客兵岁费数倍矣。"(《戚少保年谱·卷一》)威震天下的戚家军由此开始建立,可见徐渭的建议和戚继光的练兵主张是完全一致的。

嘉靖四十年(1561)九月,倭寇分三路大举进攻浙东,戚继光率戚家军在台州九战九捷,歼敌千余人,史称"台州大捷"。从此倭寇再不敢进犯浙东。徐渭闻此消息,一气呵成七绝《凯歌赠参将戚公》:

战罢亲看海日晞,大酋流血湿龙衣。
军中杀气横千丈,并作秋风一道归。

诗的结构极为紧凑，格调则是既昂扬又悲壮的。首句的"海日晡"，不仅表明大战结束于黄昏之际，更有天昏地暗之意，可见此役之惨烈。次句说敌人被打得满地流血。"龙衣"是一种茅草的名称。三四句谓杀气和秋风互相伴奏，回荡在天地之间，衬托着戚家军将士激战倭寇大胜归来的豪迈风貌。

嘉靖四十一年（1562）十一月，直浙总督胡宗宪因被参劾，奉旨逮问，总督府随即被解散，徐渭被迫离开幕府。嘉靖四十三年（1564）正月，戚继光在闽南肃清倭寇，基本结束了长达十二年的抗倭战争。此时徐渭正往来于北京与绍兴之间，故未能再写出歌颂抗倭战争胜利的诗篇。虽然此后他一直处于贫困潦倒之中，但历史从来都没有忘记这个才情秀特的人物，他的画，他的剧本，他的军事思想，他的诗作，都镌刻在我们民族的记忆之中。

（刘炜评、段亚广）

无限河山泪,谁言天地宽

明清易代

"话说天下大势,分久必合,合久必分。"《三国演义》的这句开篇语,似乎是每一个王朝在劫难逃的历史梦魇。伴随着王朝更替的,是一场场腥风血雨的战争,而规律性的王朝战争规模之大、伤亡之多,也随时代的向前推进而节节攀升。

奥尔森的《国家兴衰的探源》为中国的王朝战争与兴替提供了一种解释。他认为,这一切都是由于利益集团的发展与固化所致。利益集团不仅影响财富分配份额,降低经济增长,也降低社会收入,还使得王朝内部分歧加剧、社会动荡,从而阻碍社会进步。经济衰退,官僚腐败,经过长时间的积累,就会导致利益集团与民众矛盾加剧，最终只有依靠极端方式推倒重建，尤其依靠战争来刮骨疗毒。

中国历代改朝换代的战争，以宋元之际、明清之际最为惨烈。这两次的王朝交替，都是在汉族和少数民族之间进行的，最终结果也都是人数少的一方成为胜者，入主中原，一统全国，因而冲突格局极为复杂，冲突激烈程度为史上罕见。

以明清之际为例，农民军和明军、明军和清军、清军和农民军等多方军事力量，都投入或被卷入了这场旷日持久争夺天下的战斗中，在不同的时间、不同的地点展开激烈厮杀，其规模之大、伤亡之高亘古未有。据复旦大学葛剑雄教授考证，明朝末年，我国总人口超过2.5亿，而到了清顺治九年（1652），全国总人口仅剩1448.3858万，竟然损失了百分之九十五。（《中国人口史》）

这究竟是一个什么样的时代，有多少可歌可泣的故事。我们不妨跟随明末清初的一系列诗歌，来回顾那段天旋地转、腥风血雨的岁月。

一、横行万里迅飞飙

康熙二十一年（1682）二月，清帝爱新觉罗·玄烨带领太子胤礽、王公大臣及八旗子弟第二次东巡祭祖。队伍行至抚顺，在洼轰木（今称铁背山）围栏射胡后，又东行三十里到了抚顺东浑河南岸的萨尔浒山。

再往前推六十三年，就是在这里，清太祖努尔哈赤与大明王朝之间展开过一场规模空前的大会战——萨尔浒之战，后金以"弗满数万"（约六万）之兵战胜了号称有四十七万兵力的明军，成为清军兴起中奠基性的一战，为清军后来入关、定鼎中原埋下重要伏笔。萨尔浒也成为清朝历史上一个具有标志性纪念意义的地方。

玄烨登临此地，心头感慨万千，先祖努尔哈赤当年领兵鏖战的情景如在眼前，于是他挥毫写下一首七言绝句《萨尔浒并序》：

> 太祖高皇帝尝驻师于此，以五百人破明四路兵数十万众，歼杜松于铁背山，遂有辽东。实帝业之所由基也。
> 城成龙跃竦重霄，黄钺麾时早定辽。
> 铁背山前酣战罢，横行万里迅飞飙。

"萨尔浒"，即汉语"橱"之义。"峰势肖之，因以得名。"最早的萨尔浒城主是苏赫素浒部酋长诺米纳，他背盟和建州女真部土伦城主尼堪外兰对抗，努尔哈赤便计诛诺米纳，遂取城驻师于此。此诗开篇就形象描写了萨尔浒山城的险要，"跃"字凸显出山城之险峻，"竦"字则强调了它的高拔挺立，宛若蛟龙在云中飞跃。次句笔墨转向战争领导者。"黄钺"即饰以黄金的长柄斧子，可以作为天子仪仗之用，亦可用以征伐，用于此处则刻画了努尔哈赤手握黄钺、镇定自若、英勇无畏的气势。后两句描绘了战争的惨烈结局。对后金来说，铁背山一战是萨尔浒战役的关键一战，此后其他三路明军迅速溃败。在"横行万里迅飞飙"的描写中，我们似乎看到了当年萨尔浒之战双方惨烈厮杀的情景。

明万历四十四年（1616），建州女真族首领努尔哈赤统一女真各部，在赫图阿拉（今辽宁新宾附近）即汗位，国号大金，史称后金。万历四十六年（1618），努尔哈赤以"朕与大明国成衅，有七大恼恨"为由，向明朝宣战。他焚香告天，率领步骑两万攻打抚顺、东州等地。抚顺的守城将领是抚顺游击李永芳，努尔哈赤首先写信劝其归降，说若能投降，李永芳所辖之兵仍归其所管，法制不改，并结为儿女亲家、超升职务。李永芳见信犹豫之际，努尔哈赤已下令树云梯攻城。当李永芳看到已有后金士兵登上城墙时，只知大势已去，遂"衣冠、乘马"出降。后金将领固山额真阿敦引领李永芳去见努尔哈赤。努尔哈赤不让他下马，相互拱手相见。李永芳投降之后，明朝辽东巡抚派兵援救抚顺，却在半路被后金军击败。努尔哈赤占领抚顺城后，俘获人口、牲畜三十万，然后下令毁城，带着战利品回到了赫图阿拉。

抚顺失守的消息传到明廷，明神宗大怒，命杨镐为辽东经略以讨伐后金。万历四十七年（1619），杨镐调集二十万兵马，号称四十七万，以沈阳为大本营准备兵分四路，攻打赫图阿拉。左翼中路军，以杜松、王宣、赵梦麟、张铨为首，督兵六万，由浑河出抚顺关；右翼中路军，以李如柏、贺世贤、阎鸣泰督兵六万，由清河出鸦鹘关；左翼北路军，以马林、麻岩、潘宗颜为将，督兵四万，由开原合叶赫兵，出三岔口；右翼南路军，以刘綎、康应乾帅兵四万，合朝鲜兵，出宽甸口。

当时后金八旗的兵力不过六万多，努尔哈赤闻得明军将至，一面稳住军心，一面召集诸将商议，接受明朝叛将李永芳"任尔几路来，我只一路去"的作战策略，集中兵力，各个击破。当得知以山海关总兵杜松率领的左路军已从抚顺出发时，努尔哈赤决定先集中兵力应对杜松所部。

杜松所部六万为大明主力，由沈阳出抚顺，从西路攻击后金。从抚顺出发时，天降大雪，杜松令军队星夜兼程，冒雪急行百余里。此刻后金一万五千人正在铁背山上的界凡城（今新宾西北）修筑防御工事，以阻挡明军前进。界凡城形势险要，是后金都城赫图阿拉的咽喉要塞，战略位置十分重要。明军先占领了萨尔浒山山口，接着兵分两路，一半的军力留驻萨尔浒，另一半兵力则由杜松率领攻打界凡城。

三月初一，杜松命部下轻装渡浑河，进击敌军。渡河间，努尔哈赤于上游毁坝放水，时河水陡涨，明军被淹死者甚多，锐气大挫。杜松又令强攻吉林崖，但久攻不下。此时，努尔哈赤率大军赶到，他认为破萨尔浒后，进攻吉林崖的明军自必动摇。遂命左翼四旗兵先击萨尔浒之明军，后再加一旗的兵力，合共五旗三万七千骑兵，以占有绝对优势的兵力攻向萨尔浒明军大营。萨尔浒大营将士奋力抵挡，但寡不敌众，明军大营被攻破，全部溃灭，王宣、赵梦麟战死，逃亡士兵亦被全部杀死。听闻萨尔浒大营被破，杜松部军心动摇。后金军将攻打萨尔浒的兵力与吉林崖的兵力汇聚，占领河畔、莽林、山麓与谷地，以数倍于杜松的兵力将明军包围。杜松率军奋战。战至夜晚，明军点燃火炬，后金从暗击明，使明军死伤惨重。杜松被后金贝勒赖幕布射穿甲胄而亡，参将柴国栋、游击王浩、张大纪、杨钦、汪海龙和管抚顺游击事备御杨汝达战死。

此一战后，明左翼中路军六万人全军覆没，死伤殆尽。

铁背山前杜松被歼，明朝对后金作战的主力军瞬间覆亡。开原总兵马林率领的四万人马从北路攻击努尔哈赤。北路军从开原（今辽宁开原）出发，行至离萨尔浒四十里的地方，得知杜松兵败，转攻为守，就地扎营，挖了三层壕沟以防守后金军。而后金一方则乘胜追击，努尔哈赤从界凡城率领八旗兵力攻打北路军，明营被破，马林退回开原。左翼北路军溃败。

一连两路军的溃败，迫使坐镇沈阳指挥全局的杨镐不得不调整战略，命令另外两路军即刻停止进军。右翼中路军的将领是辽东总兵李如柏，在接到杨镐的命令后急速退兵。正在山上刺探军情的二十余名后金军遥见明军撤退，于是大声鼓噪。接连失败的明军听到鼓噪声，以为大批后金军追杀而来，惊慌逃命。于是右翼中路军也溃败了。

明朝军队中仅剩右翼南路军对抗后金。该路军以辽阳总兵刘綎为帅，将兵四万及朝鲜兵从宽甸口出发。在杨镐下令停止进兵时，刘綎已经率部深入后金军军阵中。刘素以勇猛著称，能使一口重一百二十斤的镔铁刀，人称"刘大刀"。但其勇敢有余，谋略不足，且与其他将帅有隙。于是努尔哈赤选了一位投降过来的明兵，让其冒充杜松的部下，送信给刘綎，言说杜军已到赫图阿拉城下，等他前去会合。

刘綎听到此消息后，信以为真，于是快马加鞭，意欲与杜松抢攻。当他行兵一段路程之后，突见漫山遍野都是后金军，杀声震天。刘綎军被困。正当刘着急之时，装扮成明军的后金士兵，以杜松军的名义前来救援，刘綎没有怀疑，跟着他们冲围，却被带进了后金军的包围圈中。在内外夹击之下，明军队伍阵势全乱。刘綎虽骁勇善战，杀退了部分后金兵马，但终究寡不敌众，在左右两条臂膀受到重创的情形下阵亡。这样，大明的右翼南路军也溃败了。

这场战争，是大明和后金之间的第一场军事较量，持续五天时间，以明军的失败而告终。杨镐率领的四路军共计二十万军队几乎全军覆没，文武将官死亡三百余人。这就是历史上赫赫有名的萨尔浒之战。

萨尔浒之战，使明朝军事主力受到重创，明军元气大伤，而后金则步步为营，向南逼压。天启元年（1621），后金军队先后攻占沈阳、辽阳等地。公元1625年，努尔哈赤迁都盛京（即沈阳）。此后，后金成为明朝最大的威胁。

萨尔浒之战，是后金能够入关至为关键的一步。正因如此，不仅康熙写有《萨尔浒》之诗以追忆这场战争，抒发对清太祖的崇敬之情，而且乾隆、嘉庆、道光三位皇帝以及多位臣僚也都曾以《萨尔浒》为题赋诗缅怀其先祖的丰功伟绩。比如乾隆皇帝的七绝《萨尔浒》：

铁背山头歼杜松，手麾黄钺振军锋。
于今四海无征战，留得艰难缔造踪。

前两句只是追忆祖先萨尔浒之战的功实，就事说事而已。重心在后两句，一方面作为天子统摄太平盛世的得意之情溢于言表，一方面强调先人艰难创业的标志在此，子孙当知历史不能忘记，并寓含继往开来的自勉勉人之意。

二、却恨不逢张少保

明朝灭亡后，学者、诗人顾炎武以遗民身份考察各地历史地理，写下不少咏史、吊古、感时的诗歌。行经华北沿线长城的过程中，曾作《古北口》

四首,行至山海关,写有长篇五古,都是感慨今昔、情志兼具、见识宏深之作。

《古北口》之一写道:

雾灵山上杂花生,山下流泉入塞声。
却恨不逢张少保,碛南犹筑受降城。

古北口位于今北京密云,是山海关、居庸关两关之间的长城要塞,也是辽东平原和内蒙古通往中原地区的咽喉,历来为兵家必争之地。诗中第三句的"张少保"指张承荫,陕西榆林卫(今榆林市)人,勇谋兼备,主张积极整顿巩固边防建设,屡积军功,后升任辽东总兵官。在万历四十六年(1618)的抚顺战役中,张承荫英勇战死,被明廷追赠少保。第四句的"受降城"用了典故:唐代名将张仁愿在黄河以北地区修筑过三个受降城,称"河外三城",初为接受匈奴贵族投降而建,后来成为黄河外侧防御体系的组成部分,与受降无关。明正德、嘉靖年间,顺天巡抚王大用曾建议在雾灵山(在今承德兴隆县)筑受降城,但未被朝廷采纳。

诗着重表达了对明亡的两"恨":一恨末世没有张承荫那样既忠勇善战又有深谋远虑的将领;二恨明廷当初没有把防御体系建在燕山以南,以致长城一线屡屡失守。

顾炎武的长诗《山海关》共三十六句,是历代同题诗作中最长也最见深度的一首。诗从山海关地理形势的险要和历史写起:"茫茫碣石东,此关自天作。粤惟中山王,经营始开拓。……"中间写明清经年战争及山海关防务的逐渐不力:"抚顺矢初穿,广宁旗已落。……神京既颠陨,国势靡所托。"最后痛斥吴三桂迎清兵入关的历史罪恶,哀叹明亡后山海关荒凉无人烟:"启关元帅降,歃血名王诺。自此来域中,土崩无斗格。海燕春乳楼,塞鹰晓飞泊。七庙竟为灰,六州难铸错!"风格古朴平实,慷慨生哀。

山海关是明王朝防御清军最重要的关口。在明清对决最为关键的时候,吴三桂将它送给了敌人。

山海关原本叫榆关,修建于明朝洪武年间,为开国功臣徐达所建。它依山傍水,扼蓟辽之咽喉,地理形制非常重要,有"两京锁钥无双地,万里长城第一关"的美誉,自古即为我国的军事重镇。明清时期有诸多描写山海关的诗歌,如戚继光的《出榆关》、黄洪宪的《山海关》、孙承宗的《重登山海关城楼》等。这些诗作或叙雄关之威,或叹国运兴衰,或写军威之壮,或吟百姓之苦。

但说到山海关,立刻就能让人联想到的名气最大的人物,一定是吴三桂和陈圆圆,吴伟业(号梅村)《圆圆曲》中的那句"冲冠一怒为红颜"也传播甚广。吴氏诗作以吴三桂"破敌收京"为开端,依次追叙吴、陈的初见、约定、分离、被掠和团圆的情事,最后以感慨结尾。诗借陈圆圆的事迹,反映明末清初的政治大事,委婉曲折地谴责了吴三桂的降清行为。清陆次云《湖壖杂记·圆圆传》对此诗的创作有一段记载:

梅村效《琵琶》《长恨》体作《圆圆曲》,以刺三桂,曰:"冲冠一怒为红颜",盖实录也。三桂赍重币求去此诗,吴勿许。

《圆圆曲》作于顺治八年（1651）辛卯初,当时吴三桂早已被封为平西王,而吴以其权势之重,持重币,请求吴梅村去掉此诗,足见此作影响之大。

吴三桂的举止实在可笑,即使吴梅村真的去掉此诗,历史事实就能从史书中被抹去,记忆就能被抹掉吗？

不过,《圆圆曲》的确把吴、陈的"情事"放大了。在正史里,涉及陈圆圆的事不多。《清史稿·吴三桂传》里,提到陈圆圆的,也只有一处,且连名字都未提及："三桂引兵西,至滦州,闻其妾陈为自成将刘宗敏掠去,怒,还击破自成所遣守关将。……"吴三桂降清,有着复杂的原因,爱不爱陈圆圆,绝非重要参数。吴氏要是真的只为爱妾而不顾一切,那他倒是个值得称道的大情痴了,可惜不是。

崇祯元年（1628）前后,陕西连年大旱,赤野千里,饿殍遍地。王嘉胤、王左挂、高迎祥等纷纷揭竿而起。这年冬天李自成在金县杀了将官,先投奔了王左挂,后又带兵成了高迎祥的部下,跟随高迎祥打击明军,并迅速成为农民军的重要将领。高迎祥战死后,起义军由李自成领导,继续抗击官军。明崇祯十六年（1643）,李自成攻占西安,建立大顺政权。第二年三月十七日,李自成率部抵达北京城,明王朝守护京城的十万人马倒戈,监视城防的宦官曹化淳打开外城广宁门,迎接农民军进城。三月十八日,兵部尚书张缙彦打开正阳门,迎刘宗敏所部军。

明崇祯帝朱由检听到消息后,命周皇后、张皇后殉国,又刺死公主、嫔妃多人，他自己带着数十个宦官出东华门，守城的宦官阻止其前行；遂又逃至齐化门，成国公朱纯臣闭门不纳；最后逃到安定门，此处守军早已溃逃，可他们打不开封闭的城门。崇祯帝只好退回皇宫，在煤山寿皇亭边的一棵槐树下自缢身亡。

历史虽有时空差异，但是有些事件往往会重演。唐末黄巢农民军的旋胜旋败，又一次演绎在了李自成身上。在李自成率军入城后，从宫内搜到内帑"银三千七百万锭，金一千万锭"，接着农民军开始拷掠明官，四处抄家。刘宗敏制作了五千具夹棍，"木皆生棱，用钉相连，以夹人无不骨碎"。刘宗敏抄家勒索的对象，即有明朝的中军府都督吴襄，此人正是山海关总兵吴三桂之父。李自成本已接受了李岩的建议，让吴襄劝说其子归降，却又纵容部下抢劫吴襄，犯下了严重的错误。

吴三桂（1612—1678），字长伯，一字月所，辽东人，祖籍江南高邮（今江苏高邮），原锦州总兵吴襄之子，松锦大战后降清的明将祖大寿的外甥。崇祯皇帝登基后开武科取士，吴三桂夺得武科举人，不久以父荫为都督指挥，再后来升任山海关总兵。

事实上，就在李自成率领一百万农民军准备渡过黄河，分两路进攻北京时，崇祯皇帝便下令让驻扎在宁远的吴三桂回京救援。可当他赶到山海关时，北京已被起义军占领。吴三桂很快接到父亲的劝降信，打算投降大顺政权，在他的队伍行至滦州时，得知父亲已被起义军抓走，家产被抄，连自己的爱姬陈圆圆也被刘宗敏抢去了。于是，吴三桂下令退回山海关，全军一律为死去的崇祯帝换上白色的铠甲，发誓为君父报仇。

公元1644年四月十三日，李自成在得知吴三桂拒降后，带着二十多万大军前往攻打山海关。吴三桂立刻联系多尔衮，请求清军帮他镇压李自成的队伍。多尔衮率军到达山海关，吴三桂亲自出迎。多尔衮命人设仪仗，吹螺，与吴三桂指天为誓，拜为兄弟。

四月二十二日，在山海关下的石河，李自成队伍与吴三桂所部激战至中午时分，突然刮起大风，瞬间天昏地暗，咫尺莫能辨。多尔衮命令武英郡王阿济格、豫郡王多铎率领两万骑兵以汹涌之势突然杀入战场，李自成方将士顷刻之间乱了阵脚，只得后撤且死伤惨重，"积尸相枕，弥满大野"。率军溃逃回京后，李自成下令杀死吴襄及家属三十余口。二十六日，李自成返回北京，二十九日草草即位于武英殿，三十日晨即退出北京，回撤西安。

在李自成离开北京之后，睿亲王多尔衮以"吊民伐罪"为名，堂而皇之地带领清兵进了北京城。

崇祯帝自缢了，明朝灭亡了，李自成败走了，清人成了北京的新主人，南明"临时政府"成立了。投机分子吴三桂的"事业"才刚刚开始，《清史稿·吴三桂传》写山海关降清的内容，只占五分之一。这个传奇人物更多的戏剧性作为，还是在此后三十四年：顺治元年（1644），山海关大战结束，被清摄政王多尔衮晋爵为平西王；南京福王政权建立伊始，遥封其为蓟国公，遂成两头红人。顺治十六年（1659），镇守云南，后引兵入缅甸，迫缅甸王交出南明永历帝，康熙元年（1662）杀之于昆明，同年晋封平西亲王，与福建靖南王耿精忠、广东平南王尚可喜并称"三藩"。康熙十二年（1673），朝廷下令撤藩不久，吴自称"周王"反叛于云南，扯起了"复明"的旗号，令部下"蓄发，易衣冠"，发布檄文痛斥清朝"窃我先朝神器，变我中国冠裳"，决意联合天下"共举大明之文物，悉还中夏之乾坤"，成为"三藩之乱"的主角。康熙十七年（1678），吴三桂在衡州（今衡阳市）登基为大周皇帝，国号大周，同年秋病逝。

从1619年的萨尔浒之战到1644年清军占领北京，仅仅二十五年，战争形势变化之快，连他们自己都始料未及。1644年十月，多尔衮迎接顺治帝入关，定都北京。自此以后将近三百年，中国处在清朝政权的统治之下。

三、十年天地干戈老

> 不怕烟尘四面生，江头尚有亚夫营。
> 模糊老眼深更泪，赚出淮南十万兵。

这是孔尚任《桃花扇》第三十五出《誓师》一场中的唱词。咏颂的是明朝末年的抗清名将史可法，说他虽被排挤出南京，但决心死守城池，以汉代平七国之乱的周亚夫自命，希望能扶危持颠，驱除鞑虏，与扬州城同生死。

史可法死守扬州一战，得从公元1644年南明王朝的建立说起。

史可法（1601—1645），字宪之，又字道邻，河南开封人。崇祯元年（1628）进士，任西安府推官，后辗转各地平定叛乱。公元1644年，史可法听闻李自成农民军进攻北京，率军进京勤王。后传北京失陷，崇祯皇帝身死煤山。史可法听从凤阳总督马士英与阮大铖、黄得功、刘良佐等人的建议，拥立福王朱由崧为帝，是为弘光皇帝，所建立的政权史称"南明"。

弘光帝朱由崧是福恭王朱常洵的儿子。李自成军占领洛阳之后，福恭王被杀，朱由崧出逃，流落淮安（今江苏淮安）。1643年，继领福王的封爵。朱由崧本是胸无大志、迷恋酒色之徒，根本无心进取。在被拥立为皇帝后，便下令征集宫女，享乐深宫。南明政府的权力实际上真正操控在了马士英和阮大铖手中，而马士英等人只想偏安于一隅，压根就不想抵抗清兵。清军进入北京城后，南明政府害怕清军南下进攻，竟派使臣携带金银等物犒劳清军，并请求割地求和。

面对南明政权的种种行为，兵部尚书史可法忧虑重重。他考虑到当时农民军几败，山东、河南等地因官绅反叛而陷入混乱之中，清军又尚未南下，所以若能趁此机会，汇合可能的武装力量，就能扩大南明政府的管辖领域，从而更有力量对抗清军。于是史可法要求到前方去统兵守防。长江北岸有四支南明军驻守，四镇将领分别是高杰、黄得功、刘良佐、刘泽清。这四位均因"定策"有功而受到朱由崧、马士英等人的宠信。他们个个骄横跋扈，相互之间争夺地盘，甚至纵容部下残害百姓。史可法到扬州后，奔走协调四镇的关系，并让他们驻守在扬州周围，加强城防，以抵抗将要南下的清军。

不久，多尔衮派豫亲王多铎率兵南下，进攻南明。史可法全力备战，准备抵御清兵。然而就在这关键时刻，武昌守将左良玉由于不满马士英等人的所作所为，"举兵武昌，以救太子诛士英为名，顺流东下"，进兵南京。马士英对左良玉非常害怕，认为"宁可皆死于清，而不可死于左良玉之手"，将四镇军队召回南京。请求增援扬州防线的史可法，竟也被马士英以皇帝的名义召回南京。

史可法对南明政府的安排提出异议："上游不过欲除君侧之奸，未敢与君父为难；北兵一至，则宗社可虞。"但弘光帝不听。无奈，史可法将部队分为两部，一部留守泗州，另一部随他撤回南京，当到达浦口时，左良玉为黄得功所败，呕血而死，其子左梦庚率全军投降清军。于是，史可法决定退回江北，但是此刻清军已经准备向淮安挺进，逼近扬州了。

战事继续往坏的方向发展。清军逼近淮安时，四镇之一的刘泽清部为名利所诱，不战而降。淮安陷落后，多铎的主力开始对扬州发动进攻。镇守扬州前沿阵地的李栖风和张天禄也步了刘泽清的后尘，投降清军。只有庄子固带着他的七百人马来救援。

在这种情况下，史可法迅速下令加强扬州城的城防工事，尤其做好了西门的防守工作，并且由史可法亲自带兵把守在此。此时，史可法手下连同刘肇基的防守部队，士兵总数不到四万人。不多久，多铎的大队人马就到了扬州城下。多尔衮和多铎敬重史可法为人，遣书劝降，史可法义正词严地回答道："可法北望陵庙，无涕可挥，身陷大戮，罪应万死。所以不即从先帝者，实为社稷之故也。传曰：'竭股肱之力，继之以忠贞。'可法处今日，鞠躬致命，克尽臣节而已。"(《答摄政王多尔衮书》) 多铎看劝降无望，便下令攻城。

由于史可法早就做好了防御工事，扬州军民团结一心，奋勇作战，打退了清军一次又一次的进攻。多铎使出了绝招，命令手下用大炮轰城。在清兵红衣大炮的轰击下，扬州城墙被轰开了，大批清兵拥进了城里。史可法知道扬州城已守不住了，便下令让庄子固杀了他，但庄子固不忍心下手；史可法随即要自刎，又被将领们夺下了刀，保护出城。此际清兵已至，看见史可法穿着明朝官服，就问何人，史可法高声回答："我史督师也！"清兵一拥而上，将史可法捉住。

史可法被带到了多铎那里。据史可法的养子史德威在《维扬殉节纪略》中的记载，多铎对史可法"相待如宾，口呼先生"，希望他"为我收拾江南，当不惜重任也"。但史可法回答："我为天朝重臣，岂肯苟且偷生，作万世罪人哉！我头可断，身不可屈，愿速死，从先帝于地下。……城亡与亡，我意已决，即劈尸万段，甘之如饴！"于是多铎下令："既为忠臣，当杀之以全其名。"史可法由此英勇就义，年仅四十五岁。

事实上，多尔衮、多铎劝降史可法不止这一次。早在南明政权派使臣去向吴三桂和清兵求和的时候，多铎就书信劝降过史可法。多铎在占领淮安、准备攻打扬州前，见史可法孤守于此，又发出了劝降的书信。史可法在《复多尔衮书》中写道："今逆贼未服天诛，谍知卷上西秦，方图报复。此不独本朝不共戴天之恨，抑亦贵国除恶未尽之忧。伏乞坚同仇之谊，全始终之德；合师进讨，问罪秦中；共枭逆贼之头，以泄敷天之愤。则贵国义闻，照耀千秋，本朝图报，惟力是视。"其赤胆忠心和高尚人格可见一斑。

扬州陷落后，清廷下令屠城，大屠杀延续了十天才结束，这就是臭名昭著的"扬州十日"。不久，清军攻破南京，南明政权宣告结束。

史可法殉国后，扬州梅花岭一带有许多号称是史可法的军队，所以当时有史可法未死的说法。南明朝廷谥之"忠靖"。一百多年后，清朝乾隆皇帝对史可法表达了理解和敬重,追谥"忠正"。

史可法等英雄的英勇就义,清军在各地的残暴屠杀,鼓舞了更多的仁人志士奋起抗清。

从崇祯十七年(1644)到永历十五年(1661),明朝宗室先后在南方建立政权与清廷对峙,包括弘光政权、鲁王监国、隆武政权及永历政权,前后共历十八年。

1645年,顾炎武旅次京口(今镇江),北望一江之隔的扬州,既悲愤填膺,又豪气干云,遂写下一首五律《京口即事》:

白羽出扬州,黄旗下石头。
六双归雁落,千里射蛟浮。
河上三军合,神京一战收。
祖生多意气,击楫正中流。

在诗人心目中,史可法虽死犹生。他仿佛看到抗清的猎猎大旗在扬州上空飘扬,史将军依然率领着三军征战,会合各路义师,不久将收复旧京。诗的最后一联将督师扬州的史可法比作东晋志图恢复的祖逖,表现了恢复中原的决心和信心。

顾炎武(1613—1682),江苏昆山人,明末清初杰出的思想家、学者和文学家。初名绛,字忠清,清兵南下,改名炎武,字宁人。人称亭林先生。顾炎武学问浑厚而关心现实,为人脱略而惜重大节,一生不与清廷合作,有着坚定的民族气节和不屈的自强精神。

顾炎武不仅是清代"朴学"风气的奠基人，也是当时最优秀的诗人之一，现存各体诗四百多首。他少有诗名，但中年后自誓"不为文人"——不做逞才酗奇的诗文家。写于崇祯十七年（1644）之后的诗篇，深沉凝重，不事雕琢，真如后人所言："亭林之诗坚实，皆非以诗为诗者，而其诗境直黄河太华之高阔也！"（徐颂洛《与汪辟疆书》）

试看其名作《海上四首》其一：

日入空山海气侵，秋光千里自登临。
十年天地干戈老，四海苍生吊哭深。
水涌神山来白鸟，云浮仙阙见黄金。
此中何处无人世，只恐难酬烈士心。

近现代学者黄节认为这首诗有感于鲁王遁海而作。首联写秋日登高遥望海隅，秋气扑面更直压心头。颔联高度概括十年间的时局变化，悲悯天下苍生迭遭灾难。颈联的"白鸟""黄金"都是典故，暗指鲁王的海上抗清根据地。尾联对海上抗清力量既寄予厚望，又表示担忧。

《海上四首》作于顺治三年（1646）。上一年六月，南明弘光帝朱由崧、潞王朱常淓相继降清，鲁王朱以海在浙江绍兴监国，唐王朱聿键被黄道周等在福州拥立为帝后，向一些忠臣义士遥授官职以图响应抗清。顾炎武被授兵部职方司之职。次年春欲赴任闽中，以母丧未能成行。六月，清兵渡钱塘江,鲁王弃绍兴入海,唐王犹驻延平(今福建南平)。是年秋,作者在家乡登山望海作此组诗。前人对这一组诗评价很高:"独超千古,直接老杜"(林昌彝《射鹰楼诗话》),将其比之于杜甫的《秋兴》八首。

在反抗清廷、不屈不挠的仁人志士中,少年英雄夏完淳是一个响亮的名字。

夏完淳(1631—1647),别名复,字存古,号小隐,松江华亭人。十四岁随父抗清。顺治二年(1645),时年十五岁的夏完淳从父夏允彝、师陈子龙在松江起兵抗清,兵败之后,其父允彝自沉于松塘而死,夏完淳与陈子龙继续坚持抵抗。顺治三年(1646),夏完淳与陈子龙、钱旃饮血为盟,上书鲁王朱以海,共谋复明大业。鲁王遥授中书舍人,参谋太湖吴易军事。此时南京已陷落,身在义军之中的夏完淳依然抱有消灭敌人、恢复明朝的坚毅决心。为了抗清,义军上下结成了同仇敌忾的情谊。不久义军兵败,吴易被执,夏完淳只身流亡,隐匿民间,继续进行抗清活动。顺治四年(1647)夏,尚在浙江抵抗的鲁王朱以海遥授夏完淳中书舍人之职,夏完淳上表谢恩,被清廷发觉,遭到逮捕。在解往南京离别松江时,夏完淳从容写下五律《别云间》:"三年羁旅客,今日又南冠。无限河山泪,谁言天地宽?已知泉路近,欲别故乡难。毅魄归来日,灵旗空际看。"表达了视死如归、精卫填海般的意志和信念。

夏完淳被审讯时调侃讽刺降清的大官僚洪承畴的故事,精彩至极,历来为人称道。

夏完淳被押至南京后,总督军务洪承畴讯问并"善意"劝降:"童子何知,岂能称兵叛逆?误堕贼中耳!归顺当不失官。"夏完淳佯装不识对方,答道:"我尝闻亨九(洪承畴字)先生本朝人杰,松山、杏山之战,血溅章渠。先皇帝震悼褒恤,感动华夷。吾尝慕其忠烈,年虽少,杀身报国,岂可以让之!"当被告知堂上审官即洪承畴时,完淳更声色俱厉地说:"亨九先生死王事已久,天下莫不闻之,曾经御祭七坛,天子亲临,泪满龙颜,群臣呜咽。汝何等逆徒,敢伪托其名,以污忠魄!"(《夏内史集·附录》)洪承畴羞愧无言。

夏完淳在《狱中上母书》中畅扬忠孝大义,情词双美,感人至深:

不孝完淳今日死矣,以身殉父,不得以身报母矣。痛自严君见背,两易春秋。冤酷日深,艰辛历尽。本图复见天日,以报大仇,恤死荣生,告成黄土。奈天不佑我,钟虐先朝。一旅才兴,便成齑粉。去年之举,淳已自分必死,谁知不死,死于今日也!……痛哉!痛哉!人生孰无死?贵得死所耳。父得为忠臣,子得为孝子,含笑归太虚,了我分内事。大道本无生,视身若敝屣。但为气所激,缘悟天人理。恶梦十七年,报仇在来世。神游天地间,可以无愧矣!

九月十七日,夏完淳被处斩。临刑时他挺立不跪,神色坦然自若。死年十七岁。

夏完淳是古今罕见的奇才,"五岁知五经,七岁能诗文",有神童之誉。虽然只活了短短的十七年,却留下了四百多篇诗文,激越的感情和不凡的见识贯注其中。郭沫若认为他"不仅为一诗人，而实为备良史之才者也"。柳亚子写诗赞扬他："悲歌慷慨千秋血，文采风流一世宗。我亦年华垂二九，头颅如许负英雄。"（《题〈夏内史集〉》其五）汪辟疆评价他："在我国过去几千年的史册上，的确产生了不少'杀身成仁、舍生取义'的民族英雄。但是他的年龄，仅仅只有十七岁；……他的文学，几至无体不工，……向这一位青年文艺家五体投地地致最敬礼。"（《三百年前一位青年抗战的民族文艺家》）

人无法选择时代，却可以选择行走方式。社会是广阔的考场，每个人都是考生，必须迎接一道又一道的试题。在明清易代之际，李自成、吴三桂、史可法、顾炎武、夏完淳……各自交出了不同的答卷。

（刘炜评、张福安）

万众一心谁敢侮　近代中外战争

提起晚清，我们心中总是涌动着十分复杂的意绪。大半个世纪里，中国在与西方列强的碰撞中输掉一场又一场战争，广大人民受尽了国是日非、山河破碎之苦。战争打碎了清政府天朝上国的迷梦，却唤醒了中国人民压抑许久的血性。

般般屈辱和烈烈抗争，既书写在历史里，也留驻在诗歌中……

一、蛮烟一扫海如镜

19世纪中叶，英国完成工业革命，成为世界头号资本主义强国。急需海外市场和原料产地的英国殖民者，将目光投向了古老的中国。由于自给自足的自然经济在

事件篇

那时的中国占主导地位,英国商品长期无法在中国打开销路。于是罪恶的鸦片贸易开始横行,造成中国大量白银外流,戕害着中华民族。其时,朝廷中的有识之士如林则徐等看到了鸦片的危害,力主查禁鸦片,在广州掀起了轰轰烈烈的禁烟运动。后来英国以此为借口,发动了鸦片战争。

道光二十年(1840),来自广东珠江口的一声炮响,震惊了颟顸自大的清廷。英国对华蓄积已久的鸦片战争开始了,侵略者谓之"第一次英中战"或"通商战争"。如果说龚自珍二十年前写的诗句"凭君且莫登高望,忽忽中原暮霭生"(《杂诗十四首》其十二)只是撕下了盛世的面纱,那么到了此时,清政府极速衰落的命运已不可避免。自此之后,中华大地发出的是一声声的沉重叹息。"七万里戎来集此,五千年史未闻诸。"(黄遵宪《和钟西耘庶常德祥津门感怀诗八首》其八)但大国多才俊,时艰启殷忧,不少有识之士开始觉醒,执着地探索着中华民族的出路。而许许多多的文人诗家,也用他们的笔墨记录下时代的曦风晦雨和自己的悲欣感受。

鸦片战争绝非偶然爆发,早在林则徐禁烟期间,英国人就多次挑衅,妄图掀起纷争。英国驻华商务总监督义律等多次在广东海面武装寻衅,率领武装快艇侵入九龙,向我方炮台开火。由于林则徐、关天培早已做好周密防备,英人的挑衅均被击退。其间,林则徐创作了《中秋嶰筠尚书招余及关滋圃军门(天培)饮沙角炮台眺月有作》一首:

森森寒芒动星斗,光射龙穴龙为愁。
蛮烟一扫海如镜,清气长此留炎州。

诗既写出了眼前形势的严峻，又表达了扫荡"蛮烟"的决心和信心，对海防将士的战斗力寄予厚望。

林则徐（1785—1850），福建侯官人，字元抚，又字少穆，清代杰出政治家，曾任湖广总督、陕甘总督和云贵总督。林则徐胸富文韬武略，眼界广阔，平生力抗列强入侵，同时又注重了解西方的文化、科技，主张择其善者而从之，为我所用。这在当时的官员中，是很了不起的。

是年，英国派大小兵舰四十余艘，于六月初抵达广东沿海。由于广州防范严密，英舰无隙可乘，便北上到达大沽口外，武装威胁清廷。道光帝派直隶总督琦善与英军代表谈判，七月至八月间，清廷命琦善向英方表示要重治林则徐，为侵略者"代申冤抑"，并于八月二十二日以琦善为钦差大臣，南下广东查办林则徐，英军得其所欲，高兴南返。

林则徐被革职查办后，几经曲折，被发配伊犁。一路上他写下大量诗篇，抒发爱国忧时情怀。自西安启程时，曾留赠家人一首《赴戍登程口占示家人》：

力微任重久神疲，再竭衰庸定不支。
苟利国家生死以，岂因祸福避趋之？
谪居正是君恩厚，养拙刚于戍卒宜。
戏与山妻谈故事，试吟断送老头皮。

此诗情绪先抑后扬，可谓个人处境和心境的真实交代。首二句是牢骚之语，说自己效力国事日久，身心两疲，语气比较沉重。但以下六句却转为平和大度的议论，等于告诉家人"我能挺得住"。末二句典出苏轼《东坡志林》里的诗句："更休落魄耽杯酒，且莫猖狂爱咏诗。今日捉将官里去，这回断送老头皮。"信手拈来于此，虽有点"含泪的笑"的意味，总体上还是显示着幽默达观的情怀。诗人虽遭大挫，却能置个人安危于度外，矢志报国之情，穷达一以贯之。"苟利国家生死以，岂因祸福避趋之？"是全诗警策之句，显示出崇高的人格境界。

然而林则徐被革职查办，并没有换来中英和平。道光二十一年（1841）一月七日，英军再启战端，发起虎门之战。五月，英军占据广州四方炮台，并逼清政府签下《广州和约》，靖逆将军奕山在广州战败，以巨额赎城费向英军乞降。魏源在其组诗《寰海十章》其九中讽刺道：

城上战旗城下盟，怒潮已作落潮声。
阴疑阳战玄黄血，电挟雷攻水火并。
鼓角岂真天上降？琛珠合向海王倾。
全凭宝气销兵气，此夕蛟宫万丈明。

"鼓角"一句用周亚夫天降奇兵制胜的典故，反讥奕山之办理洋务，实非出奇制胜，而是赂金银以求降。"全凭宝气销兵气"一句，对奕山的无能做了严厉的谴责。

魏源（1794—1857），字默深，湖南邵阳人。道光二十五年（1845）进士。曾任高邮知州，晚年弃官归隐。清代启蒙思想家、学者、文学家。近代中国最早"睁眼看世界"的读书人中，魏源和林则徐是优秀代表。

清军节节失利，使英国人认为清政府根本不堪一击。狂傲的英军在中国大地上肆意妄为，百无忌惮。在此背景下，南方近海一带的民众自发掀起了抗英斗争。

《广州和约》的签订，激起了广东人民的义愤。英军在广州登陆占据炮台，又到附近的三元里祸害百姓。《广东军务记》记载："夷据两炮台后，肆行无忌，于附近各乡昼夜巡扰，破门扇，夺耕牛，搜衣物，辱妇女，掘坟墓，种种祸害不可胜言。"英军的胡作非为，引起三元里百姓的强烈愤懑，他们忍无可忍，联合附近一百零三乡群众，用长矛、标枪甚至农具勇敢地对英军进行反击。此即历史上著名的三元里抗英斗争。

爱国诗人张维屏（1780—1859）的七言歌行《三元里》详细记载了这次战斗的经历，歌颂了广大人民的不屈意志和战斗精神。

《三元里》整首诗如同实况直播。开篇即写道：

> 三元里前声若雷，千众万众同时来。
> 因义生愤愤生勇，乡民合力强徒摧。
> 家室田庐须保卫，不待鼓声群作气。
> 妇女齐心亦健儿，犁锄在手皆兵器。

诗用"骤起法"开端，先声夺人。以下从面上铺叙父老乡亲不畏强敌、拿起农具保卫家园的壮大场面，群体形象历历在目。"因义生愤愤生勇"一句，简洁有力地写出了人民的正义斗志。

接着写道：

乡分远近旗斑斓，什队百队沿溪山。
众夷相视忽变色，黑旗死仗难生还。
夷兵所恃惟枪炮，人心合处天心到。
晴空骤雨忽倾盆，凶夷无所施其暴。
岂特火器无所施，夷足不惯行滑泥。
下者田塍苦踯躅，高者冈阜愁颠挤。
中有夷酋貌尤丑，象皮作甲裹身厚。
一戈已揩长狄喉，十日犹悬郅支首。
纷然欲遁无双翅，歼厥渠魁真易事。

这十八句继续用赋法叙事，点面结合地状写三元里百姓和英夷搏斗的过程。大雨倾盆的适时相助，乡民的愈战愈勇和对敌人的穷追不舍，侵略者的丑态和被包围的狼狈不堪，都跃然纸上。

据《广东军务记》载："未刻迅雷甚雨，乡民佯败，引入黄婆洞磨刀坑，又毙逆夷百余。内有一人乃西洋兵头，全身盔甲，刀砍不入，手持宝刀，柄嵌宝石，映日不可逼视，亦被杀死。余夷脱逃者，或为坑水冲淹，或因失路饥毙，无一漏网。各处乡民来攻逆夷者尚源源不绝。而英夷亦从此胆寒潜踪矣。"从这段史料可以看出，队伍虽是由民众临时组成的，却极讲谋略。三元里及各乡群众知道自己的长矛刀剑等武器很难与英军正面抗衡，于是且战且退，将英军引入牛栏岗地带。这时战鼓动天，早已埋伏此处的七八千民众从四面八方杀出，将英军团团围住。诗人认为正是由于"人心合处天心到"才使得"晴空骤雨忽倾盆，凶夷无所施其暴"。

但诗的结尾六句，却表达了悲愤无奈的情绪：

不解何由巨网开，枯鱼竟得攸然逝！
魏绛和戎且解忧，风人慷慨赋同仇，
如何全盛金瓯日，却类金缯岁币谋？

正当乡亲们就要收拾残局之时，战斗却被"叫停"了。因为三元里人民的反抗，打乱了政府的"抚夷"计划。"魏绛和戎"的典故，出自《左传·襄公四年》。魏绛即魏庄子，春秋时晋国大夫，力主与戎族和好，认为和戎有五利，意见为晋悼公所采纳，遂与山戎订盟。作者气愤地质问道：为什么要像北宋对待辽、金一样对待英国侵略军呢？[3]

英军经此一败，闻风丧胆，草木皆兵，一度退守在四方炮台，坚守不出。而民众则将四方炮台围得水泄不通，且又有广州周边县城民众前来支援，一时声势浩大，喊声震天。英军不免慌神，首领卧乌古不敢再战，派人威胁清廷逼民众撤军，否则撕毁《广州和约》，调军攻城。奕山等人生怕事态扩大，急忙遣广州知府余保纯出城，安抚英军，又令番禺、南海两县令向团练中士绅施加压力。士绅、团

---

[3] 《广州和约》议定：七日之内，清政府向英国侵略军缴"广州赎城费"六百万元，赔偿英国商馆损失三十万元，清军退出广州城六十英里之外。

练等逐渐散去，炮台之围遂解。

三元里抗英事件后，群众发出《申谕英夷告示》警告英军，若英军再来，"不用官兵，不用国帑，自己出力，杀尽尔等猪狗，方消我各乡惨毒之害也！"

鸦片战争终究还是以中国战败而结束。清政府被迫签订《南京条约》，将香港岛割让给英国，赔款两千一百万白银，中国也由此开始沦为半殖民地半封建社会。此后，在这片满目疮痍的土地上，接连不断地上演了第二次鸦片战争、中法战争、甲午中日战争、八国联军侵华战争等一系列战争。中国进入了百年国耻时期。

二、一朝瓦解成劫灰

近代中外诸多战争中，过程最为惨烈、清政府付出代价最大、结局最令国人心痛者，是1894年爆发的甲午中日战争。

光绪二十年（1894），日本在经历明治维新后迅速崛起，开始走上资本主义道路。作为一个岛国，其国内资源紧张，市场狭小，满足不了日益增长的经济要求，于是把侵略矛头对准中国。

1894年七月二十五日，日本对中国不宣而战，甲午战争爆发。

1894年是个特殊年代，既爆发了甲午中日战争，又是慈禧太后六十岁生日。当年十一月七日，在万寿庆典的歌舞声中，日军占领了辽东半岛大连湾，进逼旅顺口，情形十分危急。日军将旅顺口一役视为关键之战，若占领旅顺口，渤海尽在掌握之中，向西亦可直攻京城，华北地区如囊中之物。主事的直隶总督兼北洋大臣李鸿章对旅顺口抱有极大信心。然而正因为盲目自

诗词里的金戈铁马

事件篇

[英]约翰·伯奈特　签订《南京条约》的场景图（版画）

信和战前准备不足，致使日军临天堑如履平地。

十一月二十一日凌晨，日军司令大山岩下令进行总攻击，向旅顺发起猛攻。清军瞬间土崩瓦解。一日之内，日军旗帜便飘扬在旅顺口各炮台上，日军还血洗全城。诗人黄遵宪闻讯，以《哀旅顺》抒发心中愤慨：

> 海水一泓烟九点，壮哉此地实天险。
> 炮台屹立如虎阚，红衣大将威望俨。
> 下有深池列巨舰，晴天雷轰夜电闪。
> 最高峰头纵远览，龙旗百丈迎风飐。
> 长城万里此为堑，鲸鹏相摩图一啖。
> 昂头侧睨何眈眈，伸手欲攫终不敢。
> 谓海可填山易撼，万鬼聚谋无此胆。
> 一朝瓦解成劫灰，闻道敌军蹈背来。

此诗章法独特。全篇十六句，前十四句都极力铺写旅顺依恃天险、战备严密、绝难攻破的形势，气势宏伟，读之令人振奋，仿佛可以亲眼看到那深达百丈，任何敌人都无法逾越的城堑。然而结尾两句急转直下，戛然而止，让人目瞪口呆——就是这样一座固若金汤的堡垒，在日军的炮火下却脆如薄纸！

可以想见，诗人《哀旅顺》所"哀"的，不仅是京师失去天然屏障，无辜百姓遭殃，更是清廷的腐朽无能。

黄遵宪（1848—1905），字公度，号人境庐主人，光绪二年（1876）考

1860年鸦片战争期间，英国人攻陷堡垒后不久的情景

取举人，第二年，其同乡翰林院侍讲何如璋任职中国第一任驻日公使，邀请黄遵宪一同远赴日本。虽然家人极力阻止，黄遵宪依然放弃仕途，随同何如璋出使日本，最终被任命为驻日参赞。

黄遵宪在任职驻日参赞期间，充分利用手头收集到的材料，于光绪十三年（1887）撰写成《日本国志》一书，此书是研究日本历史，尤其是日本明治维新史的一部大著。对正在开展洋务运动的清政府来说，这无疑是一部很好的借鉴材料。然而令人遗憾的是，由于种种原因，《日本国志》直到甲午中日战争后才面世，此时的日本已赢得战争胜利，攫取了中国大片领土和两亿两白银。

三、四万万人同一哭

光绪二十一年（1895）四月十七日，李鸿章代表清政府与日本明治政府签订了《马关条约》，中国将台湾岛及其附属岛屿割让给日本，全国民众无不伤心悲愤。丘逢甲在一年后作《春愁》一诗，表达了极度的哀痛之情：

春愁难遣强看山，往事惊心泪欲潸。

四万万人同一哭，去年今日割台湾。

诗题"春愁"，寄意甚是明了：一是诗人写诗时间确在春日，二是作者的心情一如诗圣杜甫《春望》"国破山河在，城春草木深"之恸。"强看山"，乃大好山河破碎、不忍看又不忍不看之故，语极沉哀。"四万万"人的同一日"同一哭"，试问尘寰之间，还有比这更凄惨、更不堪的情景吗？

丘逢甲（1864—1912），字仙根，号蛰庵。晚清爱国诗人、教育家、抗日保台志士。祖籍嘉应州镇平，生于台湾铜锣湾，光绪十五年（1889）中进士却无意做官，遂返台湾崇文书院担任主讲。光绪十六年（1890）后，民族危机日益加深，丘逢甲预感一场翻天覆地的动乱将要到来，曾在多篇诗作中表达自己忧虑国事甘愿为国效力却不得的感慨，如"风月有天难补恨，江山无地可埋愁"（《颂臣和旧作欧字韵诗叠韵酬之二首》其二），"孤岛十年民力尽，边疆千里将材难"（《纵酒》）……情感沉痛，意味深长。

事件篇

光绪二十一年（1895），清廷一纸文书将台湾割让给日本，台湾人民闻息悲愤难抑，丘逢甲更是悲恸欲绝，曾上血书激烈反对，无奈清廷不许。丘逢甲旋即倡议台湾自立为"民主国"，拥台湾巡抚唐景崧（1841—1903）为总统，以刘永福为大将军，改年号为"永清"，发表"台民布告"，布告说："台民欲尽弃其田里，则内渡后无家可依；欲隐忍偷生，实无颜以对天下。因此槌胸泣血，万众一心，誓同死守。"

同年六月二日，李鸿章之子李经芳与日本海军大将桦山资纪在台湾基隆外海日本军舰上办理交割事宜。三日，日军进攻基隆，此时台湾发生内乱，日军轻松占领狮球岭，举兵入城，《清史稿·唐景崧传》载："城中大惊扰乱，客勇、土勇互仇杀，尸遍地。总统府火发，景崧微服挈子逭，附英轮至厦门，时立国方七日也。"时唐景崧既是"台湾民主国"总统，又总领台北军务，实乃台抗日前线主力，但不日便弃城逃往厦门，致使台北防线一溃千里。唐景崧逃归大陆后，朝廷命其休致返乡。由于弃台内渡，唐氏饱受时论指责，以致晚年凄凉，六十三岁时在桂林去世。

唐景崧去世后，其好友郑辛樊曾书挽联云："保越大名垂，日记一篇，战绩早教敌胆落；割台遗恨在，谏书七上，孤忠惟有帝心知。""孤忠惟有帝心知"可以说是对逝者做出的公道评价。唐景崧一生忠于朝廷，为国尽力，直至丘逢甲推他为"民主国"总统时还"朝服出，望阙谢罪，旋北面受任，大哭而入"（《清史稿·唐景崧传》），因此亦不能因最后在台湾战败逃跑而否定其一生功绩。

狮球岭炮台和基隆相继失陷，丘逢甲抵挡一阵，失利后渡海西还，在西返时曾作《离台诗》：

> 宰相有权能割地，孤臣无力可回天。
> 扁舟去做鸱夷子，回首河山意黯然。

可以说，这是由"无奈"二字浇筑而成的诗篇：无奈于宰相割地，无奈于无力回天；逍遥五湖是无奈，"回首河山"还是无奈。"鸱夷子"即春秋时范蠡的别号。范蠡在襄佐勾践打败夫差夺取天下后，便泛游五湖，自号为"鸱夷子皮"。诗人看似要学范蠡那样置身事外，做一闲人，实则须臾不能忘怀苦难的祖国，所以即使过起归隐的日子，依然"意黯然"。

唐景崧、丘逢甲离台，战事急转而下，光绪二十一年（1895）六月十七日，汉奸辜显荣引日军入台北，八月下旬，日军与保台义勇军会战于八卦山一带，双方激战八小时，保台义勇军暂时击退日军。十月，日军后援力量于三面登陆台湾南部各城。在越南战役中取得大捷并一度在八卦山阻击日近卫师团的刘永福弃城逃跑，十月二十一日，台湾全境陷落。

虽然那段阴惨的岁月已经过去了一个多世纪，读者却仍能从黄遵宪、丘逢甲等诗人的作品中，清晰地听到中华民族深受伤害时的悲哭，同时看到无数中华儿女坚强不屈的背影。

（刘炜评、郑易崑）